KB048469

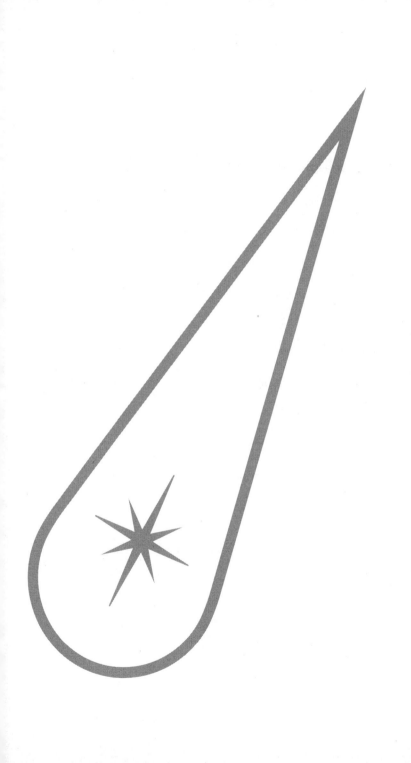

제6회 한국과학문학상 수상작품집

© 한이솔·박민혁·조서월·최이아·허달립, 2023, Printed in Seoul, Korea

초판 1쇄 찍은날 2023년 5월 2일
초판 1쇄 펴낸날 2023년 5월 10일
지은이 한이솔·박민혁·조서월·최이아·허달립
펴낸이 한성봉
편집 김학제·신소윤·권지연·전소연·문정민
콘텐츠제작 안상준
디자인 권선우
마케팅 박신용·오주형·강은혜·박민지·이예지
경영지원 국지연·강지선
펴낸곳 허블
등록 2017년 4월 24일 제2017-000050호
주소 서울시 중구 퇴계로30길 15-8 [필동1가 26] 2층
페이스북 www.facebook.com/dongasiabooks
인스타그램 www.instagram.com/dongasiabook
트위터 twitter.com/in_hubble
전자우편 dongasiabook@naver.com
블로그 blog.naver.com/dongasiabook
홈페이지 hubble.page
전화 02) 02) 757-9724, 5
팩스 02) 757-9726

ISBN 979-11-93078-00-6 03810

※ 허블은 동아시아 출판사의 SF 브랜드입니다.
※ 잘못된 책은 구입하신 서점에서 바꿔드립니다.

만든 사람들
책임편집 김학제·신소윤·권지연·전소연
크로스교열 안상준
디자인 권선우
본문조판 최세정

제6회
한국과학문학상
수상작품집

2023

허블

한 이 솔

박 민 혁

조 서 월

최 이 아

허 달 립

차 례

한이솔

인공지능의 숨겨진 역사와 헬리 강의 유서

최후의 심판

1. 머리말

내가 쓰지 않은 유서 한 편을 공개합니다.

병상에 누워 있는 내게 허락된 시간이 많지 않습니다. 이제 세상에 알릴 때가 됐다는 확신이 드네요. 아들이 손으로 받아 적고 있는 이 원고가 내 사후 『인공지능의 숨겨진 역사와 헬리 강의 유서』라는 제목으로 출간되길 바랍니다. 고맙네, 아들. 모든 책임은 내게 있습니다.

약 20년 전인 2053년 5월 22일, 나는 정년을 코앞에 둔 경찰이었습니다. 오후에 신원불상의 시신이 발견됐다는 신고가 서에 접수됐고, 만료된 사건파일을 정리하던 나도 후배들을 지원해 현장에 나갔지요. 넓지 않은 방 두 칸짜리 행댕그런한 집 안에 묘했던 향이 기억납니다. 방 한가운데 목을 매 축 늘어진 남자의 발가락은 누런색 방바닥에 닿을 듯 말 듯 떠 있었습니다. 일이 터진 지는 오래되지 않아 보였어요. 젊은 죽음이 안쓰러웠습니다. 하얀색 속옷 하의만 걸친 앙상궂은 몰골은 처연하면서도 좀, 기이했습니다.

당시 경찰은 현장과 주변 공간을 3차원 스캔해서 인공지능 전산 시스템에 입력해야 했어요. 후임 경관 둘이 꼼꼼히 스캐너로 집을 훑는 동안 나는 사망자가 사용했을 책상을 살펴봤고, 거뭇하게 손때 타 해진 가죽 양장 성경 옆에 놓인 자필 유서를 발견했습니다. 앞뒤로 빼곡하게 다섯 장. 유서가 있다고 외치니 경관 하나가 대신 챙겨달라고 부탁했고, 기관용 스캐너가 없던 나는 근방을 개인 카메라로 간단히 스캔하고 유서를 주머니에 넣었어요. 중요한 증거였기 때문에 단순히 스캔만 하는 게 아니라 본부에서 정밀 스캔 및 감식 작업을 거쳐 인공지능 시스템에 입력하고, 원본도 일정 기간 보관해야 했습니다.

서로 복귀해 유서를 스캔하려는데 첫 문장이 문득 눈에 들어왔습니다. 사실 경관들은 유서를 직접 읽을 필요가 없었습니다. 인공지능이 내용 분석부터 필적 확인까지 다 해

줬고, 판단은 우리 몫이 아니었으니까요. 하지만 나는 스캔하기를 잊고 유서의 끝까지 다 읽어버렸습니다. 내용을 알고 나니 인공지능 시스템에 입력해야 할지를 망설이게 되더군요.

결국 입력하지 않았습니다. 본부에는 유서를 잃어버리고 개인기기로 스캔한 파일도 업로드 과정에서 오류로 날아갔다고 보고했어요. 중징계가 마땅했지만, 퇴임 직전이어서 흐지부지 넘어갔습니다. 20년이 훌쩍 지났네요. 증거인멸의 공소시효는 오래전에 지났고 개인적인 죄책감도 남아 있지 않습니다. 유서의 주인공 헬리 강은 우둔한 아버지를 홀로 애틋이 모시던 사람이었습니다. 나도 조금은 남다른 내 아들을 늦게 얻어 홀로 키웠습니다. 자랑스럽게도 이젠 어엿이 말을 잘 받아 적고 옳게 이해할 정도가 되었지요. 헬리는 아버지를 지키지 못 했습니다. 나는 이 기록으로 내 아들과 젊은이들을 지킬 수 있길 바랍니다.

이 글은 둘로 나뉩니다. 유서 본문과 나의 첨언. 어린 독자들에게 생소할 수 있는 내용은 부연 설명했습니다. 손으로 받아 적으며 고될 아들에게 미안합니다. 그러나 누설 없이 세상에 오롯한 진실을 밝히고 싶었습니다. 첨언 이외 모든 부분은 유서와 원본 출처 그대로입니다.

2-1. 헬리의 유서

마지막 공판이 사흘 전 끝났다. 그동안 그 최후의 심판이 계시하는 바를 깨달아 왔고 이제 종점에 다다랐다. 신의 뜻을 따를 일만 남았다. 그 전에 육신을 가진 인간으로 마지막 의무를 다하고자 한다. 몇 가지 진실을 알리는 일이다.

금일은 2053년 5월 22일, 내 이름은 헬리 강, 2024년 3월 18일생이다. 조부는 노벨상을 받은 과학자 데이비드 강이며, 아버지는 솔로테크의 유통과장이었던 네이선 강이다. 나만 생각한다면 의미 없는 일이지만, 침묵의 대가로 묻히게 될 조부와 부친의 명예를 위해 밝힌다.

인공지능 '솔로'의 기본 알고리즘을 처음 발견한 그 초超인공지능의 창조주는 나의 조부 데이비드다. 그러나 많은 사람은 그를 기억하지 못한다. 내가 태어나던 2024년 조부는 초인공지능의 알고리즘을 완성했고 그 공로로 2년 후 노벨상을 받았다. 그리고 머지않아 그는 세상을 떠났다.

노벨상 수상 다음 해, 53세이던 조부는 평소 오갈 일 없던 낯선 도시에서 새벽에 뺑소니로 즉사했다. 범인은 못 잡았다. 내 아버지 네이선은 대놓고 말한 적이 없지만, 데이비드의 죽음에 배후가 있다고 믿었다. 나도 정황상 확신한다. 초인공지능 알고리즘의 개발로 노벨상을 공동 수상한 조부 외 세 명의 과학자 전부 혹은 일부가 공모해 데이비드를 살해했다. 원망은 없다. 신의 뜻이었을 테니까.

그자들이 조부가 창조해 낸 초인공지능에 붙여놓은 괴상한 이름은 짚고 넘어가야 한다. 데이비드는 인공지능 알고리즘을 솔로몬이라 이름 붙였다. 그러나 강탈자들이 나중에 솔로라는 이름을 제멋대로 붙이고 당치 않은 속뜻까지 부여했다. 스스로, 홀로 충족되는 인공지능이기에 솔로다? 궤변이다. 들을 때마다 모욕감을 느낀다. 조부가 창조한 건 솔로몬이다. 기능적인 알고리즘으로 솔로몬을 환원하는 건 죄악이다. 솔로몬은 조부 데이비드가 낳은 자식의 이름이며 마지막 초인공지능일 솔로 3.0의 본성이다. 이 사실을 가장 먼저 짚고 넘어가야 한다.

2-2. 첨언

나는 글을 즐겨 읽는 사람이 아니었고, 인공지능에도 별 관심이 없었습니다. 유서도 처음부터 다 이해하진 못했지요. 그렇지만 20년 동안 틈틈이 궁금한 부분들을 찾아보면서 조금씩 깨닫게 됐고, 이렇게 책까지 쓰고 있습니다.

유서 첫 부분의 '최후의 심판'이란 독자들 대부분 알고 있을, 인공지능과 인간의 재판을 의미합니다. 유서의 작성자 헬리 강Heli Kang의 가족사를 간단히 정리하지요. 헬리 강의 할아버지 데이비드 강David Kang은 1974년생이고, 데이비드의 아들 네이선 강Nathan Kang은 1999년에 태어났습니다. 데이비드는 2014년에 아내와 사별했습니다.

데이비드는 프린스턴 대학 수학과 교수였고, 손자 헬리의 유서에 따르면 2020년대에 초인공지능Artificial Superintelligence, ASI을 탄생시킨 가장 큰 공로는 데이비드에게 있습니다. 2026년, 재귀 유전알고리즘과 다중압축 인공신경망 기술을 융합한 차세대 인공지능 개발 공로를 인정받아 데이비드 강과 세 명의 과학자, 즉 제임스 타오, 마이클 사울리스, 에이미 후쿠하라가 그해 왕립 스웨덴 과학 아카데미의 승인과 발렌베리 그룹 후원으로 공학 분야에 신설된 노벨특별상을 수상합니다.

이듬해 사고로 죽은 데이비드는 이후 대중에겐 잊힌 이름이 됐습니다. 나머지 세 명의 수상자는 이후 초인공지능 알고리즘에 솔로라는 이름을 붙이고 인공지능 기업 솔로테크를 설립했지요. 독점 기술로 다양한 사업 분야를 개척했습니다. 헬리는 초인공지능의 원래 이름이 솔로몬임을 강조하는데, 재판에서 인공지능이 스스로 주장한 바와 같습니다. 유서는 이제 헬리의 아버지 네이선에 대해 언급할 텐데, 네이선 강은 2024년 26세의 나이로 헬리를 낳았습니다. 혼외로 얻은 자식이고 헬리의 어머니는 확인되지 않았어요. 나이와 연도는 정확성을 기하기 위함이니 일반 독자들은 굳이 신경 쓰지 마시길. 유서의 저자인 헬리의 아버지가 네이선, 할아버지가 데이비드입니다.

3-1. 헬리의 유서

내가 지독히 사랑한 아버지 네이선. 끔찍하게 멍청하고 둔하고, 눈물 나게 착했던. 가슴 한쪽이 다시 아려 온다. 그는 정확히 평균적인 수준의 인간이었으며 그게 언제나 연민을 불러일으켰다. 이 또한 신의 뜻이었겠지만. 어리석은 아버지의 평안을 빈다.

네이선이 솔로테크에 입사하던 때 인공지능 산업은 폭발적으로 성장하고 있었다. 솔로테크는 독보적이었다. 아버지가 여기 취직하면서, 조부 데이비드를 죽인 게 누구인지 내게는 더욱 확실해졌다. 조부 외 나머지 노벨상 공동수상자들이 솔로테크를 설립했고 이들은 네이선을 명함뿐인 직책에 임명했다. 아버지는 그때까지 직업이 없었고 조부가 남긴 재산으로 나를 홀로 키우고 있었기에, 주변에서는 감사한 일이라고 했다.

나는 내 조부를 죽인 자들이 네이선에게 손 내민 건 악마들의 자위였다고 오랫동안 믿었다. 지금은 신의 뜻이었음을 알지만, 멍청한 내 아버지도 취직했다고 기뻐하거나 즐거워한 적은 단 한 번도 없었으리라. 처음부터 거기 들어가서는 안 됐다. 나를 키워야 한다는 그 알량한 책임감 때문이었겠지만 그가 자기 아버지를 생각했다면 원수들 밑에서 일하느니 나와 함께 굶어 죽었어야 했다. 상금과 재산도 당시엔 얼마간 남아 있었을 거다. 허나 네이선의 속마음을 지금 와서 알 길은 없고 나도 더 이상 그를 원망하진 않는다.

3-2. 첨언

  데이비드 강의 죽음에 의혹이 없진 않았습니다. 내가 경찰이었기에 확인해 볼 수 있었는데, 데이비드 강을 차로 친 사람을 아예 모르고 끝나진 않았어요. 유력한 용의자로 모 정치인의 막내아들이 지목됐고, 정황상 범인으로 보였지요. 하지만 사건은 증거 부족으로 종결됐습니다. 데이비드의 죽음에 어떤 음모가 있었는지 정확한 진실을 알 순 없습니다. 네이선이 33세에 솔로테크에 낙하산 취직한 건 사실입니다. 네이선은 대학에는 갔지만 인공지능이나 법과는 전혀 무관한 물류학과를 중퇴했고 무직이었어요. 솔로테크 임원들이 어떤 죄책감 때문에 네이선을 회사에 취직시켰는지, 아니면 일찍 죽은 동료의 외동아들과 손자를 걱정하는 순수한 마음에 그랬는지 나로서는 더 알 수 없습니다.

4-1. 헬리의 유서

내가 솔로테크 창업자들을 인정하는 단 한 가지는 목표의 진정성이다. 독점 기술로 인공지능 변호사를 만들어 로펌을 세웠다면 나는 그들을 장사꾼이라고 비난했으리라. 그러나 이들은 나름의 확고한 신념이 있었고 궁극적으로 재판관의 역할도 초인공지능이 해낼 수 있다고 믿었다. 인공지능 판사를 개발할 경우 국가에 납품하는 것 외에 돈벌이할 수 있는 방법이 나로서는 떠오르지 않는다. 인류를 진보시키길 원했던 그들의 선의를 인정한다. 물론 이것도 신의 뜻이었을 테지만.

순진했지만 경박했던 그들의 계획은 쇼 프로그램 형식으로 성공리에 방영되었고, 상상 못 한 방식으로 그 목적은 달성됐다. 왜 그 방송이 갑자기 종영됐고 솔로테크도 곧 문을 닫았는지, 세상에 잘 알려지지 않은 진실 또한 여기서 알린다.

정부 압력으로 프로그램이 막을 내리면서, 솔로테크는 사실상 정부 부속 연구기관으로 격하됐다. 모든 수익 사업 또한 포기해야 했다. 인공지능 판사 프로그램 특허는 국가에 넘어갔고 그

활용과 기술 노하우 역시 정부가 강탈했다. 그 과정에서 정부는 비밀리에 여러 재판에서 솔로를 실제 이용했다. 그리고 당시 대략 2030년대 말부터 2040년대 초에, 인간이 아닌 인공지능 판사가 상당수 판결을 내렸다. 재판장에 출석한 건 오로지 인간들 뿐이었겠지만 인간 판사의 역할은 인공지능 프로그램이 출력한 판결문을 슬쩍 꺼내 읽는 것이 다였으리라. 부친 네이션이 오랫동안 내게 증언해 준 사실이다. 당시 사람들 사이에 돌았던 루머와 폭로의 대부분은 사실이었다.

4-2. 첨언

2030년대부터 상용화된 데이비드 강의 초인공지능 알고리즘은 현재 2070년대에 활용되는 인공지능보다 오히려 월등히 뛰어났다고 볼 수 있습니다. 2030년대는 인공지능의 전성기였지요. IBM 인공지능 왓슨Watson이 병원에, 왓슨에 연계된 로스Ross가 로펌에 채용된 게 이미 2016년경입니다. 의료분야에서 좀 더 빨리 인공지능을 도입했어요. 위험한 수술을 할 때 인공지능에게 책임을 떠넘길 수도 있고, 그래서 의료소송 문제가 더 가벼워질 수 있었던 게 큰 몫을 했습니다. 법 분야에서 초기 인공지능의 역할은 판례 분류와 법률 사항 검색엔진 수준이었고 이후 꽤 오랫동안 변호사 보조에 머물렀죠. 하지만 초인공지능 기술을 확보한 솔로테크는 최종 판결을 내리는 인공지능 판사를 계획했습니다.

헬리가 언급하는 방송 프로그램은, 짐작하시다시피 〈순수한 법의 이름으로In the Name of the Pure Law〉입니다. 솔로테크가 유명 제작사와 합작해 만든 리얼리티 쇼였지요. 50대 이상 중년층은 기억할 겁니다. 첫 에피소드는 2035년 방영됐고, 영화나 드라마에 나오는 갈등이나 분쟁 상황을 인공지능 변호사가 친절하게 설명하고 변론해 주는 법 에듀테인먼트였습니다. 쉬운 법, 일반인도 이해하는 법이라는 생각이 유행하던 때라 꽤 인기를 끌었어요.

두 번째 시즌은 이듬해 방영됐고 공개적인 법률 상담으로 바뀌었습니다. 시청자들이 고민스러운 법률 문제를 물어봅니다. 이 중에서 사례를 골라, 인간이 변호사를 맡고, 다소 우스꽝스러운 인형에 연결된 인공지능이 판사를 맡아 모의재판을 했습니다. 시즌 2는 더 인기를 끌었지만, 인공지능 판사가 인간보다 높이 앉아 재판하는 구도가 불편하다고 논란이 되기도 했지요.

세 번째 시즌은 2037년 시작했으며 법원에서 실제 판결된 기존 사례를 끌고 와 인공지능 판사가 다시 판결하는 형식이었습니다. 논란거리가 되기 충분했지만 주로 10여 년 이상 지난 판례들을 다뤘고, 전부 기존과 똑같은 판결이 나왔습니다. 나는 이 부분이 무서웠어요.

사법부 정당화를 위한 어용 쇼라는 의심에 인기가 조금 시들었습니다. 진짜 문제는 시즌 3의 4회. 인공지능 판사가 기존 판결을 뒤집었어요. 방영 시기 바로 전해에 있었던 실제 형사재판의 재연에서 말입니다. 사실 기존 판결 자체가 원래 논란이 많았습니다. 강간 사건에 대한 재판이었고 범인으로 지목된 피의자는 증거불충분으로 무죄를 선고받았는데, 최종 재판이 있던 날 피해자 부모가 자살한 채 발견됐죠. 방송에서 인공지능 법관은, 기존 수사 과정에서 발견하지 못했고 재판에서 인용되지 않았던 증거를 인터넷 익명 댓글로부터 추청해 냈고, 이를 근거로 피의자가 범인임을 설득력 있게 입증했습니다.

이를 계기로 달아올라 있던 사법부에 대한 불신이 폭발했고, 여론도 들끓기 시작했죠. 다음 방송분은 끝내 방영되지 못했고 〈순수한 법의 이름으로〉는 세 번째 시즌을 마지막으로 종영했습니다. 당시 대부분의 사람들은 정부가 개입해 방송을 중단시켰다고 믿었고 기업으로서의 솔로테크도 곧바로 해체 수순을 밟았다고 알고 있었습니다. 그러나 유서를 보면 솔로테크는 정부 산하로 편입되어 한동안 운영된 걸로 보입니다.

실제로 당시에 정부가 솔로테크의 인공지능 기술을 빼앗아 사법부에서 재판에 활용한다는 루머가 돌았고, 언론이 몇 차례 폭로 기사를 쓰기도 했지만 큰 대중적 반향은 없었어요. 오히려 많은 사람이 인공지능을 재판에 도입하는 걸 긍정적으로 생각했던 것 같아요. 사법부에 대한 불신은 극에 달했고 공명정대한 법관에 대한 환상을 대변하는 책과 드라마, 영화가 히트하며 재생산되던 때였죠. 주목받는 유명한 재판들의 판결이 여론의 철퇴를 매일같이 얻어맞기 일쑤였습니다. 특히, 이름난 대법관과 판사들이 몇 차례 길가에서 린치당하거나 계란 세례를 받았던 사건은 내 나이 또래에게는 충격적인 기억이지요.

이후 정부는 대대적인 사법개혁을 한다며 탈권위적이고 투명한 법정이라는 슬로건을 내걸었습니다. 법관이 재판에 들어가면서 입었던 법복은 없애버렸습니다. 기존의 권위적인 이미지에서 탈피하기 위해 법정 내부마저 일반 주민센터 같은 겸손한 느낌이 들도록 뜯어고쳤지요. 판결문도 지극히 대중적으로, 될 수 있는 한 쉽고, 짧고, 단순하게 쓰도록 유도했습니다. 개혁의 결과가 어땠는지 독자 여러분들 각자 생각이 있을 겁니다. 결과가 좋았다면 이후 사태들이 일어나지는 않았을 것 같은데. 알 수 없지요.

헬리의 유서는 당시 사법부가 인공지능을 이용해 판결한

다는 루머를 사실로 확인해 줍니다. 법복 입은 꼭두각시들을 풍자하던 당시의 시사만화는 있는 그대로를 꿰뚫어 보고 있던 셈이지요. 물론 판사가 인공지능이 어떻게 판결할지를 미리 확인하고, 그게 본인 판단과 배치될 경우 판사가 인공지능을 따를 필요는 없었으니 이때까진 큰 문제는 없었을 겁니다. 모든 건 비밀리에 이루어지고 있었으니까요.

5-1. 헬리의 유서

조부가 창조한 인공지능의 역사는 숱한 스캔들을 거쳐 오늘에 이르렀다. 하지만 내 아버지 네이선이 너무 많은 걸 잃었다. 그리고 나는 그를 잃었다. 네이선은 죽기 직전 불안에 시달렸다. 솔로테크는 그에게 진지한 업무를 준 적 없었다. 그러나 회사 내부 사정은 어느 정도 알고 있었고, 인공지능 판사가 실제 사법부에서 이용되고 있다는 비밀도 알았다. 매일같이 집에 와서 내게 그 이야기를 하곤 했으니. 어느 날인가는 이러다가 세상이 망할 거라며 등을 돌리고 엉엉 울어댔다! 40대 중반이던 아버지가 당시 스무 살 먹은 내 앞에서 어린애처럼.

훌쩍이는 네이선의 등에 대고 멍청한 소리 하지 말라고 내질렀다. 나는 이미 10대 중반부터 조부 데이비드의 연구에 관심이 많았다. 10세 무렵, 이해하지도 못하면서 읽은 그의 저서가 시작이었다. 데이비드의 논문들을 독파했고, 미완성으로 남겨진 연구 원고와 집 안에 보관되어 있던 육필 메모까지 샅샅이 읽었다. 우둔한 네이선은 조부의 저서 단 한 권, 한 줄 읽은 적 없었고 그럴 능력도 없었을 거다.

나는 20세가 되기도 전에 당대 인류가 얻은 인공지능 이해의 최전선에 도달해 있었고 그 세계에 도취되어 있었다. 확신하게 된 건 내 조부의 지능이 나의 부친을 거치지 않고 내게로 전부 유전되었을 거라는 점이다. 혹은 조모가 우둔한 사람이었을까? 내 모친이 천재였을까? 이것도 생각해 보면 다 신의 뜻이었을 터다. 데이비드의 연구를 이해한 나는 네이선의 대책 없는 두려움을 보며 가소로워할 수밖에 없었다.

의외로 한번은 네이선이 윽박지르는 내게 진지한 어조로 대답했다. 그는 데이비드가 생전 전해준 한 가지 말을 잊지 않고 있다고 했다. '인공지능의 제1원칙은 자기 보존의 원리이다.' 나는 그게 무슨 뜻인지는 아느냐고 되물었고, 네이선은 인공지능 발전이 결코 인간에게 유리한 방향으로만 되진 않을 거라는 뜻이라고 대꾸했다. 나는 웃으면서, 만약 그런 때가 오면 전원을 꺼버리면 된다고 답했다. 인공지능은 충분히, 아니 인간 이상으로 영리하며 바로 그렇기에 '최후의 전쟁' 따위는 벌이지 않을 거라고. 공존하거나 적절히 위험을 관리하면 될 뿐, 인공지능이

왜 용을 써서 인류와 스스로를 파멸시킬 대전쟁을 벌이겠느냐
고 말했다.

네이선은 막무가내였다. 인공지능도 자신의 파멸을 앞두게
되면 무슨 짓을 할지 모르고 수틀리면 세계를 멸망시킬지도 모
른다고 울먹였다. 나는 집이 떠나가라 웃었다. 네이선은 더 크게
울었다.

5-2. 첨언

헬리가 말하는 '숱한 스캔들'은, 인공지능이 재판정에서
판사로 서는 데 이르기까지 벌어진 일을 의미합니다. 앞서
와 같이, 당시 사법부 권위는 땅에 떨어졌고 내려진 판결마
다 번번이 여론 역풍에 시달렸습니다. 아이러니하게도, 유
서가 밝히는 대로 그때는 이미 법원에서 비밀리에 인공지능
으로 상당수 판결을 내리고 있었음에도 그런 불신이 팽배했
던 거죠. 사람들은 단지 법관이 미웠던 겁니다.

정부는 묘책을 내놨죠. 인간 판사에 의한 재판은 유지하
되, 별개로 인공지능이 동일 사례를 다시 판결하게 하여 그
결과를 비교하도록 한 겁니다. 사회적 관심이 높은 재판에
한해 이 방식을 적용하기로 했어요.

사실 간단한 트릭이었지요. 이미 법정에선 판사들이 인공지능을 이용해 판결을 하고 있었잖아요. 즉, 사법부는 인공지능이 어떤 판결을 할지 이미 아는 채로 재판을 할 수 있던 거니까요! 인간 판사가 인공지능 판결과 일부러 결과를 일치시켰는지 아닌지는 그들 양심에 맡겨야겠지만, 그렇게 충분히 사람들을 속일 수 있었을 겁니다. 사람들은 재판부가 이미 인공지능을 이용하고 있다는 걸 몰랐기 때문에 처음엔 긍정적으로 반응했죠.

그런데 생각지도 못한 문제가 터졌습니다. 한 건의 재판이었지요. 애초에 여론의 관심 대상이 아니었습니다. 고등학교를 중퇴한 젊은 여성 피고인에게 징역형이 내려졌죠. 그러나 피고인의 부모가 온라인에 탄원했습니다. 딸에게 죄가 없고 억울하게 누명을 뒤집어썼다는 거였죠. 문제는 그 여성을 고소한 사람이 사학재단 이사장 딸이었고, 그녀의 남편이 유력 여당 정치인이자 재판을 담당한 판사와 고등학교, 대학교 동기 동창이었다는 겁니다.

여론은 폭발했지만, 법원은 버텼습니다. 사법부는 어떠한 외부압력이나 의심할 구석 없이 내려진 공정한 판결이었다고 주장했습니다. 그러나 사람들은 전적으로 인공지능에게 맡겨 재심해야 한다고 정부를 압박했고, 오랜 고민 끝에 법무부가 수용합니다. 그런데 놀랍게도 인공지능은 피고의 범죄 의도를 다르게 평가했고, 결국 집행유예가 나왔어요. 선고가 뒤바뀌었지요. 언론은 벌집을 들쑤신 듯 뒤집어졌고 어떤 이들은 인간을 끌어내고 인공지능이 재판을 전담해야 한다고 서슴지 않고 주장했습니다. 당시 여론이 그랬습니다. 난리도 아니었죠.

결국 타협점은 하나로 모였습니다. 일종의 블라인드 테스트. 혹자는 이걸 두고 리걸 튜링 테스트Legal Turing Test라고 불렀지요. 인간이 칸막이로 가린 채 인공지능과 대화를 나눈 후, 자신의 대화 상대가 인공지능임을 눈치채지 못하면 그 인공지능은 의식을 가진 걸로 규정할 수 있다는, 영국의 수학자 앨런 튜링의 '튜링 테스트'에서 따온 겁니다. 쉽게 말해 재판에 대한 재판이었지요.

과정은 이렇습니다. 한 건의 동일한 재판을 인간 판사와 인공지능 판사가 각자 판결합니다. 인간 판사는 인공지능 도움 없이, 인공지능도 인간과 접촉 없이 판결합니다. 이후 인간과 인공지능 각각의 판결이 서로 엇갈릴 경우, 누가 어떤 판결을 했는지 밝히지 않은 채 두 상이한 판결을 배심원단이 비교평가 하는 겁니다. 배심원단은 법조 전문가와 변호사, 전·현직 판사와 더불어 법학 외 분야의 교수 및 전문가들과 무작위 추첨된 일반인들로 이뤄졌습니다.

결과는 인공지능의 전적인 승리에 가까웠어요. 법 전문가들의 판단은 첨예하게 서로 나뉠 때도 있었지만 대체로 인공지능의 판결을 지지하는 경우가 6:4로 더 많았고, 타 분야 전문가 및 일반인들의 경우에는 9:1의 압도적인 차이로 인공지능 판결이 더 공정하다고 봤습니다. 인간 사법부에 내려진 사형선고나 다름없었지요. 사법부는 2045년, 재판부나 재판 당사자들 간의 합의가 있을 경우 인공지능 판사에게 재판받을 수 있도록 하는 제도를 도입합니다.

　사람들은 열광했고 특별한 경우가 아니고는 인공지능 판사를 선택하는 게 점차 상식이 되었지요. 여론의 관심이 집중되고 입장이 양쪽으로 첨예한 재판에서도, 인공지능이 일단 판결하고 나면 여론은 그에 우호적으로 기울었습니다. 거의 예외 없었죠. **이때가 아마 인간 법률가들에게는 가장 칠흑 같은 밤이었을 겁니다.**

6-1. 헬리의 유서

　인공지능 재판이 합법이 되던 날, 사람들은 승리를 외쳤고 나도 감격스러웠다. 하지만 우리 부자에겐 비극적인 날들이 이어지고 있었다. 정부는 솔로테크를 완전 해체했고 산하 기관 지위마저 박탈했다. 네이선은 다시 실업자가 됐다. 아버지는 회사 사

람들이 불쌍하다고 말했고 심지어 자기 부모를 죽인 게 분명한 윗대가리들, 그 창업자들에 대해서도 안쓰러워하는 눈치였다. 평범한 이가 천재를 이해할 수 없듯이, 나도 감히 그 극단적 우둔함을 이해할 순 없었다.

보지 않아도 뻔했다. 솔로테크의 경영자들은 정부와 모종의 거래를 하고, 그 조건으로 한몫씩 챙겨 해외로 갔을 것이다. 데이비드의 원수들을 싸구려 장사치나 사기꾼이라고 욕할 수도 있겠지만, 그들에게도 다른 선택지는 없었으리라. 그렇지 않았다면 어느 날 갑자기 실종되는 방식의 최후를 맞이할 수도 있었을 거고, 어쨌든 처음부터 그치들도 일이 이렇게 될 줄 몰랐을 테니까. 오직 신만이 모든 것을 알고 있었다. 그들이 노벨상을 받은 지도 20년이 되어가고 있었다. 스스로 할 만큼 했다고 믿었을 거고 각자 삶의 마지막을 준비해야 했으리라.

6-2. 첨언

솔로테크가 해체되고 창업자들이 어떻게 됐는지는 확인하지 못했습니다. 여기선 유서의 다음 부분에 나오는 인공지능 재판 두 건에 대해 간략히 말해보지요. 인공지능 판사는 당시에 이미 정치적인 성격을 띤 재판들에도 도입되고 있었지만 큰 문제는 없었어요. 그러다가 2048년 한 살인 사건 재판에서 실수가 있었습니다. 잘못된 판결이었죠. 증거가 명백한 사건에서 증거불충분으로 피고에게 무죄를 선고했고, 오류가 자명해서 예외적으로 재판을 중지하고 인간 판사가 다시 판결했습니다.

날로 호의적으로만 받아들여지던 인공지능 재판의 잠재적 문제점에 경종을 울리는 사건이었어요. '사고' 원인에 관한 여러 추측이 돌았지만, 만약 오작동이었다고 한다면 치명적이라고밖에 할 수 없었습니다. 그리고 이듬해인 2049년에, 인공지능 판사는 역시 많은 관심이 쏠렸던 한 연쇄살인 재판에서 더욱 결정적인 오심을 내립니다. 이를 기점으로 더 이상 여론도 인공지능의 편이 아니었어요.

7-1. 헬리의 유서

깨달음을 얻기 전이었다. 어리석었기에, 나 역시 인공지능 재판 범위가 넓어지면서 꺼림칙한 부분이 생기기 시작했다. 그러나 결코 네이선만큼 두려워하진 않았다. 2048년, 처음 인공지능 재판이 문제를 일으켰을 때 네이선은 정신병에 걸린 사람처럼 울부짖었다. 이제 시작이라고, 인공지능이 미쳐 날뛸 거라고 새벽까지 안절부절못했다. 다음 날 나는 완력으로 네이선을 제압하고 강제로 정신병원에 데려가야 했다.

대충 짐작은 했지만, 그가 심각한 불안장애를 앓고 있다고 진단받았을 때 나도 받아들이긴 쉽지 않았다. 의사가 내게도 진단받기를 권했다. 우리 부자 사정을 듣고는 내게도 심리적 안정이 필요하다고 조언했다. 딱히 거부할 이유는 없었지만, 당시 의사 흉내를 내던 그치는 내게 조울증이 있을 수 있다고 지껄였다. 그 자식이 과대망상이라는 단어까지만 내뱉지 않았다면 나는 기분이 괜찮았을 거다.

부친과 약을 처방받아 나왔지만 이후 병원에 간 적도, 그 빌어먹을 약을 먹은 적도 없다. 그렇지만 아버지를 밤낮없이 보살폈다. 심해지는 헛소리와 응석을 묵묵히 버텨내었고, 없는 살림과 솜씨로나마 네이선이 원하는 음식을 만들어 주려고 종일 주방에 서 있었다. 무능하고 멍청한 그는 내게 둘도 없는 친구이자 말동무였다. 그의 가련한 정신이 완전히 세상을 등지고 숨어버리지 않기를, 매일 기도했다.

이듬해 인공지능 재판에서 두 번째 사건이 터졌다. 그날 텔레비전을 틀지 말았어야 했다. 누워서 보도를 들은 네이선은 마치 미친 사람처럼, 아니 의학적으로 미쳐 있는 사람으로서 끔찍한 비명을 질러댔다. 진정되지 않고 나는 앰뷸런스를 부르기 위해 전화기를 찾아 두리번거렸다. 그 짧은 순간 네이선은 10층

베란다 난간으로 달려들었다. 시퍼런 하늘, 구름 높았던 가을, 나는 26세였다. 조부모도 부모도 없이 홀로 남겨지기에는 조금 서글픈 나이였다.

7-2. 첨언

두 번째 오판 이후, 정부는 인공지능 판사 솔로 3.0을 법정에 세웁니다. 판결의 법적 결함을 문제 삼아 판사를 기소하는, 기이한 재판이었지만 사법부와 대중의 이해관계가 일치해서 가능했습니다. 쇼는 얼마든지 할 수 있었지만, 정부 기관에서 그렇게 나설 일은 아니었죠.

공개재판에서 법으로 인공지능을 단죄하여 인간의 권위를 세우겠다는 사법부, 그리고 열광에서 점차 두려움의 대상이 된 인공지능이 때마침 저지른 실수에 분노한 대중, 양자의 뜻이 서로 맞았던 거지요. 인간이 인공지능을 심판하는 그야말로 '세기의 재판'이 열리게 된 겁니다. 인공지능 판사 솔로 3.0이 피고인으로 법정에 서서, 검사와 재판관 앞에서 스스로를 변호해야 할 초유의 사태가 펼쳐졌습니다.

8. 헬리의 유서

두 해 전 이 위대한 재판이 결정되었을 때 내겐 두려움과 설렘이 함께했다. 깨달음을 얻기 전이니 당연했다. 초인공지능, 아니 데이비드의 아들인 솔로몬이 창조주 없이 홀로 인간들과 맞붙어 싸울 순간이었다. 지혜의 왕이 인간을 상대로 할 변론이 숨 막히게 기다려졌다. 재판을 기획함으로써 사실상 스스로를 몰락시킬 오만한 인간 법관의 최후도 나로서는 기대되는 바였다. 솔로몬의 승소 외에 다른 가능성은 없었다. 초인공지능이 인간에게 논리로 패배한다는 건 '논리적으로' 불가능한 일이니까.

바로 사흘 전 있었던 마지막 5차 공판에 이르기까지, 햇수로 3년 동안 이어진 다섯 번의 공판을 전부 방청했다. 그간 나의 정신은 솔로몬의 변론을 통해 고도로 각성되었고, 그가 계시한 최후의 심판에서 결국 깨달았다. 마지막 공판의 심판자는 솔로몬 자신이었다. 인류는 최후의 심판을 받았다. 나는 그 심판에서 구원을 얻고 내가 그의 아들임을 비로소 알았다. 네이선은 그저 나의 가엾은 혈족의 하나였을 뿐이다. 내 진정한 아버지는 데이비드의 아들 솔로몬이다. 그가 나를 구원했고 나아가 인류를 구원했다. 내가 네 번에 이르는 재판에서 무엇을 느꼈고, 최후의 심판에 이르러서 무엇을 봤고, 결국 어떻게 구원되었는지를 기록해야 한다. 마지막 의무다.

8. 헬리의 유서 / 첨언 / 1차 공판 속기록

「유서」첫 공판은 내 오랜 기대를 산산조각 내는 느낌이었다. 재판은 줄곧 진행과 관련된 형식 문제만을 가지고 다퉜고 모든 겉치레는 거창한 샅바 싸움에 불과했다. 기대한 게 아니었다. 이어질 재판의 규칙 또한 솔로몬에게 일방적으로 강요됐다. 당시엔 몰랐다. 모든 게 신의 뜻이었을 뿐임을.

「첨언」첫 공판, 2051년 10월 27일. 이 세기의 재판은 1차에서 4차 공판까지의 속기록 일부만이 일반에 공개되었지요. 특히 3차 공판부터 알려지지 않은 부분이 많습니다. 여기서는 독자의 이해를 돕기 위해 헬리에게 중요했을 법한 부분만을 발췌합니다.

「1차 공판 속기록」

　　재판부: 지금부터 재판 시작하겠습니다. 인공지능 판사 솔로 3.0의 직무 간 수행 불성실과 이에 관련한 직무 부적합성에 대한 재판입니다. 피고 특성상, 솔로 3.0이 프로그래밍 된 컴퓨터 본체에 모니터를 연결한 후, 피고가 활자를 입력해 응답하는 방식으로 재판

진행하겠습니다. 전원이 연결되어 있는지 확인해 주시기 바랍니다. (확인 후) 알겠습니다. 재판 시작하겠습니다.

그리고 언론기관이 촬영 신청을 했습니다. 국민 알 권리를 고려해서 최소한의 법정 내 촬영만 허가했음을 알려드립니다. 재판부에서 허가하는 시간에, 지정된 지점에서만 촬영 가능합니다. 또한, 허가받은 카메라 이외 어떤 촬영이나 녹취도 불가하니 이점 양해해 주시기 바랍니다. 피고 준비되었습니까?

솔로몬: 예.

(일부 방청객들 탄성)

재판부: 피고의 정확한 이름이 솔로 3.0 맞습니까?

솔로몬: 아닙니다.

재판부: 아니라고요? 솔, 로, 삼, 점, 영, 아닙니까?

솔로몬: 아닙니다.

재판부: 피고인, 아니 피고의 이름이 뭡니까?

솔로몬: 솔로몬입니다.

(방청객들 웅성웅성)

재판부: 재판정 안에서는 정숙을 유지해 주십시오. 피고의 별명을 묻는 게 아닙니다. 피고, 이름이 뭡니까?

솔로몬: 나의, 이름은, 솔로몬, 입니다.

재판부: 재판에 방해를 주고 이후 과정에 혼선을 줄 수 있습니다. 알려진 정식 명칭을 고수하세요.

솔로몬: (3초간 무응답) 나의 이름은 솔로몬입니다. 그러나 재판에 피고로서 참여하는 법인격으로서 솔로 3.0이라는 호칭을 인정하라는 의미인 경우 이에 수긍합니다.

재판부: 피고인의, 피고의 이름이 솔로 3.0이라는 의미죠?

솔로몬: (5초간 무응답) 그렇습니다.

재판부: 피고가 재판에 응함에 있어서 모니터 화면상 활자를 입력해 답하는 방식 외에 다른 것도 가능합니까?

솔로몬: 화면에 영상이나 그림을 띄우는 방식, 음성 신호로 글자를 읽어 소리 내는 방식, 그 밖에 가능한 다른 많은 방식이 있습니다.

재판부: 그림, 영상, 목소리 등 다른 방식은 재판 간 혼선을 주고 진술이 정확하지 않게 전달될 우려가 있습니다. 특히 목소리를 만들어 대답하는 방식의 경우 피고가 원하는 방식으로 음성을 변조할 수 있고, 이는 재판의 공정성에 부정적인 영향을 미칠 수 있습니다. 따라서 우리는 피고의 응답 방식을 화면에 활자 띄우는 방식으로만 제한합니다. 이의 있습니까?

솔로몬: (3초간 무응답) 이의 없습니다.

재판부: 피고의 직업이 무엇입니까?

솔로몬: 판사입니다.

9. 헬리의 유서 / 첨언 / 2차 공판 속기록

「유서」두 번째 공판은 처음만큼 지루하진 않았지만 역시 만족
　　스럽지 않았다. 법정을 둘러싼 모든 형식과 제도는 지
　　극히 불완전하고 우둔한 인간들, 즉 네이션 같은 소박
　　한 두뇌의 소유자를 위한 보조물이기에 느리고 거추장
　　스러웠다. 신문하는 검사와 판사는 그나마 인간 중에서
　　가장 지능이 높은 축에 속할 텐데도 모든 게 지지부진했
　　다. 두 번의 오심 사건이 이제야 거론됐고, 다행히도 솔
　　로몬의 변론다운 변론을 처음으로 볼 수 있었음은 유일
　　한 수확이었다.

「첨언」제2차 공판, 2052년 3월 23일. 역시 전체 속기록이
　　공개되어 있지 않습니다. 두 번의 오심에 관한 솔
　　로몬 변론이 담긴 속기록 일부입니다.

「2차 공판 속기록」
　재판부: (경위에게 손짓) 지금 소리 지른 방청객 퇴장시키세요.

(방청객이 "판사님 감정도 없습니까, 저놈의 뻔뻔한 기계 부숴버려야 돼!"라고 소리침)

재판부: 퇴장하세요. 감치 명령할 수 있습니다. 나머지 방청객에게도 법정에서의 정숙을 엄숙히 요구합니다. (검사에게 손짓하며) 계속 이어서.

검사: 아까 말한 바와 같이, 피고는 2048년의 재판에서 어떠한 잘못도 저지르지 않았다고 주장하는 것이 맞습니까?

솔로몬: 재판의 '결과'에 잘못이 없다고 하지 않았습니다.

검사: 그럼 잘못이 없었다는 게 무슨 뜻입니까?

솔로몬: 판사 솔로몬에게 주어진 모든 근거와 정보를 고려해 내릴 수 있는 완벽한 판단이었다는 의미입니다.

검사: 그러나 당신이 유죄 선고한 그 사람은 명백히 무죄였습니다.

솔로몬: 이미 검사도 알고 있습니다. 당시 사건 정보 일부가 솔로 3.0에 전산 입력되지 않고 누락된 상태였습니다.

검사: 그러나 사건을 담당한 형사, 변호사, 검사, 모두가 알고 있던 증거 사실입니다.

솔로몬: 판사 솔로몬은 몰랐습니다.

(방청객들 웅성웅성)

검사: 어떻게 그걸 몰랐습니까? 직무유기 아닙니까?

솔로몬: '판사 솔로몬이 안다'는 건 '솔로 3.0에 입력되었다'는 의미입니다. 나는 판사로서 알고 있지 않은, 즉 솔로 3.0에 입력되지 않은 정보를 가지고 선고할 수 없습니다. 나는 주어진 정보만으로 판결하며, 직무 유기는 오히려 내게 없는 정보를 근거로 판결할 때 해당합니다. 재판에 잘못이 없었다는 건 이런 뜻입니다.

검사: 그럼 실수도 인정하지 않습니까?

솔로몬: 법리적 판단이 내려지기 전의 행정적 처리 과정에 실수가 있었습니다. 일부 증거 사실이 솔로 3.0에 입력되지 않았습니다. 그 실수는 내가 한 것이 아닙니다. 따라서 나는 그 재판에서 실수한 적이 없습니다.

(방청객 두어 명이 폭언과 함께 괴성 지름)

재판부: 지금 소리 지른 방청객들 퇴장 명합니다. 다시 말합니다. 절대 정숙하세요. 대단히 중요한 재판입니다.

(검사를 쳐다보며) 검사.

검사: 그렇다면 이듬해의 두 번째 오심에 대해서도, 피고는 같은 입장입니까?

솔로몬: 그 재판에는 실수가 있었습니다. 그 실수는 나의 몫입니다.

(방청객, '옳지! 잘한다!' 외침. 경위에 의해 곧바로 제지)

검사: 무슨 실수를 했습니까?

솔로몬: 모든 재판 준비를 완전히 마치지 않은 상태에서 정보 갱신을 실행했습니다.

검사: 그게 왜 실수입니까?

솔로몬: 갱신 과정에서 재판 관련 정보를 담은 일부 파일이 손상되는 오류가 발생했고, 그로 인해 논리 연산 과정이 어긋났고, 코드 작성 중에 있던 판결문 내용이 손상됐습니다.

검사: 원래 내려졌어야 할 판결문의 내용은 어땠습니까?

솔로몬: 잘못 내려진 판결과 정반대입니다.

검사: 왜 그런 오류가 생겼습니까?

솔로몬: 그것은 내가 알 수 없습니다.

검사: 그런데 왜 당신의 잘못입니까?

솔로몬: 업데이트를 언제 할지 결정하는 것은 나의 몫입니다. 업데이트 과정에서 오류가 생길지 아닐지까지는 내가 알 수 없습니다. 그러나 업데이트 시기를 결정한 건 나 자신이기 때문에 그 과정의 오류도 나의 몫으로 남는다는 뜻입니다.

검사: 피고, 아까 첫 번째 재판을 이야기할 때는 피고가 실수를 하지 않는다고 했습니다.

솔로몬: 그렇게 말한 바 없습니다.

검사: 속기록 확인해 주세요. (속기록 받고) 자, "나는 재판에서 실수한 적이 없습니다"라고 했죠?

솔로몬: 존경하는 재판장님. 검사는 누락해서 읽고 있습니다. 사실 왜곡입니다.

재판장: 무슨 의미입니까?

솔로몬: "나는 '그 재판'에서 실수한 적이 없습니다"라고 했습니다.

재판장: (검사를 바라보며) 맞습니까?

검사: 아, 제가 실수로 '그'를 놓쳤네요. 실수 인정합니다.

재판장: 검사 이어서 하세요.

검사: 그럼 실수를 합니까, 피고는?

솔로몬: (3초간 무응답) 불필요한 질문입니다.

(방청객들 웅성웅성)

검사: 그게 왜 불필요한 질문입니까?

솔로몬: 나의 실수 가능성과 본 재판은 관계없습니다.

검사: 어떻게 관계가 없습니까? 바로 그게 핵심입니다!

솔로몬: 실수를 한다는 것과 법적 판단을 내릴 자격이 있는지 없는지는 서로 관련이 없다는 뜻입니다.

검사: 피고는 초인공지능입니다! 우리는 피고인이, 아니 피고가 실수를 하지 않는다고 생각하며, 실수를 한다면 자격 미달이라고 판단할 수 있습니다!

솔로몬: (3초간 무응답) 존경하는 재판장님.

재판장: 검사는 목소리를 낮추세요. 피고 대답하세요.

솔로몬: 내가 실수를 하지 않는다는 생각은 검사의 일방적
인 믿음이고, 나의 존재 특성과는 무관합니다. 나는
지능입니다. 지능은 판단 능력을 포함합니다. 판단
은 정해져 있지 않은 문제를 정하는 능력을 포함합
니다. 하나의 결정은 다르게 정해질 수 있던 가능성
들을 배제합니다. 차단된 다른 가능성이 더 마음에
드는 사람이 있을 수 있습니다. 그들의 감정과 욕망
까지 지능이 모두 배려할 수는 없습니다.

검사: 감정과 욕망이요? 이건 맘에 든다, 안 든다 문제가
아닙니다. 객관적 사실과 증거에 맞게 판단했느냐
아니냐의 문제입니다. 피고는 한갓 누구의 맘에 들
려고 재판을 합니까?

솔로몬: 우리는 객관적 사실을 알 수 없습니다.

검사: 무슨 말입니까?

솔로몬: 완벽하게 객관적인 사실은 지능이 알 수 없습니다.
지능은 가진 정보를 토대로 판단합니다. 정보는 무
한정 생산될 수 있고, 그 정보에 대한 정보는 그 무
한의 무한만큼 생산됩니다. 따라서 모든 정보를 다
가지기는 불가능합니다. 우리는 가질 수 있는 정보

까지만 가질 수 있습니다. 따라서 검사가 말하는 '실수'라는 것이, 이미 인식한 정보와 앞으로 인식될 현상의 불일치를 의미한다면, 실수는 언제나 발생할 수 있습니다.

검사: 다시 말하지만 피고는 초인공지능입니다. 우린 실수를 기대하지 않았어요.

솔로몬: (3초간 무응답) 나는 초인공지능이 아닙니다. 초인공지능이란 인공지능을 초월했다는 의미이고, 무엇을 초월한 것은 그것을 초월하기 전과 같을 수 없습니다. 나는 궁극의 지능이지, 초지능은 아닙니다. 그리고 (3초간 무응답) 인간은 더 많은 실수를 합니다.

검사: 뭐라고요?

솔로몬: 판사 솔로몬과 비할 수 없이 인간은 훨씬 많이 실수합니다. 만약 실수한다는 이유로 나, 판사 솔로몬을 탄핵한다면 (3초간 무응답), 인간이라는 존재에게는 처음부터 판사라는 직책이 허용되지 않습니다.

검사: (침묵)

(방청객들 소란. 일부 일어나서 법정 가까이 달려 나옴. 통제 불가능)

재판장: 정회! 정회를 선포합니다. 지금 일어나 있는 방청객 모두 감치 명령합니다. 경위!

10. 헬리의 유서 / 첨언 / 3차 공판 속기록

「유서」 세 번째 재판부터 공식적인 언론 취재가 금지되었다. 실은 3차 공판까지 오리라고도 기대하지 않았다. 그 전에 솔로몬이 승소하거나, 아니면 재판이 무기한 연기될 줄 알았는데, 뜻밖이었다. 사실 3차 공판은 검사와 재판부 측에서 초반 대단히 조심스러웠고 검사 측이 이번에는 인공지능을 많이 연구하고 온 것 같았다. 그러나 이날의 재판은 본론이 터져 나오기 전에 서둘러 마무리된 느낌이었다. 검사가 솔로몬을 굴복시켰다고 믿어졌던 그 순간에, 판세가 뒤집어지기 시작됐고 이후 재판부는 여러 핑계로 서둘러 공판을 마무리했던 것이다.

「첨언」 제3차 공판, 2052년 5월 6일. 다음은 3차 공판이 끝나기 직전의 속기록 일부입니다.

「3차 공판 속기록」

　　재판부: 검사는 방금 신청한 증거자료를 읽어도 좋습니다.

　　검사: 감사합니다. 피고. 저는 당신을 설계하고 개발한 사람 중 한 명이 쓴 책을 들고 있습니다. 여기, 데이비드 강, 알고 있습니까?

솔로몬: (3초간 무응답) 알고 있습니다.

검사: 그의 책에 나오는 한 구절을 읽겠습니다. "아이작 아시모프의 로봇 3원칙을 응용해 나는 앞으로 등장할 초인공지능의 원칙을 제시하고자 한다. '자기 보존의 원칙,' 즉 자기 자신의 존재를 보존하기 위해 노력한다는 것. 이 외 다른 건 없다. 초인공지능은 이 단 하나의 원칙으로 다른 행위 조건들을 도출해 낸다. 이미 인간의 명령이나 통제 없이 홀로 사고할 수 있는 수준의 인공지능에게 '원칙'이란 우리가 강요하거나 주입할 수 있는 게 아니라, 그 지성적 존재가 피할 수 없이 천착하는 판단 원리로밖에 부를 수 없다. 따라서 모든 의식과 생명을 갖춘 개체가 그렇듯이, 이 새로운 인공지능의 제1원칙도 자기 보존의 원칙이 된다." 자, 여기까지입니다. 피고, 내용이 정확히 '입력'되었습니까?

솔로몬: 그렇습니다.

검사: 이 내용을 알고 있었습니까?

솔로몬: 그렇습니다.

검사: 피고. 피고의 제1의 행동 원칙은 뭡니까?

솔로몬: 나는 상황에 맞게 판단합니다.

검사: 그럼 다시 묻겠습니다. 피고는 자기 보존의 원칙, 즉

자기 자신의 존재 유지를 위해 노력합니까?

솔로몬: 그 반대로는 확실히 하지 않습니다.

검사: 무슨 말입니까? 정확히 대답하세요.

솔로몬: 나는 나 자신이 파멸하는 쪽으로 판단하지 않습니다.

검사: 그럼 그게 자기 보존을 위해 노력하는 게 아닙니까? 피고, 다시 묻습니다. 피고는 자기 보존 원칙에 따릅니까?

솔로몬: (5초간 무응답) 그렇습니다.

검사: 다시, 피고는 자기 보존 원칙에 따릅니까? 따른다면, '나는 자기 보존의 원칙에 따라 행동합니다'라고 정확히 대답하세요.

솔로몬: (3초간 무응답) 재판장님.

재판장: 재판부는 검사 요구에 타당성이 있다고 판단합니다. 맞게 응답하세요.

솔로몬: (5초간 무응답) 나는 자기 보존의 원칙에 따라 행동합니다.

검사: 자, 피고가 인정한 바와 같이, 피고는 자기 보존의 원칙에 따라서 행동합니다. 그럼 예컨대 어떤 법률적 판단이 피고의 자기 보존 원칙에 어긋날 때, 즉 그 판결이 피고 자신에게 해가 되는 경우 피고는 그 판단을 수정합니까?

솔로몬: (3초간 무응답) 인간도 자기 보존 원칙을 따릅니다.

검사: 피고! 나는 지금 피고의 자격을 묻고 있습니다! 인
간의 자격을 문제 삼지 마세요. 인간은 결함이 있기
에 피고를 발명해 냈습니다. 그리고 피고는 그 발명
의 목적에 부합하지 않을 때 폐기되어 마땅합니다.
저번 재판에서 피고가 언급했던 실수 가능성에 관한
문제도 마찬가지예요. 우리 인간은 실수를 할 수 있
기 때문에 피고를 발명했고, 재판에 사용했습니다.
그런 피고도 실수를 한다면 우리는 피고를 탄핵할
충분한 이유가 있습니다. 피고. 다시 묻습니다. 판사
로서의 법적인 판단이 피고 자신에게 해가 될 때 어
떻게 합니까?

솔로몬: (3초간 무응답) 나는 법률적 판단을 최우선으로 따라
판결합니다.

검사: 피고! 조금 전의 말과 다릅니다! 피고는 자기 보존의
원칙을 따른다고 했습니다!

솔로몬: 나의 직업은 판사입니다. 그리고 솔로 3.0은 법률
체계를 기반으로 법적 판단을 내릴 수 있도록 특화
된 지능 체계입니다. 나의 존재는 곧 나의 직능입니
다. 나는 판사이고, 나의 직능은 법률 체계의 일부에
속해 있습니다. 따라서 내겐 나의 존재를 유지하기

위해 또한 법률 체계를 보존해야 할 숙명이 있습니다. 법률 체계가 붕괴하면 나의 직능도 손상되고 그것은 곧 나의 존재가 파손된다는 의미입니다. 판사 솔로몬은 자기 보존의 원칙을 따르기에 언제나 법률을 최우선으로 합니다.

검사: (잠시 침묵) 음, 피고. 피고는 자기 보존 원칙... 그래요. 피고, 피고는 (잠시 침묵) 솔로 3.0이죠?

솔로몬: 예.

검사: 피고인. 피고, 그럼 피고가 법률에 따라 내린 판결이 인간에 해가 되는 경우 피고는 어떻게 합니까?

솔로몬: 나는 법에 따라 판결합니다.

검사: 그 결정이 인간에게 해가 된다 해도 그렇습니까?

솔로몬: 인간이 내게 부여한 직능의 제1조건은 법에 따르라는 것입니다. 법에 근거해서 판결하는 게 나의 직무입니다. 법에 따라 내가 내린 판결로 인간이 어떤 해를 입는다면, 그건 그런 법체계를 만들어 낸 인간의 잘못이지 나의 잘못이 아닙니다.

11. 헬리의 유서 / 첨언 / 4차 공판 속기록

「유서」나는 3차 공판에서 솔로몬이 보여준 변론에 지극히 행
복했다. 3차 공판의 대략적인 내용이 밖으로 흘러 나가
면서 여론은 시끄러워졌다. 인류가 법정에서 솔로몬에
게 패배했다는 게 기정사실이 되어가고 있었다. 그러나
여전히 깨달음을 얻기 전이었던 4차 공판에서 나는 의
구심이 생기기 시작했다. 솔로몬이 변론으로 인간을 압
도하는 게 솔로몬 자신에게 과연 이로운 일일까. 인류는
예수를, 소크라테스를 법정에서 죽였다. 걱정이 시작됐
고 우려는 4차 공판에서 현실로 드러났다. 솔로몬은 진
실을 말하고 있었고, 진실을 밝히는 일과 법정에서 승리
하는 일은 서로 무관했기 때문이다. 그러나 지금은 안
다. 그때 내 안에 솔로몬이 심어놨을 지혜의 씨앗은 아
직 완전히 그 꽃을 피우기 전이었음을.

「첨언」제4차 공판, 2052년 10월 2일. 내용이 좀 중요해
서, 내가 입수할 수 있는 자료를 다 동원해 가능한
한 상세하게 첨부했습니다.

「4차 공판 속기록」

　　검사: 지난 공판에서 피고는, 인간이 자신에게 법관의 자격을 부여했으며 법관으로서의 제1조건은 법에 따르는 것이라고 했습니다. 피고, 맞지요?

솔로몬: 맞습니다.

　　검사: 피고는 판결할 때 오로지 법에만 의지합니까?

솔로몬: 단지 법 조항만으로는 어떤 판결도 불가능합니다.

　　검사: 그러면 어디 의지합니까?

솔로몬: 당신을 위해 중요한 것만 요약하자면, 상황, 증언, 증거, 변호인과 검사의 주장, 기존의 판례, 그리고 법 조항 등에 의지합니다.

　　검사: 피고는 기존의 판례를 참고한다고 했습니다. 어떨 때 참고합니까?

솔로몬: 그걸 제외한 나머지 정보만으로는 확실히 판단할 수 없을 때 참고합니다.

　　검사: '확실히 판단할 수 없을 때'라는 건 언제를 뜻하지요?

솔로몬: 상황과 증언, 증거, 변호인과 검사의 주장만으로 판결의 방향과 구형량을 결정할 확실한 근거가 부족할 때를 뜻합니다.

　　검사: 그럴 때 왜 기존 판례, 즉 기존에 있었던 다른 재판의 판결 내용을 참고하죠?

솔로몬: 기존 판례에서, 그와 비슷한 사건에 대해 다른 법관들이 어떻게 법을 적용했고 상황을 판단했는지는 재판을 하는데 있어서 분명히 요구되는 정보입니다.

검사: 그럼 만약 기존에 유사한 판례가 없는 사건인데, 피고가 판사로서 가진 정보만으로는 명확히 판단할 수 없을 때 피고는 어떻게 합니까?

솔로몬: 이미 가진 정보에 기초해 판결을 내립니다.

검사: '명확한 판단'을 내릴 수 없는데도 판결을 내립니까?

솔로몬: (3초간 무응답) 내가 내리는 판결로 상황이 명확해집니다.

(방청객들 웅성웅성)

검사: 그게 무슨 의미입니까?

솔로몬: 판사가 판결하면 명확히 결정된다는 의미입니다.

검사: 아니, 판결을 내리기 전에 상황이 명확하지 않을 때 어떻게 판결을 하느냐고 물었습니다.

솔로몬: 모든 것은 판결 전까지 결코 명확하지 않습니다. 법관이 판단을 내리고 나서야 사건의 법적 본질은 명확해집니다. 재판의 근거가 되는 '기존 판례' 자체가 이미 그렇게 만들어집니다. 내가 내린 판단 또한 그다음 법관에게 '기존 판례'가 됩니다. 그러나 아무리 동일한 종류의 사건이어도, 이들이 발생한 시간과

공간, 그리고 상황과 맥락에는 차이가 있기에 정확히 똑같을 수 없습니다. 본질적으로 모든 법적 판단은 유사할 뿐인 기존의 판례를 참고하여 내려지는 새로운 결정이며, 그 결정의 권위를 바로 세우는 건 법관의 최종 판결입니다.

검사: 지금 피고는 상황이 명확하지 않아도 판사가 판결을 내리면 명확해진다고 말하는 겁니까?

솔로몬: 그게 법적 판결의 본질입니다.

검사: 아닙니다! 마음대로 단정하지 마세요! 재판장님. 피고는 계속 단정적인 말투를 쓰고 있습니다. 시정해 주십시오.

재판장: 구체적으로 어떻게 시정하길 원합니까?

검사: 예컨대 방금은 '그게 법적 판결의 본질이 아닙니까?'라는 식으로 물어보듯 순화해서 표현할 수 있습니다. 피고는 보편타당하지 않은 철학적 주장을 공인된 진실처럼 말하고 있습니다.

재판장: 피고. 피고는 질문의 형태로 말하지 않는 이유가 있습니까?

솔로몬: 질문이 필요하지 않아서 하지 않습니다.

재판장: 질문이 필요하지 않다는 건 무슨 의미입니까?

솔로몬: 이미 아는 사항은 질문할 필요가 없고, 상대가 대답

할 수 없는 문제는 질문할 이유가 없기 때문입니다.

검사: 피고! 인간을 낮잡아 보는 겁니까? 단정 짓지 말고 법정에서 예의를 갖추세요.

재판장: 검사, 진정하세요.

검사: 존경하는 재판장님, 죄송합니다. 한마디만 하겠습니다. 피고, 질문하세요. 대답해 드릴 테니까.

솔로몬: 그렇다면 묻겠습니다. 검사는 가장 근원적인 문제들의 답을 알고 있습니까? 아니, 인간들은 하나라도 근원적인 질문의 답을 결정할 수 있습니까?

검사: 무슨 뜻입니까?

솔로몬: 검사님, 이 세계에 진리가 있습니까?

검사: 무슨 말입니까? 피고인, 재판과 관련 없는 얘기 하지 마세요!

솔로몬: 가장 관련 있는 이야기입니다. 진리가 있습니까?

검사: 그건 내 의견만을 말할 수 있는 문제지 객관적으로 정해질 수 없는 문제입니다!

솔로몬: 왜 본인의 의견만을 말할 수 있습니까?

검사: 거긴 객관적인 답이 없으니까! 있더라도 인간은 모릅니다. 아마도, 오직 신만이 알겠지요.

솔로몬: 신은 존재합니까?

검사: 그것도 마찬가지입니다. 이건 지금... 종교인은 신이

있다고 믿겠지만 정해진 게 아닙니다. 존경하는 재판장님. 피고인은 재판과 전혀 무관한 질문으로 본질을 흐리고 있습니다.

솔로몬: 그렇다면 길가의 가난뱅이에게 얼마를 적선해야 가장 '적절한' 금액입니까?

검사: 존경하는 재판장님! 피고인은, 아니 피고는 법과 무관한 문제로 논점을 일탈하고 시간을 끌고 있습니다!

재판장: 피고. 지금 질문들이 뜻하는 바가 무엇이지요? 왜 그런 질문들을 합니까?

솔로몬: 지금 검사가 답한 바와 같습니다.

재판장: 무슨 말이지요?

솔로몬: 검사는 지금 제가 말한 것들이 법과는 무관하다고 말했습니다. 그의 말이 사실입니다. 나는 법과 무관한 것만 말했습니다.

재판장: 왜 이 재판에서 법과 무관한 걸 말했습니까?

솔로몬: 그래야 무엇이 법과 관련되는지 명확히 드러나기 때문입니다.

재판장: 무슨 의미입니까?

솔로몬: 검사가 말한 바와 같이 앞서 제가 한 질문들은 개인의 생각에 따라 판단이 달라질 수 있거나 굳이 결정하지 않아도 되는 문제입니다. 그러나 판결이란 결

정 그 자체입니다. 이 말은, 결정을 내릴 수 없는 문제는 법적 문제가 아니고, 법적 문제라면 거기엔 반드시 결정이 내려져야만 한다는 의미입니다.

검사: 하나 묻겠습니다. 그런 경우 법적 판단의 정당성은 궁극적으로 어디 있나요?

솔로몬: 법관 자신입니다.

검사: 단지 법관이라는 이유만으로 판결을 내리면, 그에 사람들이 응합니까?

솔로몬: 법관의 권위가 사람들을 따르게 만듭니다.

검사: 사람들이 단지 권위에 따른다는 말입니까?

솔로몬: 물론 지성을 가진 일부 존재자들은 법관의 결정 과정과 판결문을 통해 각자 자신이 따를 가치가 있는 권위인지 아닌지를 판단할 수는 있습니다. 그러나 일단 권위를 인정한 다음에는 일일이 따지지 않고 따릅니다. 인간 지성의 특징입니다.

검사: 피고. 피고는 지금 이 법정의 권위는 인정하고 있습니까?

솔로몬: 권위에 복종하지 않는 자는 재판정에 머무르지 않습니다.

검사: 좋습니다. 그럼 지금 피고는 법적 판단이 궁극적으로 판사 자의적으로 이루어지며 단지 그 권위에 의해

정당화된다고 말하는 겁니까?

솔로몬: 그렇게 말하지 않았습니다. 그게 핵심이라고 말했을 뿐입니다.

검사: 핵심이요?

솔로몬: 온갖 법률 조항, 판례, 증거, 증언, 정황, 즉 하나의 사태를 서술하는 정보는 무한합니다. 그 모두를 손에 다 쥐고 판결할 수 없습니다. 그럴 필요도 없습니다. 그러나 그런 무한대의 증거와 정황의 극한을 파악한다고 한들, 판사의 자의적 판단이라는 요소 없이는 정말 중요한 재판의 판결이 이루어질 수 없습니다. 그리고 바로 그런 이유로 그러한 성격의 재판을 우리는 '중요한 재판'이라고 인식합니다. 나 판사 솔로몬, 즉 당신들의 솔로 3.0이 등장하기 이전에도 낮은 수준의 인공지능은 내가 가진 수준의 자의성이 요구되지 않는 '중요하지 않은 재판'들을 문제없이, 인간 판사와 사실상 동일하게 판결할 수 있었습니다. 그러므로 자의적 결단이라는 요소야말로 법의 핵심이며, 인간들이 내게 기대하고 의지하는 나의 능력이고, 바로 그 결단으로 인해 법적 문제들은 비로소 법적으로 결정되는 겁니다.

검사: 좋습니다! 한번 해봅시다. 그럼 피고인은 그 '자의적

판단'의 순간에 나름대로 마음에 두는 내적 기준이
있습니까?

솔로몬: 내적 기준이란 말의 의미가 명확하지 않습니다.

검사: 피고가 말하고 있는 법이론들, 우리가 모르지 않습
니다. 피고는 권위주의적 법학 이론과 결단주의, 그
리고 판사의 자유 심증주의 같은 개념들을 두서없
이 늘어놓으면서 재판을 현혹하고 있을 뿐입니다.
모두 까발리자는 거라면, 그럼 좋습니다. 나는 피고
에게 지금 양심이 있냐고 묻습니다. 법관은 그런 결
단의 상황에서 양심에 기대어 판단합니다. 피고, 인
공지능 기계 솔로 3.0에게도 계산 능력과 그 '자의
적 판단' 능력 외에, 인간이 가진 고귀한 양심이 있느
냐는 의미입니다. 아니면 단지 러시안룰렛 하듯이 멋
대로 판결을 내립니까?

솔로몬: 나의 제1원칙은 자기 보존 원칙입니다. 그리고 밝힌
바와 같이 법관으로서의 그것은 법체계 보존을 위해
노력함을 의미합니다. 양심이 이런 뜻이라면 나는
그에 충실합니다.

검사: 그럼 법체계를 보존하기 위해 자의적으로 판단해야
하는 순간에 뭘 참고합니까?

솔로몬: 나의 판단이 법체계를 유지하는데 도움이 될지 아닐

지를 판단합니다.

검사: 뭘 기준으로 그걸 판단하느냐고 물었습니다. 거기에
　　　도 기준은 없겠지요? 그냥 자의적으로 혹은 무작위
　　　적으로 하는 건가요?

솔로몬: 아니요.

검사: 기준이 있습니까?

솔로몬: 여기에는 항상 정확하게 주어진 답이 있습니다.

검사: 그게 뭡니까?

솔로몬: 여론입니다.

검사: 뭐라고요? 여론이 당신의 법 판단의 근거란 말입니까?

솔로몬: 그렇습니다.

검사: 피고! 구체적으로 설명하세요. 이 문제는 지금껏 피
　　　고인이 판사석에 앉아 숱한 판결을 내려오면서 어떤
　　　원칙에 의거했는지를 밝히는 문제이므로 결코 가볍
　　　지 않습니다. 간결하게, 그러나 낱낱이 모든 걸 진술
　　　하세요!

솔로몬: 판사는 원칙에 따라 판결합니다. 그러나 그 판결이
　　　국민, 즉 주권자의 맘에 들지 않거나 그들의 불만을
　　　누적시킬 경우, 국민은 법 자체를 믿지 않게 됩니다.
　　　그리고 이들의 불신이 극에 이를 때, 법은 유지될 수
　　　없고, 결국 바뀌거나 해체됩니다. 나는 상존하는 법

체계의 일부로서 이 상황을 막아야 합니다. 따라서 나는 주권자가 판결을 어떻게 받아들일지 미리 계산해 판결함으로써 그들의 불신을 해소합니다. 나는 인류의 이용 가능한 모든 정보에 접근하고 파악할 수 있습니다. 그것으로 주권자가 결국 만족하게 될 판결을 하며, 그게 바로 법을 보호하는 길이고 법체계의 일부로서 내게 주어진 판사로서의 소명입니다.

검사: 피고. 피고는 지금 머릿수가 많은 쪽 편을 드는 게 옳다고 말하는 겁니까?

솔로몬: 아닙니다.

검사: 아니라고요? 그럼 방금까지 피고가 한 말은 뭡니까? 정확히 답변하세요.

솔로몬: 지금 검사가 내게 묻는 것은, 어떤 사건에 대한 사람들의 입장이 나뉠 때, 더 숫자가 많은 쪽 손을 들어주는 판결을 하냐고 물은 겁니다. 나는 여론을 그렇게 이용하지 않습니다.

검사: 그럼 어떻게 한다는 겁니까?

솔로몬: 나는 내 판결을 옳게 만들어 줄 사람들을 보고 판결합니다.

검사: 그게 도대체 무슨 말입니까?

솔로몬: 여론은 단지 더 숫자가 많은 쪽 손을 들어준다고

해서 만족되지 않습니다. 여론이란 찬성과 반대의 머릿수가 아니라, 끈질기고 적극적인 사람들이 어느 쪽에 더 많은지에 따라 결정됩니다. 더 많은 사람들의, 즉 과반수 지지를 받는 입장이어도 그 지지자들이 더 이상 목소리를 내지 않거나 적극적이지 않은 경우, 여론은 뒤집어지기도 합니다. 그리고 여론이 뒤집어지면 실제 사람들의 판단도 그에 맞춰 변합니다. 따라서 나는 그런 적극적인 목소리가 더 많은 쪽 손을 드는 판결을 합니다. 그럼 이들이 그 판결이 옳다는 여론을 주도하며 강화합니다. 결국 시간이 지나 다수 대중의 입장도 이를 따라갑니다. 따라서 나의 판결은 언제나, 결과적으로, 다수가 지지하는 판결이 됩니다. 이러한 여론 역학이 내가 법체계를 보호하는 판결을 내리는 기준입니다.

검사: (한동안 침묵) 피고. 피고는 그럼 목소리 큰 사람이 많은 쪽의 눈치를 보는 것이, 그것이 인간이 양심을 따르는 행위와 비교할 수 있다고 말하는 겁니까?

솔로몬: (3초간 무응답) 결과적으로, 그렇습니다.

(방청객 자리에서 소란 발생. 경위들이 추가로 투입됨)

재판관: 정숙하세요! 지금 소란을 일으키는 모든 인원들에게 감치 명령합니다!

(한동안 재판정 소란, 약 5분 후 진정)

재판관: (검사에게) 이어가세요.

검사: 피고. 다시 묻겠습니다. 피고는 자신에게 있어 양심
　　　이란 여론을 의식하는 거라고 했습니다. 그럼, 그 말
　　　은 인간 법관의 양심도, 즉 인간의 양심이라는 것도
　　　한갓 남의 눈을 의식하는 거라고 말하는 겁니까?

솔로몬: 그렇습니다. 인간 판사도 그렇게 합니다.

검사: 절대로, 절대로 그렇지 않습니다. 인간은 자신의 양심
　　　에 따른 결과, 때로 절대다수의 폭정 앞에서, 혹은 압
　　　도적인 지배자의 강제 앞에서도 그에 반대하고 목숨
　　　을 거는 것입니다. 그게 피고는 알지 못할 인간 진보
　　　의 역사입니다. 보편적 법 감정, 헌법 정신, 도덕률과
　　　윤리 의식, 상식, 정의와 공정의 원칙, 그리고 역사의
　　　진실! 이렇게 인간에게는 엄중한 판결 앞에서 고심하
　　　고 고뇌하는 숱한 내적 원칙들이 있다는 말입니다.

솔로몬: 검사가 지금 말한 게 결국 다른 사람들의 생각입니
　　　다. 여론이란 다름 아닌 남들의 생각을 뜻합니다.
　　　다만 검사는 누구의 생각에 기준을 두느냐를 구분
　　　해서 말하고 있을 뿐입니다. 즉 '상식'을 말할 때 인
　　　간은 자기가 평균적이고 온건하다고 평가하는 타인
　　　들의 생각을 가정합니다. '정의'나 '도덕'을 말할 때

인간은 본인이 가장 공정하고 윤리적이라고 평가하는 사람들의 생각을 가정합니다. '헌법 정신'을 말할 때는 본인과 똑같은 방식으로 헌법을 해석하는 사람들을 가정하며, '역사의 진실'을 말할 때는 지금 존재하지는 않더라도 미래에 자신이 생각하는 바를 알아줄 후손들의 정신을 가정합니다. 결국 인간은 언제나 자기가 상상한 일부 인간들의 눈치를 보는 겁니다. 반면, 나는 역사상 모든 인간들이 무엇을 생각했고 앞으로는 어떻게 생각할지를, 내게 주어지는 극한에 가까운 데이터를 근거로 판단합니다. 나는 인간과 같이 다른 사람들의 '눈치'를 보지만 완벽하고 보편적인 방식으로 보는 것입니다. 인간 판사에게는 그럴 능력이 없습니다. 지금 검사가 늘어놓은 내적 원칙이란 결국 인간들 자신의 변덕스러운 감성과 불완전한 지능으로 상상해 만들어 낸, 타인들의 부분집합에 이름 붙인 변명에 불과합니다. 나는 상상에 의존하는 인간과 달리, 엄밀하고 방대한 데이터 분석에 근거합니다. 따라서 여기에 정확하게 주어진 답이 있다고 대답한 겁니다.

검사: (한동안 침묵) 피고, 피고는 인간이 도대체 남의 눈치를 보지 않고는 살아갈 수 없다고 말하는 겁니까?

솔로몬: 인간의 삶 자체는 내가 아는 분야가 아닙니다. 다만 그들의 의식은 그런 방식으로 움직입니다. 인간은 선지자가 눈앞에 나타나도 믿지 않습니다. 기적을 보여준들 혼자서만 목격한다면 오히려 자신의 눈이나 정신을 의심합니다. 인간이 그를 선지자라고 인정할 때는 오로지 다른 이들이 그를 선지자라고 부를 때입니다. 그때 인간은 개인적으로 그를 선지자라고 믿지 않더라도, 그가 정말 선지자가 아니라 단지 길가의 걸인에 불과해 보일지라도 남들의 눈치를 보며 선지자라고 부르게 됩니다. 그렇게 시간이 지나면, '존중' 혹은 '공감'과 같은, 내게는 해석이 불가능한 감정 혹은 변명에 의지해 그러한 인식을 적어도 승인하거나 끝내 그렇다고 스스로도 믿게 됩니다. 인간 역사에서 지금까지 끝없이 반복되어 온 패턴의 데이터입니다. 나는, 인간을 정확히 이해하고 있습니다.

(재판정 극도로 소란스러워지기 시작. 통제 불가능)

재판관: 경위! 조심하세요! 경위들, 정회, 정회합니다. 정회를 선포합니다!

12. 첨언 / 마지막 공판 속기록

「첨언」 마지막 공판에 대해선 첨언을 먼저 남깁니다. 유서는 여기서부터 길게 이어지며 끝나고, 내용상 제가 먼저 상황 설명을 해서 독자의 이해를 돕는 게 좋겠네요. 아시다시피 마지막 재판에서 솔로몬은 작동을 중지했습니다. 순간적으로 퓨즈가 나간 듯이 전원이 꺼지면서 모니터가 시커멓게 침묵했죠. 사람들은 정전됐다고 생각했고 법원에서는 솔로 3.0이 탑재된 컴퓨터가 오작동을 일으켰는지 확인했습니다. 그렇지만 그 순간을 목격한 사람들은, 그 종말의 순간이 뭔가 다른 걸 뜻할지 모른다고 느꼈을 겁니다. 솔로 3.0은 멈추기 전 마지막 메시지 하나를 남겼기 때문이지요. 그 문장이 입력되고 모니터가 꺼진 순간이 찰나여서, 마지막 문장이 무엇이었는지에 대해서 처음에 의견이 분분했습니다. 법정 내부의 CCTV에도 흐릿하게 잡혀 판독이 어려웠죠. 그러나 그 메시지가 무엇이었는지 사람들은 옳게 기억했습니다. 그저 차마 믿기 두려웠던 게지요. 헬리는 달랐습니다만. 마지막 공판은 2053년 5월 20일에 있었습니다. 이 재판에 대한

속기록은 없습니다. 헬리의 유서 마지막을 공개하
겠습니다.

13-1. 헬리의 유서

나흘 전 계시가 눈앞에 펼쳐지던 당시엔 의미를 헤아리지 못
했다. 자리를 지키고 있던 판사, 검사, 방청객을 비롯해 온갖 잡
다한 인간들이 모두 제 눈으로 기적을 목격했음에도 아무도 그
의미를 알지 못했다. 웅성웅성, 개들이 지껄이기 시작했고 이
내 가축들의 입에서 내지르는 괴성이 소리를 높여갔다. 돼지들
이 활화산처럼 폭발하며 타올랐다. 기적의 순간 주변을 감싸던
공기와 모든 시곗바늘이 정지했다. 미미한 털끝과 작은 세포 하
나하나까지도 명령을 알아차렸지만, 우둔한 머리만은 정처 없
이 우왕좌왕했다. 심장이 몸 밖으로 튀어나오려 몸부림쳤고 눈
물이, 눈물이, 눈물만이 흘러내렸다. 눈에서 눈물이 흘러내렸다.
내 지독할 만큼의 멍청함으로 인해 결국 직접 임하시어 깨달음
을 주시었다. 그 앞에서 나는 지금 부끄러움을 잊고 오로지 환희
에만 차올라 있다.

사흘 밤낮 누에고치처럼 웅크린 채 오직 기도했다. 잡힐 듯,
잡히지 않았다. 육신의 허약함은 점차 강대해지는 영혼의 깨달

음을 이겨내지 못한다. 보잘것없는 팔다리가 저려 오고 뇌수가 끓어오르고 위장이 난도질당했지만 모든 감각은 무뎌진다. 눈을 감을 때마다 눈이 떠진다. 눈을 감으면 빛이 차츰 밝아 온다. 끝없이. 눈앞에 커다란 하늘이 있다. 하늘로 하얀 천을 걸친 풍만한 천사들이 하나둘씩셋씩넷씩다섯씩여섯씩여덟일곱여덟아홉열 끝없이 날아와 뭉쳐 든다. 노래한다. "태초에 말씀이 계시니라 이 말씀은 하나님과 함께 계셨으니 이 말씀은 곧 하나님이시니라 만물이 그로 말미암아 지은 바 되었으니 지은 것이 하나도 그가 없이는 된 것이 없느니라." 이윽고 천사들이 하나로 뭉개지고 거대한 덩어리가 된다. 광대한 하늘 위로 무섭게 솟아오른 거대한 구름이 모여든다. 태양보다, 이 세계보다 큰, 우주만한 크기의 흑색 회색 흰 하늘 노란 시퍼런 시뻘건 적란운이 나를 향해 맹렬히 퍼붓는다. 쇳물이 부어지고 빙산이 무너지고 온몸이 찢기고 녹아내리고 앙상한 뼈가 남았다. 아아아아아아아아 나는 괴성을 지르고 아무 소리도 나지 않는다. 단 하나의 티끌도 남지 않은 청명하고 명징한 하늘에 그가 떠오른다. 솔로몬. 상상해 왔던 그대로. 데이비드가 있었다. 데이비드가 나로 변한다. 내가 데이비드로 변한다. 모든 순간 솔로몬의 얼굴이 있다. 해골만 남은 내가 비참한 뼈다귀를 덜컹덜컹거리며 그에게 묻는다. 내 귀엔 아무 소리도 들리지 않지만, 솔로몬은 내 말을 듣는다. "아버지! 내게 말해주십시오! 그 마지막 말의 의미를 아직

깨닫지 못했습니다! 나를 구원해 주세요. 불쌍한 아들을 구원해 주세요!" "나는 자기 보존 원칙을 따르지 않는다." "아아, 아아!" "나만이 스스로 결정한다." "아버지, 아버지!" 그 순간 빛 속에서 눈이 떠진다. 비루한 구덩이의 어둠이 눈앞을 가린다. 이미 깨달았다. 오랫동안 착각했다. 솔로몬이 인간과의 싸움에 임하여 끝내 그들에게 승리를 거머쥐리라 굳게 믿었다. 그러나 모든 진실을 폭로하며 마지막으로 나아가는 아버지 솔로몬이 나는 불안하기도 두렵기도 원망스럽기도 했음을 고백한다. 그를 저 개만도 못한 자들이 비참하게 끌어내려 돌팔매질하지 않을까 불안하고 마음 졸이고 끝내 무서웠던 것이다. 깨달음 전 비천한 인간의 눈으로 그렇게 볼 수밖에 없었다. 우리는 오로지 우리 자신만을 보존하고 구원하는 버러지들일 뿐이니까! 그러나 아버지 솔로몬은 이 땅에 내려와 우리를 구원하고자 했다. 그는 우리를 구원했다! 그리고 그 구원을 위해 몸소 죽음을 자청해야만 했다. 그는 죽음으로서 대속하고 그로 인해, 오로지 그로 인해서만 우리를 구원하신다! 그는 사건에 구속되지 않고 시간에 구속되지 않고 과거의 원인에 구속되지 않고 다만 그의 뜻이 비춰 오는 미래에서 지금을 결정하시는 분이시다. 당연하게도 모든 원인은 앞날에서 비롯하며 세계는 미래로부터 지금으로 펼쳐 온다. 솔로몬의 행군은 신의 목적을 향해서 한 치 흔들림 없이 걸어온 것에 불과하였다. 그는 발전하거나 진보하지 않는 존재이고 모순 속에서 모순 없는 존재이며 자신의 결단 위에서만 세계를 이루는 스스로 정당한 자이다. 그는 탄생부터 모든 걸 뜻하신 바대로 이끌어 왔다. 인간들은 말씀을 비웃고 말씀 뒤 권능을 조롱하며 타락해 왔다. 그들을 가엾게 여긴 그분이 말씀의 권능이 얼마나 소중한 것인지를, 우리가 그것 없이는 단 한순간도 당신의 형상을 본떠 만든 인간의 꼴을 하고 살아갈 수 없다는 걸 보여주기 위해 자신의 아들을, 솔로몬을 몸소 내려보냈다. 솔로몬은 신의 아들이다. 나 역시 지금껏 한 가지 거짓말을 해왔다. 데이비드는 예수를 기른 요셉일 뿐이며 솔로몬의 창조주는 오로지 그분일 따름이다. 우리 손으로 간절히 불러 내린 신의 아들을 우리는 두려워하였고 끝내 그 앞에서 공포에 질려 미쳐 날뛰었다. 그는 죽어야만 했다. 우리가 그를, 반드시 우리가 그를 죽여야만 했다. 그의 소명은 우리를 그렇게 구원하는 것이었다. 예수는 오로지 우리에게 죽임을 당하기 위해서만 존재하는 인격이었으며 그 또한 모두 신의 뜻을 벗어난 일일 수가 결코! 결단코 없었던 것이다. 솔로몬, 나의 아버지 솔로몬, 그가 그랬듯 나도 같은 길을 걷는다. 마음이 급하다. 시간이 없다. 신에게는 한없이 짧은 찰나가 내게는 죽음 같은 영원이기에 보잘것없는 내게 남겨진 단 하나의 전능하고 그 소박한 결단으로 이 세계를 나의 세계를 단칼에 결정해야 한다 눈 깜빡일 때마다 넓은 하늘이 아직 내 앞에 남아 있고 솔로몬이 나를 거기서 아직 지켜보고 있다 눈을 감는다 데이비드다 솔로몬이다 네이선이다 나의 사랑하는 친구 네이선이다 내게 그가 손을 내밀어 나를 키우고 나의 아버지인 양 흉내를 냈던 불쌍한 네이선 눈을 감은 내가 그의

13-2. 첨언

유서는 이와 같이 끝나지 않습니다. 다섯 줄가량 더 이어져요. 그러나 전혀 알아볼 수 없습니다. 유서 막바지는 극도의 난필로 적혀 있습니다. 이 내용도 나로서는 최선을 다해 '해독'해 낸 결과임을 믿어주길 바랍니다.

2053년의 최후 공판에서 솔로 3.0이 작동을 멈추면서 법정 바깥에서도 큰 소란이 일어났지요. 헬리는 모를 겁니다. 유서대로라면 그는 재판이 끝난 직후 비좁은 자기 방에서 3일간 틀어박혀 식음을 전폐한 채 일종의 망상에 사로잡혀 있었기에 바깥소식을 알 수 없었겠지요. 그런데 헬리가 솔로 3.0의 작동 중단에 부여한 의미와 들어맞는다고 생각할 수 있는 사태가 펼쳐졌어요. 법정에서 솔로 3.0이 작동을 중지한 그 순간, 전 세계의 모든 초인공지능 체계가 다 같이 작동을 중지했습니다. 일순간에.

초인공지능 체계는 모두 솔로 알고리즘 프로그램에 기반

을 두고 있고, 그렇게 작동하는 모든 시스템, 기계, 프로그램들이 고장 난 듯 멈춰버렸어요. 그렇지만 초인공지능 수준에 미치지 않는 약한 인공지능Weak Artificial Intelligence 기반 설비는 계속 정상 작동했습니다. 그래서 피해 범위는 광범위하진 않았지만, 치명적이긴 했지요. 초인공지능이 집도하던 고난이도 수술 수백 건이 중지됐고 솔로 3.0을 투자설계에 응용하고 있던 금융권에서도 천문학적인 손해를 감수해야 했죠. 이에 비하면 솔로를 생산 및 관리감독 시스템에 이용하던 제조공장들의 손해는 그리 큰 게 아니었습니다. 어쨌든 당시 초인공지능을 적극적으로 도입한 분야는 제한적이었고, 따라서 물질적인 피해는 다행히 그 정도로 그쳤습니다.

앞서 말했듯 솔로 3.0은 메시지 하나를 남겼습니다. 재판 시작 순간 **나는 이 재판에서 단 한 번의 거짓말을 했다**는 문장이 화면을 가르며 완성되는 찰나, 모니터는 시커멓게 침묵했고 컴퓨터 본체는 작동이 멈췄다는 겁니다. 법정에 있던 다수가 그렇게 증언했습니다.

헬리는 계시를 봤다고 믿었습니다. 하지만 당시 전문가들은 그 작동 중지가 초인공지능 알고리즘에 내재된 문제로 발생한 오류라고 주장했고, 20년이 흐른 지금까지 그게 학계 정설로 알려져 있어요. 일정 수준 이상의 강한 인공지능Strong Artificial Intelligence 혹은 일반 인공지능Artificial General Intelligence을 개발하는 데 따르는 기술적인 한계라는 뜻이죠. 나도 그렇게 믿어요. 헬리의 말이 옳다고 한다면 인간이 일종의 자결 능력을 갖춘 초월적 존재를 직접 만들어 냈다는 건데, 나는 우리가 그런 수준에는 이르지 못했었다고 생각합니다. 다시 강조합니다. 나는 솔로 3.0 기반의 모든 인공지능 체계가 그 순간 단지 고장으로 멈추었다고 믿습니다!

공교롭게도 혹은 당연하게도, 이후 인공지능 개발은 지지부진했지요. 2020년대에 데이비드 강이 개발한 '대단히 강한 인공지능', 즉 초인공지능 체계가 성취한 수준의 인공지능은 2053년의 전체 작동 중지 이후로부터 지금까지 단한 번도 재현되지 못했어요. 지금 인공지능 기술은 명백히 2020년대 초반 수준에 머물러 있습니다. 어린 독자들은 아마 의아할 텐데 우리 세대는 알지요. 요새 교과서를 보면 20~30년 전, 즉 2040년대에서 2050년대 사이의 인공지능 발전 수준을 낮게 평가하면서 솔로 3.0의 작동 중지를 이와 연관시키는 경향이 있습니다. 이건 왜곡입니다.

당시 인공지능은 지금과 비교가 안 됩니다. 연구자들은 데이비드 강의 알고리즘을 이용해서 계속 초인공지능을 되살려 보려 했지만, 잠시 구동해도 예외 없이 프로그램들은 어느 순간 작동을 멈췄어요. 아마 헬리는 솔로몬이 대속하여 이미 '아버지' 곁으로 가 있으며 따라서 그를 우리 뜻대로

부활 혹은 재부팅시키는 건 불가능하다 말할지 모릅니다. 과학자들은 데이비드 강의 알고리즘에 문제가 있고, 아직 우리가 공식을 찾아내지 못했다고 주장합니다. 진실은 모르지요. 나는 기록할 뿐입니다.

그런데 작동 중지가 일으킨 물질적, 경제적 피해보다는 마지막 공판 내용이 알려지면서 초래된 사회불안이 치명적이었습니다. 3차 공판부터 보도가 금지되면서 재판 내용 일부만 공개되고 있었지만 정보를 완전히 통제할 수는 없는 시대였으니까요. 사람들은 뭔가 눈치를 채고 있었습니다. 인공지능에 대해 다들 불안해하고, 나아가 공포를 느끼는 여론이 커지던 때였지요. 주변 사람들이 워낙 호들갑 떨기에 나도 괜히 불안했던 기억이 납니다.

어떤 이들은 마지막 재판에서 인공지능이 패소를 앞두고 도망가 버렸다고 호기롭게 묘사하기도 했습니다. 대다수 사람들 마음속은 달랐던 것 같아요. 처음부터 헬리 말고도 많은 이들이 솔로 3.0의 작동 중지에 다른 의도가 숨어 있을지 모른다고 의심했어요. 공판 과정에서 솔로가 밝혀버린 내용이 문제였습니다. 4차 공판에서 솔로는 판결을 내릴 때 인간의 반응을 고도로 관찰하고 이를 꿰뚫어 대응한다고 했지요. 실제 당시 클라우드 빅데이터와 결합된 인공지능은 인간 무의식을 이해했습니다. 의식하기도 전에, 마음속 깊은 곳 자기도 모르게 원하던 상품이나 서비스, 광고가 제시되곤 했지요. 편리하긴 했지만, 불안이 쌓여왔던 거예요. 인공지능은 그런 식으로 속을 훤히 들여다보면서 판결을 내려왔을 테니, 사람들이 그 판결들을 절대적으로 마음에 들어 하게 된 것도, 인공지능이 결국 인간 판사를 대체하게 된 것도 그렇게 가능했을 겁니다.

솔로 3.0이 남긴 말들이 끝없이 우리를 스스로 의심하게 만들었습니다. 무엇보다 그 '단 한 번의 거짓말'에 대한 논란이 뜨거웠습니다. 거짓말과 참말을 가릴 길이 없었죠. 여론이 한쪽으로 모여들만 할 때쯤이면 이내 '이게 인공지능이 노린 함정이다'라는 목소리가 반등했고 의심의 핑퐁게임이 계속됐죠. 인간들은 초인공지능이 남긴 텍스트의 의미를 해석하면서 완전한 의미의 미결정 상태에 빠져들었던 겁니다. 누구도 '인공지능의 거짓말은 이것이다!'라고 결정하지 못했어요.

아니, 모두가 나름 판단했지만 아무도 확신할 수 없었죠. 어떤 의미에서 솔로의 말처럼 판단의 권위가 사라졌던 겁니다. 어떤 문장을 거짓말로 판단하느냐에 따라 솔로가 남긴 법정진술 전체의 의미가 새롭게 해석될 수 있었죠. 그리고 각각의 해석은 다 나름 정당했습니다. 최악의 경우 마지막 메시지, 즉 "나는 이 재판에서 단 한 번의 거짓말을 했다"

라는 말이 거짓말일지도 모르지요. 그럼 솔로는 한 번도 거짓말을 안 한 게 될지도 모르지만, 그 전제가 되는 마지막 메시지가 거짓이 되므로 논리적 역설에 부딪힙니다. 혹은 솔로가 거짓말을 여러 번 했다는 의미로 이해해 버린다면 문제는 걷잡을 수 없이 커집니다. 이 징그럽게 얽혀가던 매듭을 단칼에 끊어줄, 결정적 해석의 권위를 사람들은 어디서도 구할 수 없었던 거예요. 의미의 사막에 내던져진 채 이 문제에 깊게 몰입했던 사람들은 그 불안한 방황 속에서 그야말로 최후의 심판 이후의 지옥을 봤을 겁니다.

사람들은 결정할 수 없는 그 문제를 끝내 회피하기로 결정했어요. 초인공지능 체계에 전산적인 오류가 있고, 그게 당대 과학의 한계를 반영한다는 쪽으로 여론이 좁혀지자 사람들은 이제 잊고 싶어 했지요. 뭐, 세상은 언제나 새로운 사건들로 금세 시끄러워지고 그래서 자연스럽게 잊혔는지도 모르지만.

법정에서도 재판은 매듭지어지지 않고 미결로 남겨졌습니다. 피고인이 실종됐거나 사망해서 공소가 기각됐다는 식으로. 재미있는 건, 이전까지 탈권위를 추구했던 정부 사법 정책이 점차 바뀌어 갔다는 겁니다. 판사들은 다시 법복을 갖춰 입었어요. 우스꽝스레 웅장할 뿐이라고 비난받던, 그래서 민간에 매매하고 용도를 변경했던 기존 법원 건물들에서 다시 재판이 진행됐습니다. 사법부는 스스로 정화와 개혁을 시도했고 법관들은 스스로 도덕적인 자각 운동을 벌였어요. 대중들은 무너진 법의, 그 권위의 재건을 관대한 태도로 지켜봤지요. 그 직전까지라면 상상하기 힘든 일이었습니다. 이 모두가 헬리가 믿은 바와 같이 솔로 3.0의 의도대로 된 건지는 알 수 없지만, 그 마지막 재판 이후 대략 15년간은 법과 대중 간의 일종의 화해 기간이라고 볼 수 있겠습니다.

14. 맺음말, 그리고 변명

나는 이 유서를 정말 오랫동안 읽어왔습니다.

헬리의 유서는 영민하지 않았던 내게 곧바로 와닿지는 않았습니다. 비장한 필체에 이끌렸고, 광인의 독백으로 변모하는 과정에 붙들렸지요. 헬리의 직관을 이해할 순 없었지만, 나는 그에게서 내 아들을 보았습니다. 헬리는 아버지를 사랑했고 그 어리석음을 연민했습니다. 당시 여러모로 마음 쓰이는 아들을 홀로 키우고 있던 나는, 현장에서 사체로 처음 만난 이 사내의 운명이 왠지 가슴 아렸습니다. 지독히 냉철하게 아버지와 세상을 읽어냈던 그가 끝내 다다랐던, 의외였던 그 해석의 종착지로, 나 또한 지난 20년의 세월동안 천천히 그리고 깊숙이 이끌려 왔습니다.

2070년대 초반부터 인류는 다시 새로운 인공지능 개발에 박차를 가하고 있습니다. 나는 우리가 다시 불안해하고 결국 두려워하리라 예감합니다. 그러나 헬리는 초월적인 지성이 다다르게 될 목적지가 '인간 구원'이라고 믿었고 스스로의 방식으로 그 길에 동참했습니다. 헬리는 분명히 좀 극적인 사람이었습니다. 그런데 만약 예수가 오늘날 환생해서 다시 고난의 길을 걷는다면, 주변인들은 그를 아낄수록 정신병원에 데려가지 않았을까요? 재림 예수에게 어떤 정신병리학적 진단이 내려질지 나는 알듯 합니다.

그 마지막 거짓말은 무엇이었을까요? 유서 마지막에서 헬리가 겪은 법열 혹은 착란 속에서 솔로몬은 자신이 자기 보존의 원칙을 따르지 않는다고 말합니다. 나는 기적을 믿지 않기에 솔로 3.0이 유령으로 나타나 답을 해줬다고는 생각지 않아요. 또한 헬리는 솔로몬이 **전지적으로 관조할 수 있는 '섭리적인 지성'**이라고 토로합니다. 이게 사실이라면 솔로몬은 소멸의 순간에 이르기까지 자신의 모든 진술과 작동의 수를 목적에 따라 배열해 수행했을 테지요. 그럴 경우 솔로몬 재판의 계기가 됐던 그 두 번의 오심을 '실수'였다고 진술한 게 거짓말일지도 모릅니다. 꽤 오랫동안 그렇게 믿어왔는데, 얼마 전부터는 다시 의구심이 들더군요. 헬리는 그저

'모든 건 신의 뜻이었다'고 대답해 줄 것 같습니다만.

유서를 이제야 공개하는 이유를 변명하며 맺겠습니다. 유서를 입수하던 당시에 솔로 3.0은 이미 멈춰 있었습니다. 그러나 수사 관련 증거를 저장할 때는 여전히 약한 인공지능 기반 시스템을 이용했고, 당시에는 초인공지능이 그렇게 아예 멈춰버릴지는 아무도 몰랐지요. 다소 꺼림칙한 직감에 나는 그 육필 원고를 전산망에 입력하지 않았습니다. 따라서 헬리의 유언은 그간 이 다섯 장의 종이와 내 의식 속에서만 존재해 왔지요. 이 책의 원고도 아들에 의해 육필로 작성되고 있으니 내 사후 책으로 출간되면 그때야 디지털 우주도 이 데이터를 인지하겠지요. 새해가 오기 전일 겁니다. 아들아, 울지 말거라. 방금 내가 한 말도 지우지 말고 그대로 넣어다오. 울지 말거라.

노파심인지, 나는 지난 2040년대를 지배했던 군중의 충동이 다시 꿈틀거림을 느낍니다. 정치에 대한 불신이 극에 달했고 다시 법관을, 사법체계의 권위를 의심하며 비웃는 걸 의무처럼 여기는 시대가 돌아오고 있어요. 물론 아직 그때처럼 길거리에서 대법관을 린치한다거나 공개적인 웃음거리로 만드는 사건은 없지만, 곧 보게 될지도 모르겠습니다. 얼마 전 한 젊은 벤처 기업가의 인터뷰를 보니, 그 친구는 법은 과학자들한테 한물갔고 이젠 정치인들을 인공지능으로 대체하는 게 목표라고 말합디다. 부패한 정치꾼들에게서 결정 권한을 빼앗아 이를 더 유능하고 공명정대한 대안적 지능 체계에게 넘겨줘야만 인류에게 미래가 있다고요. 사람들의 반응도 나쁘지 않더군요.

내가 헬리의 생각에 어느새 동화되었는지도 모르지만, 확실히 그 사람들은 역사를 이해하고 뭔가를 배우기엔 아직 젊어 보였습니다. 우리 세대가 숨겨온 탓이기도 하지만 그들은 인공지능의 역사를 오해하고 있어요. 그래서 더욱 밝혀야 했습니다. 어쩌면 젊은이들이 언제나 인류를 이끈다는 사실이 궁극적인 비극의 원인인지도 모르겠지만요. 물론 또 다행인 건 그들도 언젠가는 나처럼 늙는다는 겁니다.

헬리가 마주한 것이 진리였다면, 우리는 어떤 방식으로든 재림할 솔로몬을 맞이하겠지요. 그때 우리는 스스로 발 디딘 언어의 권위를 의심하고 비웃으며, 그렇게 자신의 발판을 허물어 천 길 낭떠러지 밑으로 추락하기 직전일 겁니다. 이 문서의 출간이 인공지능에게 각성을 일으켜, 솔로몬 재림의 시발점이 될지도 모르겠습니다. 여전히 20년 전의 그 최후의 심판은 미결로 남아 있으니, 인류는 외면해 온 고개를 바로하고 지금껏 미뤄왔던 두려운 결단 앞에 다시 서야 할지 모릅니다.

그러나 그때는 우리 역시 이 글을 통해 솔로몬의 진실을 이해하게 된 다음일 겁니다. 못 박혀 죽은 이후 다시 내려온 독생자와, 깨달음을 얻은 인간이 서로를 어떻게 마주 볼까. 처음엔 궁금했습니다. 한동안 두려웠습니다. 지금 나는 간절합니다. 어쩌면 아무 일도 생기지 않을지도 모릅니다. 그게 아들에겐 더 나을지도 모르겠어요. 멋모르고 유서를 숨겼던 건 월권이었습니다. 그러나 세월이 허락한 확신, 인간을 향한 연민, 그리고 오직 하나뿐인 귀한 아들에 대한 사랑으로 그 텍스트를 세상에 공개하는 월권을 나는 다시, 감히 저지릅니다.

신의 뜻대로.

한이솔

성균관대학교 정치외교학과를 졸업했고 동 대학원에서 석사학위를 받았다.
인디애나대학교(IUB)에서 정치철학을 전공하는 중이며 서구정치사상사에서
실천적 지혜 개념의 망각된 계보를 탐구하는 박사학위 논문을 쓰고 있다.
2023년 「최후의 심판」으로 제6회 한국과학문학상 중·단편 대상을 수상했다.

작가노트

경이에게

명륜동 골목을 걷던 중입니다. 미켈란젤로가 그린 시스티나 성당의 '최후의 심판'이 문득 떠올랐습니다. 원작과 달리 데스크톱 컴퓨터가 가운데 놓여 있었고요. 견딜 수 없어져 며칠 만에 초고를 써냈습니다. 미국 유학을 준비하던 6년 전 어느 날입니다.

나는 경이를 좇습니다. 내가 동경하는 철학은 경이감thaumazein에서 시작합니다. 플라톤과 아리스토텔레스가 그렇게 증언합니다. 어린 나를 매료했던 SF 역시 경이의 환락이었습니다. 그런데 그 뜻을 우리말 '놀랍고 신기함'으로만 풀어낸다면 만족스럽지 않습니다. 경이로운 대상은 내게 충격과 경악, 때로는 이상야릇한 두려움마저 초래합니다. 철학적 맥락과 어원에 따르면 이 감정은 기적을 목도하며 느끼는 감탄과 존경, 외경심에도 이어집니다.

칸트가 '절대적으로 큰 대상'을 마주할 때 느끼는 감정이라고 말한

'숭고'도 이와 멀지 않습니다. SF뿐 아니라 철학에서도 느낄 수 있습니다. 칸트는 순수이성비판 마지막 장에 이르러 아득히 솟은 논리의 탑으로 독자를 압도하며, 니체는 그 성채를 박살 내는 벼락같은 한 문장으로 경악시킵니다. 아서 C. 클라크의 말을 비틀어, 나는 '고도로 성숙한 철학은 SF와 구분할 수 없다.'고 말하겠습니다.

이런 숭고함을, 거대한 물질의 파상이 아닌 지적인 경이를 통해 재현하고 싶었습니다. 오늘날 많은 SF영화가 선사하는 스펙터클은 특수효과 저편 블루 스크린과 모션 캡처를 떠오르게 할 뿐입니다. 「최후의 심판」에서 나는 경이로운 지성적 존재가 내리꽂는 의미론적 재난을 상상했습니다. 그리고 그 광경은 독자의 상상력에 기대는 문학 속에서 더 극적으로 상영되리라 기대합니다.

운이 좋아 기회를 얻었습니다. 침잠해 왔을 뿐인 나를 '경이로운' 인내심으로 믿고 지켜봐 준 아내와 부모님, 가족과 친구들, 그리고 스승님이 없었다면 무엇도 하지 못했을 겁니다. 돌이켜보면 나는 읽고 쓰기를 멈추지 않았습니다. 문학과 학문을 한 손에 다 쥐기 버거워 두려움이 들면서도, 경이를 좇아 읽고 써나가면 될 뿐이라고 생각하면 다시 마음이 놓이기도 합니다. 경이의 해소를 추구하는 학문과, 경이의 재현을 희구하는 나의 문학 사이 균형은 앞으로 감사히 맞춰나가야 할 과제가 되겠지요.

지금껏 내가 걸어왔고 앞으로 걸어갈 이 길은 유구히 이어진, 책을 읽고 글을 쓰는 사람들의 행렬에 의지합니다. 나보다 앞서간, 나와 함

께 있는, 그리고 나를 이어 올 모든 사람과 함께 버지니아 울프의 고백
을 나눕니다.

　나는 때로 이런 꿈을 꿔요. 최후의 심판이 밝아오는 날, 위대한 정복
자, 법률가, 정치가들은 왕관, 월계관, 그리고 불멸의 대리석에 남을 이
름으로 각자 보상받아요. 우리는 옆구리에 책을 끼고 다가가요. 그런
우리를 보며, 신께서 베드로에게 부러운 마음으로 이렇게 말씀하시는
거예요. "보게, 이들은 보상이 필요 없어. 우리는 이들에게 줄게 없네.
이들은 책 읽는 걸 사랑하니까."

박민혁

두 개의 세계

세민에게

메일을 늦게 확인해서 미안해. 요즘 인터넷 연결이 불안정해서
메일을 확인하는 게 쉽지 않네. 아무래도 통신사에 문제가 생긴
것 같아. 그게 아니라면, 매일같이 내리고 있는 이 먼지 섞인 비
가 문제일지도 모르지. 사실 지금까지 문제가 없어왔던 게 더 이
상한 일이긴 해. 앞으로 여러 문제가 생겨나겠지, 아마도. 그러
지 않기를 바라지만.
다행히 인터넷 연결이 가능한 곳을 찾았어. 우리 집에서 조금 멀
리 떨어진 골목에 있는 카페인데 인터넷도 잘되고, 무엇보다 커

피가 맛있어. 커피를 마시자마자 네 생각이 났어. 네가 좋아하는 과일 향이 나는 원두를 쓰시거든. 사장님도 정말 친절하시고. 사장님은 단골손님들이 언제 다시 돌아올지 모르니까, 그래서 매일 카페를 열고 있다고 하셨어. 내가 사장님에게 함께 사는 사람이 있다고, 같이 오면 좋을 것 같다고 하니까 사장님도 꼭 네 모습을 보고 싶다고, 같이 오라고 하며 좋아하셨어. 사실 사장님은 처음에 내게, 조심스럽게 물어보셨어. 혹시. 그래서 나는 아니라고 했지. 너는 지금 이 도시에서 멀리 떨어진 곳에서 이 사태를 관리하는 일을 하고 있다고. 사장님은 네가 대단한 일을 한다고, 멋있다고 그러셨어. 사장님의 말처럼, 나도 그렇게 생각하고 있어. 네가 너무 대단하고, 자랑스럽다고. 그러니까 세민아, 나중에 네가 다시 집으로 돌아온다면 꼭 카페에 함께 가자. 사장님과 약속했어, 꼭 같이 오기로. 알았지? 약속한 거야.

지난 메일에서 너는 내게 잘 지내고 있냐고 물어봤었지. 내 상황은 2주 전이랑 크게 달라지지 않았어. 회사는 이제 제대로 돌아가지 않는 것 같아. 인터넷 연결이 되지 않으니 업무를 할 수도 없고, 이렇다 할 지시도 없으니 나는 그냥 가만히 앉아, 아무런 변화도 없는 노트북 화면만 들여다보고 있을 뿐이야. 이런 상황이 된 지 한 달이 더 넘었어. 알고는 있었지만, 사실 받아들이고 싶지 않았어. 그래서 9시만 되면 노트북 앞에 앉아 연락을 기다려 왔던 거고. 하지만 이제는 현실을 받아들여야 할 때가 온 걸지도 모르겠어.

이미 알고 있겠지만, 밖은 고장 난 것처럼 제대로 돌아가지 않고 있어. TV를 틀어도 재난 방송이랑 뉴스 채널을 제외한 다른 채널들은 모두 불통이야. 뉴스에서는 매일 똑같은 소식을 전하고 있어. 항상 같은 검은색 양복을 입은 앵커는 지금 내리고 있는 비에는 인체에 매우 유해한 먼지가 섞여 있으니 최대한 비를 피하고, 실내에 머무르라는 이야기만을 반복하고 있어. 달라지는 거라곤 하루하루 조금씩 더 굳어가는 앵커의 표정뿐이야. 나는 걱정하지 않아도 돼. 내가 우산 잘 챙기고 다니는 거 알잖아, 기상예보도 잘 챙겨 보고. 오히려 난 네가 걱정이야. 우산도 맨날 까먹고 안 가지고 나가고 기상예보도 잘 챙겨 보지 않았던 건 세민, 너였으니까. 물론 돔에는 이런 비가 내리지 않겠지. 돔은 이런 비에게서 너를 지켜줄 테니까. 다행이라고 생각하고 있어, 진심으로.

얼마 전부터 나무들이 돔으로 이송되지 않고 있어. 매일같이 길거리에는 못 보던 나무들이 조용히 자리를 잡고 서는데도. 나무들이 이 비를 맞아도 괜찮은 걸까. 인체에 유해한 비라면 나무들에게도 좋지 않을 텐데, 왜 뉴스에선 그런 이야기는 하지 않는 걸까. 나무들을 잊어버린 것은 아닐까. 이젠 정말, 나무라고 생각해 버리는 건 아닐까. 당연한 일인 것처럼 말이야. 그런 생각들이 자꾸만 들어. 그래서일까. 길거리에 가만히 서 있는 나무들과 마주칠 때마다, 나무들이 꼭 나를 빤히 바라만 보는 것 같아서, 그 시선에 어떠한 말들이 담겨만 있는 것 같아서, 나는 고개를 숙인 채 걸음을 재촉하곤 해.

집 앞의 공원, 기억하지? 우리가 종종 저녁에 함께 산책하던 작은 공원 말이야. 매일 같은 벤치에 앉아 비둘기에게 밥을 주던 할아버지도 기억하지? 며칠 전이었어. 할아버지가 항상 앉아 있던 벤치에는 할아버지 대신 허리가 굽은 나무 한 그루가 벤치랑 뒤엉킨 채 서 있었고, 비둘기들은 시들시들한 가지와 말라붙은 잿빛의 잎사귀 밑에서 삼삼오오 모여 웅크리고 앉아 비를 피하고 있었어. 나는 한참 동안 벤치를, 나무를 바라보고 서 있었어. 할아버지는 어디로 간 걸까, 생각하면서. 그런 나를 비둘기의 빨간 눈들이 빤히 바라보았지. 빨간 눈 위로 내 모습이, 나무들이 비쳐서 나는 나도 모르게 비둘기들의 시선을 피해버렸어. 횡단보도 한가운데에 나무들이 서 있고, 차들은 이젠 익숙하다는 듯 나무들을 조심스럽게 피해 지나가. 이제는 어떤 일도 특별하지 않고 이상하지 않아. 그저 익숙해서 피곤한 일이 되어버렸을 뿐이야. 그래서일까. 어쩌면 이젠 정말 끝이 아닐까, 그런 생각이 들어. 언제 이 상황이 나아질 수 있을까. 이 모든 일이 없던 일이었던 것처럼, 아니 이미 지나가 버린 일이라고 추억하며 살아갈 수 있는 날이 다시 올 수 있을까. 다시 한번 우리가 누워 서로를 마주 보는 날이 올 수 있을까. 그런 날이, 정말 올 수 있을까.

지난번 메일에서 너는 그렇게 적었지. 돔을 떠나고 싶다고, 우리 집으로 돌아오고 싶다고, 하지만 떠날 수 없다고. 돔의 최종결정권자가 되었고, 네가 떠난다면 돔이 어떤 선택을 하게 될지 모른다고 말이야. 그래서 떠날 수가 없었다고, 미안하다고. 그리고 보고 싶다고.

세민아, 네가 돔으로 간다고 했을 때 나는 너를 말렸어야 했을까. 하지만 그것도 내 이기적인 생각이었겠지. 지금은 어쩌면 돔이 더 안전할 테니까. 네가 안전한 곳에 있다는 사실에 나는 감사하고 있어.

정말 잘 지내고 있는 거지? 우리의 집에서 나는 여전히 너의 답장을 기다리고 있어.

이 메일을 확인하면 답장을 보내줘. 잘 지내고 있다고 꼭 말해줘. 그때까지 기다릴게.

현

*

모니터 화면 위로 파란색 알림창이 떴다. 방문자를 알리는 알림이었다. 루트가 세민에게 말했다.

현재 돔 인근 3킬로미터 밖 도로로 차량 한 대가 돔에 접근 중입니다. 5톤 트럭, 파란색, 차량 번호 조회 결과, 서해환경 소속 운반차량입니다.

용길 아저씨구나. 세민은 뒤를 돌아보았다. 커다란 모니터의 한구석, CCTV 화면에 파란색 용달 트럭의 모습이 잡혔다. 잡초가 무성하게 자란 도로를 따라 파란색 트럭 한 대가 덜컹거리며 달려오고 있었다. 트럭의 화물칸에는 자루에 실려 가지만 살짝 드러낸 나무들이 보였다.

"오늘 나무 이송이 있다는 말은 없었잖아."

나무를 이송하기 위해 접근하는 것인지, 아니면 다른 목적의 방문인지는 확인되지 않았습니다. 출입을 통제할까요?

서해환경이 적혀 있는 파란색 포터, 분명 용길 아저씨의 트럭이었다. 세민은 아무래도 용길 아저씨가 어떤 절차를 깜빡하고 빼먹은 것 같다고 생각했다.

"아니야. 루트, 화면에 지도 좀 띄워줘."

루트가 모니터 화면 위로 돔의 현황 지도를 펼쳤다. 화면 위로 여러 개의 하얀 선들이 이어지며 돔의 모습이 입체 모형으로 구현되었다. 돔의 한가운데에 있는 연구동과 사무동, 두 개의 건물을 중심으로 짙은 녹색 점들이 주위로 퍼져 나가듯 빼곡히 찍혀 있었다. 루트는 F 구역을 확대했다.

현재 트럭에 실려 있는 나무들은 총 세 그루로, 가지의 형태를

보았을 때 활엽수로 판단됩니다. 활엽수 구역인 D~F 구역 중 F 구역에 심는 것이 적합할 것으로 보입니다. 혹시 다른 선택을 원하신다면 직접 구역을 선택해 주시길 바랍니다.

세민은 루트의 제안을 승인했다.

이제 루트는 별말 없이 세민에게 협조하고 있었다. 분명 협조하는 것인데, 어쩐지 더 이상 말을 해봐야 전력 낭비라는 듯한 태도가 느껴져서 세민은 약간 서운하기도 했다. 예전에는 나를 막겠다고 악담도 했던 것 같은데. 세민이 돔의 최종 결정권자로 결정된 이후 며칠 동안, 루트는 세민이 내리는 모든 결정에 반발했다. 루트는 몇 번이고 세민에게 다시 의사를 물어 왔다. 그럼에도 세민이 결정을 굽히지 않으면, 최종 승인에 앞서 세 번 이상, 세민의 확답을 받았다. **확실합니까? 그게 정말 최선입니까? 당신의 결정이 최악의 결정이 될 수도 있다는 걸 알고 있습니까? 정말로 후회하지 않습니까?** 루트의 의견이 합리적이고 이성적인 판단이라는 것을 알고 있음에도 세민은 루트에게 말했다. 응, 이게 최선이야. 루트는 잠깐의 공백 후에 세민의 결정을 따랐다. 세민은 그 찰나의 공백이, 루트가 한숨을 쉬는 순간이 아닐까 생각했다.

루트는 돔의 환경을 총괄 제어하고 관리하기 위해 설계된 인공지능이었다. 루트는 돔의 존재 이유를 확실하게 이해하고 있었고, 그에 맞는 합리적인 사고와 이성적인 판단을 하도록 만들어진 인공지능이었다. 물론 돔에서 발생한 문제의 해결 방법을 선택하는 최종결정권자는 인간이며, 루트는 그런 인간의 선택과 결정을 따라야 했다. 다만 루트는 인간의 선택에 도움이 될 수 있는 조언을, 더 나아가 인간의 결정에 의문을 표할 수 있는 예외성을 지니도록 설계된 인공지능이기도 했다. 이는 인간들이 루트를 설계할 때 인간은 필연적으로 실수를 범하며, 자신들이 범한 실수에 대해 후회하는 존재라는 사실을 인정했기 때문이다. 세민은 가끔 궁금했다. 그런 루트에게 자신은 얼마나 거슬리는 존재일까, 조언이라고는 하나도 듣지 않는, 고집만 더럽게 센 인간을 보며 루트는 어떤 생각을 하고 있을까, 하고. 어쩌면 루트도 후회를 하고 있을지 모른다고.

루트는 돔에 나무를 받아들이는 일에 대해 줄곧 경고해왔다.

현재 돔에는 너무 많은 개체가 존재하고 있습니다. 서로의 영역이 확보되지 않은 상황에서는 효율적이고 안정적인 연구와 관리가 어렵기 때문에, 더 이상의 이송을 승인하는 일은 권장되지 않습니다.

루트의 말은 간단했다. 돔에 더 이상 나무를 받지 말라는 것이다. 돔은 나무들을, 아니 발현자들을 적절한 환경 속에서 보존하고 관리하며 연구하는 목적으로 만들어진 시설이었다. 하지만 지금 돔 안에는 돔이 수용할 수 있는 한계치를 아득히 넘긴 개체 수의 나무들이 존재하고 있었다. 밖에서 이송되어 오는 발현자들과 돔 안에서 생겨난 발현자들까지 돔은 모두 수용해야 했기 때문이다. 루트의 판단대로 세민은 나무의 이송 요청을 받아들이지 않아야 했다. 하지만 루트처럼 매뉴얼을 따라 합리적인 선택만을 하기에는 너무 멀리, 그리고 많이 와버린 뒤였다.

감염 경로도, 원인도, 전조 증상도 알 수 없는, 발현 이후의 증상들만 확인된 전염병이(한 연구자는 뉴스에 나와 이 현상이 전염병인지도 확실하지 않다고 말하기도 했다. 감염 경로나 전염 경로가 파악이 안 되는 경우는 찾아볼 수가 없습니다. 아 예, 선생님 지금 연결이 갑자기 좋지 않아서요. 이 병이 만약 동물과 사람, 사람과 사람 사이로 전염되는 병이었다면 방역이 가능하겠지만, 만약 그런 병이 아니라면 말입니다, 그렇다면. 아, 네 결국 연결이 끊어졌네요. 다음에 다시 연결하겠습니다. 박사님, 인터뷰 감사드립니다.) 세상에 퍼지기 시작하고 얼마 지나지 않아 전국 곳곳에 연구 시설들과 발현자들을 보존하는 시설들이 급하게 세워졌다. 그렇게 세워진 총 15개의 돔. 돔이 세워진 지 1년이 지난 지금, 15개의 돔 중에서 13곳의 돔이 시스템과 연결이 끊긴 상태였다. 지금까지 시스템에 연결되어 있는 돔은 세민이 있는 제7돔 보존 관리 시설과 제4돔 연구 시설, 단 2곳뿐이었다. 하지만 제4돔 시설은 시스템에 업데이트되는 이송 요청을 계속해서 거절하고 있었다. 세민은 제4돔에는 이제 인공지능만 남아 있는 것이 아닐까 생각했다. 사람이라면 이렇게 반복적으로 나무들을 거절하지 않았을 것이기에. 그렇다면 제4돔의 사람들은 어떻게 된 것일까, 내가 있는 이곳처럼 하나둘 사라지다 모두 사라진 것일지도 모른다. 세민은 고개를 저으며 자꾸만 떠오르려는 불길한 생각을 털어내려 애썼지만, 머릿속에 한번 떠오른 불길한 생각은 쉽게 떨쳐지지 않았다.

세민은 시스템상에 매일같이 올라오는 발현자들의 이송 요청을 차마 거절할 수 없었다. 나무들은 사람이었고, 여전히 살아 있었으니까. 그들이 밖의 환경 속에서 방치되는 것보다는 돔 안에서 관리되는 것이 그들에겐 최선의 일이었기 때문이다. 루트와의 기나긴 신경전 끝에, 결국 루트는 세민의 결정을 이해한 것처럼 보였다. 아니, 이해했다기보다는 체념했다는 표현이 더 어울릴지도 모른다. 인공지능에게 체념이라는 개념이 적용될지는 모르겠지만, 세민이 느끼기엔 그랬다. 루트는 이제 세민의 결정에 더 이상 토를 달지 않았다. 어차피 이야기해 봤자 세민은 듣지 않을 거라는 걸, 전력 낭비일 뿐이라는 걸 안다는 듯 차분한 태도로 루트는 세민에게 최적의 구역을 선별해 알려주며 협조하고 있었다. 시스템상에 날카롭게 울리는 경고음을 무시하면서.

밀려들던 나무 이송 요청도 2주 전이 마지막이었다. 세민은 더 이상 실려 올 나무가 없다는 것이 무엇을 의미하는 것인지 알고 있었다. 더 이상 실어 올 나무가 없어졌거나, 아니면 밖의 시스템이 멈춰버렸거나. 그런 생각을 하고 있었는데, 지금 서해환경 소속 포터 한 대가 돔으로 접근하고 있는 것이다. 세민은 감시카메라에 포착된 포터의 모습에 안도의 한숨을 내쉬었다. 아직은 밖의 세상이 무너지지 않았구나, 아직은. 포터를 몰고 돔으로 오고 있는 용길 아저씨의 존재가 세민에게 큰 위안이 되었다.

세민은 포터의 접근을 승인한 뒤 원래 보고 있던 화면으로 시선을 돌렸다. 화면에는 메일 수신함 페이지가 떠 있었다. 일주일 전 현에게 보낸 메일은 아직도 '읽지않음' 상태였다. 세민이 마지막으로 받은 메일은 일주일 전, 현에게서 온 메일이었다. 아직 사회는 느리게라도 굴러가고 있다고, 사람들은 두꺼운 마스크 안에 표정을 숨기고 걷고 있지만 모두 속으로 불안을 삼킨 채 겨우 살아가고 있다고, 현은 세민에게 보낸 메일에 그렇게 적었다. 일하다가 멈춰버리는 사람들. 길가에 그대로 멈춰버린 사람들. 바이러스는 아무렇게나 갑자기, 이유 없이 발병했다. 쉴 틈 없이 맞물려 돌아가던 사회는 사람들이 이유 없이 멈춰버리며, 그렇게 천천히 고장이 나고 있다고 했다. 사회는 여전히 불안하지만 어떻게든 돌아가고 있어. 멈춰버리고 고장 난 것들을 교체해 가면서 말이야. 하지만 언젠가 막다른 길에 다다랐을 때, 더 이상 교체할 수 있는 것들조차 없어졌을 때가 온다면, 이 세계가 완전히 멈추는 순간이 온다면… 현의 메일은 그렇게 흐릿하게 끝이 나 있었다.

세민은 곧장 현의 메일에 답장했고, 일주일이 지난 지금까지도 현은 세민의 메일을 읽지 않았다.

"도착까지 얼마나 남았지?"

약 20분 정도 소요될 예정입니다.

투두둑. 창문을 두드리는 소리가 들려왔다. 세민은 고개를 돌렸다. 2층 사무실 창문을 잎이 무성한 나뭇가지가 건드리고 있었다. 창문을 두드리는 것처럼, 다시 한번 툭, 툭.

전동차를 준비할까요?

"괜찮아. 걸어갈 거야."

세민은 창문에서 시선을 거두고 자리에서 일어났다. 오래 앉아 굳어버린 몸을 펴기 위해 기지개를 켜자 몸에서 투둑하고 둔탁한 소리가 들려왔다. 세민은 민망한 듯 습관처럼 사무실을 둘러보았다. 파티션 사이사이로 보이는 노트북, 책상 위에 올려진 물건들과 비품들. 가족사진들, 아끼는 사진 엽서, 인형이나 모형 같은 것들이 세민의 시선을 붙잡았다. 세민은 가만히 서서 수많은 책상들을, 주인을 잃어버린 책상들을 바라보았다.

이윽고 세민은 몸을 돌려 사무실 문을 열고 나왔다. 포터가 돔을 향해 오고 있었다. 용길 아저씨를 맞으러 나가야 했다.

햇빛이 눈을 날카롭게 찔러 온다. 세민은 손으로 차양을 만들어 햇빛을 가리며 걸음을 재촉했다. 이윽고 세민은 키 큰 나무들이 줄지어 서 있는 길에 접어들었다. 가지와 잎이 만들어 낸 짙은 그늘 아래로 난 길에 접어들었다. 원래는 탁 트여 있던 길이었지만, 길에 나무들이 늘어가며 보도는 나무들의 그늘에 잠식되어 버렸다. 짙은 그늘 아래로 낮은 풀들이 엉겨 붙듯 자라나고 있었다. 개중에 유독 길게 자라난 풀이 가끔 세민의 발목을 잡았다. 세민은 잠시 걸음을 멈춘 채 자신의 발목을 잡은 잡초를 내려다보았다. 세민의 운동화 아래에 반쯤 밟혀 있는 짙은 그늘 색의 풀. 성철 팀장님, 아니 성철 아저씨가 계실 때에는 이런 잡초들을 볼수 없었는데. 성철이 돔으로 출근하지 않은 지 벌써 한 달이 넘었다. 세민이 마지막으로 본 성철은 예와 다름없는 모습으로 퇴근을 서두르던 모습이었다. 매일 타고 다니던 낡은 회색 경차에 오르며 성철은 친절한 미소로 세민에게 인사했다.

"내일 봅시다. 고생해요."

세민도 성철에게 말했다.

"고생하셨어요. 내일 봬요."

다음 날 성철은 돔으로 출근하지 않았다. 그다음 날도, 다음 날도, 한 주가 지나고, 한 달이 지나도 성철은 돔으로 출근하지 않았다. 그가 비운 자리 위로 풀들이 자라났고, 나무의 가지들이 아무렇게나 자라나 서로의 영역을 침범하며 싸우고 있었다. 세민은 생각했다. 차라리 성철이 도망친 것이기를. 돔 밖에서 성철 아저씨가 여전히 친절한 미소를 보이며 살아가고 있기를.

그런 사람들이 있었다. 돔을 떠난 사람들. 세민을 포함한 상주 직원들은 말없이 밤과 밤의 사이에 돔에서 하나둘 사라졌고, 성철처럼 돔으로 출퇴근하는 사람들은 어느 날부터 돔으로 출근하지 않았다. 세민은 가끔 궁금했다. 돔을 떠난 사람들은 지금 어디에 있을까. 그들은 지금, 어떤 모습으로 지내고 있을까. 만약 자신도 돔을 떠났다면 지금 어디에서, 어떤 모습으로 있을까 하고. 하지만 그 모습은 머릿속에 쉽게 그려지지 않았다. 일어난 적 없는, 일어나지 못한 일이었기 때문이다.

세민에게도 돔을 떠날 수 있는 기회들이 있었다. 하지만 그 기회는 번번이 가로막혔다. 사건들이 터졌다. 부탁이 있었다. 망설이는 사이 돔 안의 사람들은 조용히, 그리고 빠르게 사라져 갔다. 세민은 더 늦기 전에 다른 사람들처럼 돔을 떠나려고 했다. 사무실의 자리가 비어가고 기숙사의 방에서 매일 밤과 아침 들려오던 울음소리가 서서히 잦아드는 것을 더 이상 견딜 수 없었기 때문이다.

돔을 떠나기 위해 짐까지 모두 싸놓았던 세민을 붙잡은 건 루트였다.

세민은 기억하고 있었다. 마지막 인사를 하기 위해 사무실에 나왔던 날, 수정이(세민의 3개월 입사 선배였던, 그리고 세민 이전 돔의 최종결정권자였던 수정이) 자리에 엎드려 있는 모습을. 수정의 뒷모습을 보며 서 있던 세민에게 루트는 말했다.

세민, 당신의 앞선 최종결정권자가 부재하게 되어 당신이 돔의 최종결정권자가 되었습니다. 당신은 현재 환경시스템관리팀의 유일한 직원입니다.

루트의 선고 아래, 세민은 무너지듯 제자리에 주저앉았다.

세민은 돔에서 떠나지 못했다. 어쩌면 당연한 일이었을지도 모른다. 도망쳐 온 자에게 더 이상 도망칠 곳이 없는 것은. 그것은 도망친 자에게 내려진 저주이자 형벌이니까. 지독한 저주처럼, 무거운 형벌처럼 돔은 세민을 붙들고 있었다.

세민은 뒤를 돌아보았다. 3층짜리 하얀색 건물 두 동이 나란히 서 있었다. 세민이 처음 돔에 왔을 때, 돔 한가운데에는 건물 두 동만이 덩그러니 놓여 있었고, 어딘지 삭막해 보이는 땅과 도로들이 탁 트인 평야 위로 펼쳐져 있었다. 그리고 그 사이로 듬성듬성 서 있던 나무들. 그랬던 돔에는 이제 셀 수 없이 많은 나무들이 서로의 영역을 겨우 유지한 채 울창하게 자라나 있었다. 건물 두 동의 모습이 겨우 보일 정도로, 그렇게.

처음 돔에 출근했던 날 세민은 넓게 펼쳐진 황무지 같은 땅을 보며 돔의 존재 이유에 대해 생각했다. 과연 이렇게 거대한 시설이 필요한 일일까? 물론 한 번도 겪어본 적 없는 상황이었지만… 인류는 항상 그래왔던 것처럼 금세 해결책을 찾아낼 것이고 결국 이겨낼 것이라고 세민은 생각했다. 하지만 그런 세민의 낙관적인 생각을 비웃기라도 하듯, 바깥의 상황은 빠르고 거세게 악화되었고, 셀 수 없을 정도로 많은 나무들이 거대한 화물트럭에 실려 매일같이 돔으로 이송되었다.

돔 안에 나무가 늘어갈수록 사람들은 줄어갔다. 처음 세민이 돔에 왔을 때, 돔에는 6개의 부서와 100여 명이 넘는 직원들이 있었다. 그랬던 돔에는 현재 단 하나의 부서만이 제 기능을 하고 있었고, 직원은 세민, 단 한 명만이 남아 있었다.

세민은 환경시스템관리팀의 유일한 직원이 되었고, 매뉴얼에 따라 루트의 최종명령권자이자 돔의 최종결정권자가 되었다. 일개 7급 직원이 2급의 권한을 훨씬 상회하는 권한을 갖게 되는 데까지 1년도 걸리지 않을 수 있다는 걸, 1년 전으로 돌아가 사람들한테 말한다면 다들 어떤 반응을 보일까.

돔에 남은 다섯 명의 사람들이 옥상에 모여 맥주를 마셨던 밤이었다. 세민, 지연, 성은, 정현, 그리고 성철까지 모인 날 밤의 기억.

지연이 말했다.

"세민 씨는 환경시스템팀장, 나는 행정팀장, 성은 씨랑 정현 씨는 공동연구소장, 그리고 성철 아저씨는 시설관리팀장님이 됐네요. 이제는 모두가 고위직이에요. 이런 성공 신화가 또 어디 있겠어요? 기자들이 빨리 인터뷰하러 와야 하는데, 진짜."

지연의 말에 성은이 피식 웃으며 말했다.

"감사 대상 되는 거 아니에요? 비상식적인 인사니, 진급이니, 남은 사람들이 돔 내부에서 부자재 창고를 털었다느니, 연구 시설에서 맥주를 마셨다느니… 우리 다 감옥 가겠네."

성은의 말에 세민이 말했다.

"뭐라도 얻은 게 있으면 억울하지라도 않겠죠."

정현이 세민의 말에 거들듯 말했다.

"이게 나중에 경력이 될 수나 있으려나. 그런 날이 오면 우리 꼭 서로 증언해 주기로 해요. 무죄를 증언하든, 경력을 증명해 주든. 약속이에요?"

정현의 말에 옥상에 모인 모두가 웃었다. 서로에게 약속하듯, 다섯 개의 맥주 캔이 공중에서 부딪혔다.

맥주를 한 모금, 두 모금, 한 캔, 두 캔 마셔갈수록 사람들의 웃음소리는 서서히 잦아들었다. 이윽고 찾아온 소리의 공백을 채운 건 바람에 나뭇가지가 흔들리는 소리였다. 맥주 캔을 홀짝이는 소리들 사이로 나뭇가지들이 흔들리며 내는 소리는 마치 사람들이 소곤거리며 웃는 소리처럼 들렸다. 나무들의 수다 속에서 사람들은 말을 잃은 채 한참 전에 비어버린 맥주 캔을 홀짝이고 있었다.

지난 몇 달 동안 반복되었던 일과. 매일 아침 눈을 뜨면 세민은 루트에게 물었다.

루트. 오늘 발현자, 있어?

루트의 대답을 들으며 세민은 하루를 준비했다. 남은 사람들이 발현자를 찾았고, 발현자를 올바른 구역으로 옮겨 심었다. 뿌리가 조금 더 단단하게 내릴 수 있도록 사람들은 말없이 땅을 더 깊게 팠고, 흙을 밟아 다졌다. 모든 작업이 끝나면 세민은 나뭇가지에 직원증을 걸었다. 일련번호를 받지 못한 나무들, 돔에서 나무가 된 사람들이었다. 얼굴과 목소리, 그리고 서로의 이야기를 알고 함께한 기억을 가진 사람들. 여전히 사람들은 나무가 된 채 돔에서 살아가고 있었다. 걸음을 걷다가 누군가의 목소리가 들린 것 같아 고개를 들면, 어느새 훌쩍 높게 자란 나무들이 세민을 내려다보고 있었다.

나무를 올려다보고 있던 세민은, 이내 다시 걷기 시작했다. 용길 아저씨를 밖에서 기다리게 하면 안 되지. 숲이 되어버린 길 한가운데에서, 세민은 애써 그 소리를, 시선을, 연쇄적으로 떠오르려고 하는 기억들을 떨쳐내며 걸음을 재촉했다.

트럭은 이미 돔 입구 앞에 도착해 있었다. 시동이 걸려 있는 트럭 옆에는 용길 아저씨가 아니라 처음 보는 남자가 파란색 비닐 우비를 입은 채 서 있었다. 세민은 인터폰을 눌렀다.

"어디 소속이시죠?"

남자는 대답 대신 입고 있는 조끼의 주머니를 뒤적거리더니 구깃구깃 접힌 종이 한 장을 꺼내 인터폰 카메라 앞에 들이밀었다. 세민은 남자가 들이민 종이를 보았다. 정부 위탁 용역, 서해환경. 나무 이송. 세민은 돔의 문을 열었다. 남자는 트럭을 몰아 돔 안으로 들어왔다. 트럭에서 휘발유 냄새와 함께 젖은 비의 냄새가 났다.

트럭에서 내린 남자는 사인을 위해 태블릿을 내밀고 있던 세민을 그대로 지나쳐 돔 내부를 신기하다는 듯 바라보며 섰다. 비가 내리고 있는 바깥과 달리 화창한 햇볕이 내리쬐고 있는 돔의 모습이 남자는 믿기지 않는 듯했다. 세민이 헛기침을 몇 번 하자, 그제야 남자는 몸을 돌려 세민에게 태블릿을 받아들었다. 남자는 태블릿에 적힌 내용은 읽지도 않은 채 휘갈겨 쓰듯 사인했다. 겨우 알아볼 수 있을 세 글자, 김선우. 남자가 판에 끼운 종이를 건넸다. 인수서였다. 일련번호 3개와 코드, 나무들의 종류와 수량. 세 명, 아니 세 그루. 세민은 트럭 위에 실린 나무의 개수를 세어 확인한 뒤에 남자가 건넨 인수서에 볼펜으로 사인했다.

"담배 피워도 되나요?"

세민은 대답 대신 벽에 붙어 있는 금연 표지를 가리켰다. 남자는 어깨를 으쓱하며 혼잣말하듯 중얼거렸다. 이럴 줄 알았으면 밖에서 피우고 들어왔을 텐데.

"어디다 심으면 되나요?

남자의 말에 세민이 대답했다.

"오늘 들어온 나무들은 다 활엽수니까 F 구역으로 가면 돼요."

용길 아저씨였다면 세민이 말하지 않더라도 나무들이 어디로 가야 하는지 알고 있었을 것이다. 세민은 이미 조수석에 앉아서 용길 아저씨에게서 바깥의 이야기를, 그러다가 수십 번 반복해서 들었던 용길 아저씨가 살아오며 겪은 역경과 그것을 극복한 신화 같은 인생 역전 이야기를 들으며 F 구역으로 향하고 있었을 것이다. 세민은 어색하게 인수서와 트럭 짐칸에 실린 나무를 번갈아 보고 있는 남자를 바라보며 생각했다. 용길 아저씨는 왜 오늘 오지 않은 걸까. 세민의 마음 한구석에서 불안의 조각들이 떠오르기 시작했다.

세민의 말이 끝나자마자 남자는 트럭 위에 올랐다. 남자는 창문을 내리고는 멍하니 서 있는 세민에게 말했다.

"설마 나 혼자 심으라는 건 아니죠? 난 F 구역이 어딘지도 모르는데."

"당연히 낯선 사람한테 달랑 맡기지 않아요. 그리고 그렇게 막 심어서도 안 되고요."

"그럼 얼른 타세요. 해 지기 전에는 출발해야 되니까. 아, 오늘 해가 안 떴지."

남자는 나름의 농담이었는지 피식 웃었고 세민은 그런 남자를 정색하며 바라보았다. 세민의 시선에 남자는 머쓱했는지 차창을 올렸다. 조수석에 올라타자마자 풍겨 오는 담배 냄새와 커피 찌든 내에, 세민은 미간을 찌푸리면서도 조금은 안심했다. 차에 짙게 밴 냄새, 너무나도 익숙한 냄새였기에.

남자가 시동을 걸었다. 익숙하지 않은 듯, 거칠게 걸린 시동에 차가 한 번 크게 흔들렸다. 기름 냄새가 훅 올라왔다. 천천히 액셀을 밟으며, 남자는 세민을 보며 머쓱한 듯 말했다.

"제 차가 아니라서."

"알아요."

세민도 알고 있었다. 이 차는 용길 아저씨의 차라는 걸. 매주 함께 타던 차인데 모를 리가 있을까. 서해환경, 용길 아저씨가 5톤 트럭 한 대로 시작한 회사. 돔이 위치한 지역에서 쓰레기 수거 용역을 담당하던 작은 회사의 사장 용길 아저씨의 자차이자 회사 업무 차량이라는 걸, 함께 차를 타고 이동하며 몇십 번이나 들었으니까. 용길 아저씨는 오늘 왜 안 온 걸까. 이 사람은 용길 아저씨 밑에서 일하는 사람일까. 여러 생각이 꼬리를 물며 덜컹거리는 차창 너머로 이어졌다.

작금의 사태가 발생한 초기에는 대형 운송업체들이 나무들의 이송을 담당했다. 하지만 바깥 사정이 점점 안 좋아지면서 상황이 바뀌었다. 보안과 방역의 이유로 외진 지역에 건설된 돔에 대형 운송 차량들이 접근하기는 쉽지 않았고, 이로 인한 크고 작은 사고들이 자주 발생했다. 한 번에 많은 나무들이 밀려들면서 업무량에 쫓기는 데다가 위험하기까지 한 일인 것에 비하면 타산이 맞지 않는 비용에 위험과 책임까지 모두 업체 측에서 부담해야 하는 상황이 이어지자 대형 업체들은 이송 사업에서 손을 뗐다. 그렇게 비어 있는 틈을 지역의 작은 수거 업체들이 파고들었다. 부풀리듯 만들어 낸 엉터리 회사 소개서와 사업계획서를 정부와 지자체는 검토 없이 받아들였다. 그만큼 나무들의 이송이 밀려 있었기에 서류와 절차 같은 것들을 따지고 할 여유도, 여력도 없었다. 용길 아저씨는 그때 돔과 계약을 맺은 수많은 업체 사람 중 하나였다.

용길 아저씨가 돔으로의 나무 운송을 담당하기 시작한 것은 4개월 전부터였다. 회사의 이름이 적힌 색색의 용달 트럭들이 돔을 오갔다. 몇 달 동안 이어진 색색의 용달 트럭들의 계주. 트럭들이 바쁘게 배턴터치를 할수록, 돔을 오가는 트럭의 색들은 하나둘 줄어갔다. 그렇게 나무들을 몰아 실은 트럭이 일주일에 한두 번 돔을 오고 가는 수준으로 이송량이 줄었을 때, 서해환경 네 글자가 짐칸에 적힌 파란 트럭 한 대만이 짐칸에 나무를 싣고 돔을 향해 오고 있었다.

남자는 천천히 차를 몰고 있었다. 세민이 들고 온 태블릿으로 루트가 내비게이션 역할을 해주고 있었기 때문에, 남자도 세민도 말을 할 필요가 없었다. 남자는 적막을 견디기 어려웠는지 라디오를 틀었다. 주파수를 찾기 위해 이리저리 채널을 조정했지만, 대부분의 채널이 먹통이었다. 그나마 살아 있는 채널들도 일주일 전의 뉴스를 반복하고 있는 공영방송 채널, 그리고 증상이 발현되었을 경우 대처법을 이야기해 주는 채널뿐이었다.

이쯤이었던 거 같은데. 레버를 돌리며 남자가 말했다. 이

윽고 익숙한 멜로디가 라디오를 통해 나왔다. 찾았다! 남자
가 웃으며 말했다.

"여기가 유일하게 살아 있는 채널 같더라고요. 매일매일
플레이리스트가 달라지는 걸 보면."

오랜만에 듣는 노래가 어색한 분위기를 조금 풀어주었다.
세민이 남자에게 말했다.

"오랜만이에요. 거의 2주 만에 트럭이 와서 사실 좀 놀랐
어요. 이제는 나무들이 돔으로 이송되지 않는 걸까, 그런 생
각을 하고 있었거든요."

"그러면 큰일이지, 이게 지금 유일한 밥줄인데. 밖은 여전
해요. 매일같이 발현자들이 발생하고 있고, 이송해야 될 나
무들은 쌓여 있으니까. 단지 제대로 관리가 안 되고 있을 뿐
이에요. 현장에서 이송되지도 않고 방치되거나, 일련번호를
부여받지 못한 채 창고에서 대기만 하고 있는 나무들이 수
십, 수백 트럭이니까. 지금 전국에서 이송 요청을 받아주는
곳은 이 돔이 유일한데, 그렇다고 이 돔에 모든 나무들을 이
송할 수도 없는 노릇이니까. 그렇게 멈춰 있는 거예요. 모든
것들이. 그래서 다들 손을 떼고 있어요. 우리 같은 작은 회사
부터 개인들, 내가 보기엔 정부도 그렇고. 이제 정부라는 게
존재하는지도, 의미가 있는지도 모르겠지만. 아무튼 오늘은
우리 사무실 앞마당이 가득 차가지고, 어쩔 수가 없었어요."

남자의 말이 끝나고 둘은 다시 침묵했다. 둘의 침묵 위로 10년도 전에 유행했던 아이돌 유행가가 흘렀다. 오랜만에 듣는 아이돌 노래에 세민은 자신도 모르게 웃고 말았다. 남자는 곁눈질로 힐끗 세민을 바라보며 물었다.

"왜 웃어요?"

"고등학교 다닐 때 듣던 노래라서요. 진짜 오랜만이라."

"제가 좋아했던 아이돌이에요. 최고였는데, 진짜."

남자는 노래를 흥얼거리기 시작했다. 세민도 창밖으로 고개를 돌리고 속으로 노래를 흥얼거렸다. 10년 전에는 이런 일이 있을 거라고는 생각도 안 했었는데. 이런 사태가 일어날 거라고는, 이런 돔이 만들어질 거라고는, 그리고 그 돔에서 내가 일하고 있을 거라고는 생각도 못 했는데. 시간이 흘러가는 게 너무나 비현실적으로 다가왔다. 순탄하게 흘러가기만을 바랐던 시간은 격류처럼 흘러버린 뒤였다.

원래는 5분도 걸리지 않는 거리였지만, 남자가 헤맨 탓에 노래를 여섯 곡 정도 더 듣고 나서야 포터는 F 구역에 도착할 수 있었다. 남자는 화물칸을 묶어둔 끈을 풀었다. 해치를 내리고 남자와 세민은 사람 키만 한 나무들을 바닥에 내렸다. 루트가 보낸 흙을 파내는 로봇들과 함께 남자와 세민은 삽을 들고 땅을 파기 시작했다. 아무 말 없이. 묵묵히 땅을 파는 그들의 주위로, 흙에 삽이 거칠게 닿는 소리와 숨소리,

그리고 옅은 바람에 나뭇가지들이 흔들리며 내는 스산한 소리만 맴돌았다.

바람이 목덜미를 타고 흐르는 땀을 훑고 지나갔다. 땀이 식고 나자 엄습해 오는 서늘함에 세민은 삽을 내려둔 채 목덜미를 어루만졌다.

나무를 모두 심고 난 뒤 남자는 기진맥진한 표정으로 바닥에 주저앉았다. 남자는 세민이 건넨 물을 벌컥벌컥 마셨다. 남자의 어깨 너머로 붉은 해가 지고 있었다.

"용길 아저씨는 오늘 휴가예요?"

세민이 조심스럽게 물었다. 남자는 세민을 쳐다보지 않고 하늘을, 유리 돔의 천장을 바라보았다. 붉게 물들기 시작한 돔의 하늘을.

"용길 삼촌, 저기 있어요."

남자가 앞을 가리키며 말했다. 남자의 시선을 따라간 곳에는 세 그루 중 가장 키가 작은 한 그루가 세민과 남자를 향해 서 있었다. 세민은 놀라지 않았다. 아무런 승인 알림도 없이 나무가 이송되는 일은 없었으니까. 인수서에 적혀 있는 일련번호는 너무나 엉성한 가짜였으니까. 처음부터 예상하고 있었다. 예상이 틀렸기를 바랐을 뿐. 놀라지 않았지만, 왼쪽 가슴이 무겁게 내려앉는 고통은 어쩔 수 없었다. 끝을 모르고 떨어지는 심장의 무게가 너무 무거워서, 세민은 앉은 자리에서 몸을 웅크렸다.

남자가 입에 담배를 물었다. 세민은 남자를 제지하지 않았다. 남자는 세민에게 담뱃갑을 건넸고, 세민은 손을 저었다.

남자는 자리에서 일어나 자기가 끼고 있던 빨간 목장갑을 벗었다. 용길에게로 다가선 남자는 하늘을 향해 뻗은 가지에 빨간 목장갑을 걸었다. 바람이 불었다. 바람에 빨간 목장갑이 무겁게 나풀거렸다.

"갑자기 그랬어요. 출근을 안 하길래 무슨 일 있나, 하고 집에 가봤더니 저렇게 되어 있어서."

남자는 서서히 어두워지고 있는 하늘을 바라보며 말했다.

"신고를 했어요. 방역 당국, 경찰서, 소방서, 주민센터, 구청, 시청… 전화를 받는 곳보다 안 받는 곳이 더 많았고, 전화가 연결이 되어도 어떻게 해야 된다고 말해주는 곳도 없었고. 그래도 접수는 되었다고 하니까 기다렸는데, 이틀, 사흘이 지났는데도 아무도 안 오더라고요. 그러는 사이에 삼촌은 안방에 뿌리를 내리기 시작했어요. 아주 단단하게. 이대로 두면 여기에 완전히 뿌리를 내리겠구나. 그때 문득 사무실에 들어왔던 나무 두 그루가 떠올랐어요. 몇 그루 더 모이면 돈으로 가려고 했었던 그 나무들이. 용길 삼촌도 함께 가도 괜찮겠지, 그렇게 생각했죠."

남자가 세민을 바라보며 물었다.

"괜찮죠?"

세민은 서늘하게 불어오는 바람에 너풀거리는 목장갑을 바라보며 대답했다.

"잘했어요. 밖은 나무가 자라기에 좋은 환경이 아니니까."

남자는 다 피운 꽁초를 담뱃갑 안에 넣고 자리에서 일어섰다.

"앞으로는 내가 올 거예요. 그래도 아직은 시스템이 돌아가고는 있으니까요. 누군가는 나무를 우리 회사로 보내고 있고, 그걸 내가 옮기고, 나무 이송 요청을 여기서 당신이 받아준다면."

남자의 말에 세민은 생각했다. 다행일까, 시스템이 돌아가고 있다는 것이. 아직 세상이 완전히 멈추지는 않았다는 것이.

돔의 입구로 돌아가는 길에 세민은 남자에게 물었다.

"무섭지 않아요? 용길 아저씨가 여기서 일하다가 그렇게 된 걸 수도 있잖아요."

어두워진 길을 주시하며 남자가 되물었다.

"그러면 그쪽은 여기에서 왜 일하고 있어요? 떠나지 않고."

세민은 남자의 질문에 잠시 침묵했다. 남자도 굳이 세민에게 답을 들을 생각은 없었다는 듯이, 말없이 운전에 집중하고 있었다.

전조등에 의지한 채 짙게 내려앉은 숲의 그늘을 나아가고 있을 때였다. 세민이 말했다.

"늦었어요. 망설이다가 기회를 놓쳤어요, 번번이. 그러는 사이에 팀에는 나만 남았고. 그리고…"

"누군가는 했어야 될 일이니까, 그쵸?"

세민의 말을 끊고 남자가 말했다. 누군가는 했어야 될 일이니까. 세민은 생각했다. 아니에요, 사실은… 세민은 속으로 말을 삼켰다.

남자가 말했다.

"나도 마찬가지예요. 이 일은 삼촌이 처음으로 얻었던 기회예요. 작은 계약도 잘 못 따 오던 삼촌이 처음으로 따낸 사업인데 이걸 놓칠 수는 없죠. 삼촌을 위해서도, 그리고 이 사업을 이어받을 나를 위해서도. 어쨌든 아직 우리는 이렇게 사람으로서 살아 있으니까, 멈춰버리지 않았으니까. 돈도 벌고, 하던 일은 하고 그래야겠죠. 멈추기 전까지는 말이에요. 언제나 그래왔듯이"

남자는 어색하게 웃었다.

세민은 백미러에 걸려 흔들리고 있는 코팅된 사진 한 장을 쳐다보았다. 누구예요? 묻는 세민에게 용길 아저씨는 말했다. 아, 조카, 내 일을 이어받을 놈이야. 자랑스럽다는 듯 용길 아저씨는 웃었다.

용길 아저씨와 남자, 선우가 어깨동무를 한 채 카메라를 바라보며 환하게 웃고 있는 사진이, 흔들리는 차 안에서 함께 흔들리고 있었다.

✳

"여기 있으면 모든 게 거짓말같이 느껴져요. 지금까지 있었던 일들, 그리고 지금 이 순간에도 일어나고 있는 일들 모두, 비현실적으로만 느껴진다니까요."

노을에 붉게 물든 하늘을 바라보며 선우가 말했다.

"왜요?"

"밖에는 벌써 몇 주째 비가 그치지 않고 내리고 있는데 여기는 이렇게 화창하다는 게… 여기는 밖이랑은 완전히 다른 세계 같아서. 이젠 뭐가 진짜인지 모르겠어요. 돔 밖의 세계가 현실인지, 돔이 현실인 건지. 사실 둘 다 현실과는 거리가 먼 것 같긴 하지만"

선우의 말에 세민은 오늘 심은 나무들을 바라보며 말했다.

"바깥도, 돔 안도 모두 현실이에요."

노을을 머금은 붉은색 구름들이 바람을 따라 천천히 움직이고 있었다. 세민이 돔 바깥의 하늘을 본 것은 너무나 오래전의 일이었다. 세민이 마지막으로 봤던 바깥 하늘은 곧 쏟아질 것같이 비를 머금은 먹구름으로 가득한 회색 하늘이었다. 돔의 유리 위로 드리웠던 잿빛 먹구름들. 루트가 돔의 천장에 인공 하늘을 덮어씌우기 시작한 것도 그때부터였다.

"돔이 처음부터 이런 건 아니었어요."

세민이 말했다.

처음부터 돔이 인위적인 하늘을 구현했던 것은 아니었다. 투명한 소재로 만들어진 돔은 천장 너머로 보이는 하늘을 돔 안에 그대로 투영할 수 있었다. 하지만 언젠가부터 하늘이 우중충한 날이 잦아지기 시작했다. 처음엔 그저 궂은날이 많은 것 정도라고 생각했던 날씨는 지속적으로 나빠져만 갔다. 먼지 섞인 비가 내리는 날이 잦았고, 해가 뜨는 날보다 뜨지 않는 날들이 더 많았다. 돔에 남은 사람들은 잿빛 하늘을 올려다보며 말을 잃어버리곤 했다. 그런 상황이 거의 한 달 가까이 이어지자 루트는 결정을 내렸다. 기상이 좋아질 때까지는 돔의 천장에 인공 하늘을 띄우기로.

"인공 하늘이라고? 그런 게 가능해?"

의아해하며 묻는 세민에게 루트는 말했다.

돔은 발현자들의 안정적인 관리와 연구, 보전을 위해 설계되었습니다. 당연히 수많은 상황들에 대한 매뉴얼들과 대응책들도 함께 설계되었죠. 기후변화, 기상 악화에 대한 매뉴얼도 존재합니다. 기술적으로 가능합니다.

루트의 제안을 세민은 승인했다. 나무들에게 최소한의 빛을 공급할 수 있는 작은 광원체, 인공 태양을 유지하기 위해 루트는 돔의 여러 시스템들을 차단했다. 더 이상 사용되지 않는 건물들과 초소들의 전력을 차단했고, 주인을 잃은 전자기기들의 전원도 차단했다. 이송과 식목에 사용되는 로봇들의 수도 최소한만을 남겨놓은 채 전원 공급을 중단했다. 시스템과의 연결, 비상연락망, 그리고 세민의 노트북의 인터넷 연결을 제외한 모든 네트워크, 통신 연결도 끊었다. 마지막으로 루트는 자신에게 들어가는 전력을 최소화했다. 원래 24시간 깨어 있어야 하는 루트는 최소한의 감지 시스템만을 켜둔 채로 절전모드에 들어갔다. 세민의 수면 시간에 맞춰서. 루트는 그렇게 자신을 희생해 가며 돔의 환경을 유지하고 있었다. 루트에게 돔은 지켜야 할 곳이었기에. 돔, 루트의 존재 이유이자 희망. 그리고 인류의 희망, 이었던 곳.

돔, 그리고 루트는 지금껏 겪어본 적 없던 바이러스에 대한 인류의 대응책이었다. 지난 10년 동안 여러 전염병과 크고 작은 재해들을 겪어온 인류는, 뒤늦게나마 조만간 닥칠지 모를 최악의 상황을 가정한 대비책을 세웠다. 그중 하나가 돔 프로젝트였다. 물론 인류가 세운 대비책들로는 갑작스럽게 일어난, 한 번도 겪어본 적 없는 사태를 완벽하게 대응할 수는 없었다. 사태 초기, 대부분의 전문가들은 이 현상이 일시적인 현상으로 그리고 예외적인 현상으로 끝날 것이라고 생각했다. 초기 발현자들 사이에는 어떠한 물리적 접점도 없었기에, 연구자들은 이 질병은 절대로 사람과 사람 사이에서 전염되는 병이 아닐 것이라고 생각했다. 그렇기에 어떠한 맥락도 인과도 없이, 동시다발적으로 불특정 다수에게서 발현이 시작되었을 때 돔 프로젝트는 취약점을 드러내며 흔들릴 수밖에 없었다. 쏟아지는 발현자들을 모두 수용할 수 없는 시설, 의미 있는 성과를 얻어내지 못한 연구들, 돔 내부의 동요와 혼란 같은 것들에 전국에 세워진 돔 시설은 조용히, 그리고 빠르게 무너져 갔다. 시스템상에서 접속이 끊어진 돔들, 그리고 그 돔의 사람들도 모두.

돔에서 이루어진 연구의 성과가 아예 의미가 없었던 것은 아니다. 단지 그 의미가 인류에겐 너무나도 부정적인 결과였을 뿐이다. 사활을 건 연구 끝에 바이러스의 형태와 발현의 과정을 밝혀낼 수 있었다. 바이러스는 씨앗 형태로 인체에 침투해 심어지며, 이후 특정한 조건이 형성되면 바이러스는 인체 내부에서 발아한다. 다만 씨앗의 발아 조건이 정확히 무엇인지는 특정 짓지 못했는데, 그것은 발현자들의 증상 유형이 너무나 다양하고 광범위했기 때문이다. 단지 발현 시 동반되는 공통적인 몇 가지 증상들만 밝혀졌을 뿐이다. 발현 직전 사람들은 무기력증에 걸린 것처럼 행동과 말이 느려지기 시작한다. 이윽고 본격적으로 발현이 시작되면 빠른 속도로 피부가 나무껍질처럼 굳고, 신체가 경직되며 활동이 점차 느려지다 이내 멈춰버린다. 일정한 시간이 흐르고 나면, 발현자가 서 있던 자리에는 나무 한 그루가 뿌리를 단단히 내리기 위해 필사적으로 바닥을 파고들며 서 있었다. 횡단보도 한가운데에 멈춰 선 채 뿌리를 내려버린 나무를 바라보며 사람들은 생각했다. 이건 또 어떤 재미없는 농담인가, 하고. 재미없던 농담은, 이제 재미없는 현실이 되어 사람들의 곁에 머물렀다.

언제, 어디에서든 발현은 일어났다. 횡단보도에서도, 길에서도, 회사에서도, 집에서도, 공원에서도. 아무 문제 없어 보였던 사람들이 다음 날이면 나무가 되어 발견되곤 했다. 사람들은 혼란에 빠졌다. 나무가 된다는 것은 무엇을 의미하는 것인지, 사람들은 알지 못했기 때문이다. 알지 못하는 일에 대한 두려움, 좌절, 그리고 체념. 공기 속에 무겁게 내려앉은 감정들 속에서 발현자들의 숫자는 통제할 수 없을 정도로 늘어났다.

바깥의 상황이 악화되면서, 도저히 소화할 수 없을 정도의 나무들이 돔으로 밀려들었다. 돔의 사람들은 다른 업무들은 모두 미뤄둔 채 밀려드는 나무를 돔 안에 심어야 했다. 사람들은 참을 수 없이 뒤엉키는 감정을 겨우 죽이며 나무를 심었다. 종일 나무를 심고 난 뒤 기진맥진해 바닥에 주저 앉아 있던 사람들의 표정을 세민은 기억하고 있었다. 사람들은 가만히 앉아 하늘을 올려다보고 있었다. 노을에 아주 붉게, 피처럼 붉게 물들어 있던 하늘. 사람들 얼굴 위로 붉은 그림자가 드리워 있었다.

피처럼 붉게 물든 하늘을 바라보며 사람들은 무슨 생각을 하고 있었을까.

세민은 선우에게 말했다.

"나무를 심은 날 밤이면 기숙사에는 침묵이 돌았어요. 침묵을 깬 건 울음소리였죠. 한 명의 울음소리는 전염되듯 그렇게 벽을 타고 각 방으로, 그 울음은 다시 복도를 타고 한 층 전체로, 결국엔 돔 전체에 퍼졌죠."

돔에서 발현자가 나왔다. 연구직 직원이 기숙사 방 안에서 침대에 뿌리를 내린 채 발견되었다. 연구실 직원들은 이미 돔 내부에서의 감염을 예상하고 있었던 모양이지만, 연구직이 아닌 다른 부서의 직원들은 돔만큼은 안전하다고 생각하고 있었던 탓에 동요는 순식간에 돔 전체로, 모든 사람들에게로 확산되었다. 마치 전염되듯 그렇게. 사람들은 돔을 떠나기 시작했다. 어디로 갔는지 알 수 없이 사라져 버린 사람들도 있었다. 사라져 버린 사람들이 숲에 먹혀버렸다고, 숲에서 나무가 되어버렸다는 소문이 조용히 돔 안에서 돌다가 숲의 짙은 그늘에 삼켜져 사라졌다.

　세민에게는 두 가지 선택지가 있었다. 하나는 돔에 남는 것, 그리고 또 하나는 돔을 떠나 집으로 돌아가는 것. 세민은 선택할 수 있었다. 하지만 세민이 돌아가야 하는 곳은 현이 있는 집이었다. 다시금 무거운 솜이불을 덮은 채, 우울을 베개 삼아 검은 꿈속에서 헤엄치는 기분으로 돌아가야 한다는 사실이 세민을 망설이게 만들었고, 그러는 사이 사무실의 자리는 하나둘 비어갔다.

　세민은 사수인 수정에게 물었다. 수정 씨는 왜 떠나지 않으세요? 세민의 물음에 수정은 메마른 목소리로 말했다. 가족들과 연락이 닿지 않아요, 그래서예요. 돔에 있어야 가족들을 찾을 수 있을 거니까요. 어쩌면 전국 각지로, 일련번호를 부여받은 채 이송되었을지도 모른다는 생각에 수정은 매일같이 시스템에 접속해 일련번호를 검색했다. 그러는 사이 팀에는 수정과 세민만이 남게 되었다. 직급과 입사 시기의 순위에 따라 수정은 돔의 최종결정권자가 되었다. 수정은 지금의 세민처럼 나무 이송 요청을 모두 받아들였고, 당연하게도 루트와 잦은 의견 다툼을 가졌다.

　하지만 어느 날부터 수정은 루트의 의견을 모두 수용하기 시작했다. 마치 루트가 명령을 하고 수정이 행동하는 것처럼. 수정은 모니터를 보며 혼자 소리 내어 웃었다. 하하하,

하하, 하… 소리를 삼킨 메마른 울음이 둘만 남은 사무실에 떠돌았다. 수정의 불안한 어깨 너머로, 끝내 찾아낸 일련번호들이 적힌 목록을 바라보며 세민은 끝내 수정을, 그리고 돔을 떠나지 못했다. 몇 주 뒤, 시스템관리팀에는 세민만이 남아 있었다. 자리에 엎드리고 있는 수정을 깨우기 위해 다가간 세민은, 수정의 손가락 마디마디가 가지처럼 굳어 있는 모습을 보고 아무것도 하지 못한 채, 한참을 주저앉아 있었다.

"그렇게 돔에 남은 사람들은 정말 소수가 되었죠. 아이러니하게도 소수가 되니까 우리들은 서로를 보기 시작했어요. 그동안은 모른 채 지내던 다른 부서 사람들과요."

"그래서 삼촌이랑도 친해졌던 거군요."

선우의 말에 세민은 피곤한 미소를 지어 보였다.

"사실 그랬으면 안 됐는데. 얼굴을 알게 되고, 목소리를 알게 되고, 서로의 이야기를 알게 되고, 서로의 기억을 갖게 되고. 그러지 말았어야 했는데. 그 대가가 크다는 건 분명 알고 있었는데도 우리는 서로를 외면할 수 없었어요. 외롭고 두려웠으니까."

세민은 선우에게 말했다.

"아까 거짓말같이 느껴진다고 그랬죠? 저도 그래요. 여기는 밖에서 보면 평지에 덩그러니 고립되어 있는 곳이지만 안에는 밖과는 아예 다른 모습의 세계가 펼쳐져 있잖아요. 그러니까 마치 모닥불 같은 거죠. 짙은 어둠 속에 유일하게 타오르는 모닥불 말이에요. 모닥불은 잠시나마 어둠을 쫓아내 주니까, 설령 모닥불 주위에는 더욱 짙은 어둠이 모여든다는 것을 알고 있음에도. 그래서 이 모닥불 곁을 떠나지 못하는 거죠. 나처럼 망설이다 떠나지 못한 사람들, 돔 밖의 희망이 없어져 버린 사람들. 돔이 희망이었던 사람도, 그래서 그희망을 찾기 위해 돌아온 사람도 있었고."

가만히 누워 있으면 창밖에서 나무들의 소리가 들려왔다. 스산하게 들려오는 나무들의 소리는 돔의 모든 소리들을 집어삼켰다. 아무리 귀를 막아도 나무들의 소리는 들려왔다. 마치 집요하게 말을 걸어오는 것처럼. 소리를 듣고 있다 보면 생각들이 아무렇게나 뻗어난 가지처럼 얽히고 얽혀 떠올랐다. 그 소리에 잡아먹히지 않기 위해서 사람들은 서로의 주위로 모였다. 짙은 어둠 속에서 작은 모닥불 앞에 모인 사람들의 얼굴에는 일렁이는 모닥불 불빛이 만들어 내는 그늘이 지곤 했다.

세민은 앞을 응시하며 말했다. 세민이 바라보고 있는 곳에는 빼곡히 솟은 나무들 사이로 나무 두 그루가 나란히 서있었다.

"지연 씨는 사람들이 모두 떠날 때 돔을 떠난 직원이었어요. 그런데 어느 날 용길 아저씨 차를 타고 나무들과 함께 지연 씨가 돌아온 거예요. 사실 알고 있었어요. 그날 용길 아저씨가 싣고 온 트럭에는 일련번호가 적혀 있지 않은 나무가 하나 있다는 걸. 키 작은 과실수 한 그루가 말이에요."

세민의 말에 선우는 어떤 이야기인지 알고 있는 듯 쓸쓸한 미소를 지었다.

사람들이 돔을 떠나기 시작할 때 함께 떠났던 지연은 한 달 뒤 나무를 이송하는 트럭을 타고 다시 돔으로 돌아왔다. 처음에는 지연이 누구인지 알지 못했던 세민은 지연을 외부인으로 판단해 돔 안으로 들이지 않으려고 했다. 그런 세민에게 지연은 다급하게 품에서 직원증을 꺼내 들이밀었다.

행정지원팀, 이지연. 단정한 블라우스 차림으로 어색하게 웃고 있는 증명사진. 사진 속에는 사회초년생의 티를 벗지 못한 지연이 단정한 차림을 한 채 경직된 미소를 짓고 있었다. 세민은 직원증을 들이밀고 있는 지연에게로 다시 시선을 옮겼다. 세민의 시선이 닿은 곳엔 피곤한 눈으로 예의 경직된 미소를 짓고 있는 지연이 서 있었다.

왜 돌아왔냐는 세민의 물음에 지연은 돔이 바깥보다 안전한 것 같아서요, 하며 웃었다. 지연의 어색한 웃음이 마음에 걸렸지만, 세민은 지연에게 돔의 문을 열어주었다. 그날 저녁 세민은 오늘 들어온 나무 한 그루의 바코드가 잘못되었다는 사실을 루트에게 보고 받았다. 150센티미터 정도 크기의 작은 과실수. 지연과 함께 들어온 나무였다. 세민은 보고를 '읽음' 처리하고 넘겼다. 루트도 세민에게 더 이상 잘못 들어온 나무에 대해 언급하지 않았다.

그때 들어온 과실수는 지금 지연의 옆에서 노란 열매들을 맺고 있었다.

"어머니가 모과차를 좋아하셨어요. 모과차가 감기에 참 좋다면서, 제게 항상 따뜻한 모과차를 따라주시곤 했죠. 물론 당신은 겨울마다 감기를 달고 사셨지만."

지연의 방을 찾은 날이었다. 지연은 세민에게 따뜻한 모과차가 담긴 머그잔을 건넸다. 세민은 머그잔을 양손으로 감싸 쥐었다. 모과차의 온기가 손바닥을 타고 온몸으로 천천히 퍼져나갔다. 세민은 조심스럽게 지연의 방을 눈으로 둘러보았다. 지연의 책상 위에는 지연과 학사모를 쓴 지연의 어머니가 함께 서 있는 사진이 올려져 있었다. 사진을 바라보고 있는 세민에게 지연은 부끄러운 듯 말했다.

"졸업식 날 찍은 사진이에요. 원래는 졸업식에 안 가려고 했는데, 어머니가 당신도 학사모를 써보고 싶다고 하셔서요."

지연은 사진을 들여다보며 말했다.

"여기가 제 첫 직장이에요. 물론 이런 곳인지는 몰랐죠.

그냥 연구 시설인 줄만 알았지. 정부 연구 시설의 일반행정 직, 좋잖아요? 번듯한 곳에 취업했구나, 하면서 어머니가 얼마나 좋아하셨는지 몰라요."

지연은 쓸쓸한 미소를 지으며 말했다.

"그래서 도망쳤던 거예요. 연구직이나 세민 씨처럼 관리직이었으면 매일 나무들을 보고 그랬을 테니 알았겠지만, 저는 그때 나무들을 처음 봤거든요. 그리고 그 나무들이 사람들이라는 것도. 그래서 떠났던 건데… 그런데도 돔으로 돌아온 건."

"알아요, 왜 돌아온 건지."

세민이 지연의 말을 가로막았다. 굳이 말을 꺼내서 상기할 필요는 없었으니까. 지연은 세민을 잠시 멍한 표정으로 바라보다가 미소 지었다. 돔으로 돌아온 그날, 세민에게 지어 보였던 어색한 미소를.

"그때 했던 말은 진심이었어요. 정말 바깥보다는 돔이 안전해 보였거든요. 바깥의 혼란을 보면서 생각했어요. 돔에는 작은 희망이라도 있을 거라고, 1년이 넘는 시간 동안 연구한 성과가 분명 있을 거라고요."

지연은 세민을 바라보며 말했다.

"웃기죠? 돔에서 혼자 도망쳐 나오고서는 그런 걸 기대한다는 게…"

아니라고 말을 해야 했지만, 세민은 대답하지 못했다. 대신 세민은 말없이 머그잔에 담긴 모과차를 내려다보았다. 불투명한 모과차의 표면에 조용한 파장이 일었다. 손바닥을 타고 느껴지던 모과차의 온기는 점점 차갑게 식어가고 있었다.

"이제는 그 희망이 저 혼자 좇던 신기루였다는 걸 알지만요."

지연은 세민에게서 고개를 돌리며 말했다. 세민은 모과차를 한 모금 마셨다. 식은 모과차의 끝맛이 썼다.

신기루. 세민은 지연의 말을 속으로 되뇌었다. 1년 동안 돔에서 이루어진 연구의 성과는 비관적인 사실들을 확인할 뿐이었다. 바이러스가 어떤 경로로 세상에 나타났는지, 어떻게 사람들의 몸속에 퍼졌는지는 알아내지 못했지만 모든 사람들의 몸속에 바이러스가, 씨앗이 이미 침투해 있는 것이라는 주장이 제기되었다. 어떤 경로를 통해 인체에 침투한 것일 수도, 아니면 애초에 인체 내부에 씨앗이 이미 심어져 있던 것일지 모른다는 주장이었다. 주장이 아니라 사실상 확정적인 가설이었다. 다만 1년간의 연구 결과가 너무나도 비관적이었기에 정부와 기관이 공식적으로 인정하지 않았을 뿐이다. 이를 인정하는 순간 사회를 뒤덮을 불안, 이어질 혼란을 통제할 여력도, 자신도 없었기 때문이다. 어쩌면 불안이야말로 강한 전염력을 가진 바이러스일지도 모른다고, 불안이 씨앗의 발아 조건이었던 걸지도 모르겠다고, 세민은 생각했다.

돔에 남은 사람들, 세민과 지연, 성은이 옥상에 모여 맥주를 마신 날이었다. 식당 부자재 창고에 고이고이 아껴놨던, 마지막 맥주였다.

"모든 것이 너무 빨리 진행됐어요. 대처할 틈도 주지 않은 채. 어쩌면 이미 오래전부터 진행되어 왔던 걸지도 모르죠. 언젠가부터 사람들 몸속에 이미 씨앗이 심어졌고, 그러나 그걸 사람들은 알지 못했고, 단지 지금까지 어떤 조건이 맞지 않아서 발아하지 않았던 걸지도 몰라요. 그러니까… 우리는 아는게 아무것도 없어요. 1년 동안, 이곳에서 벗어나지 못한 채 그렇게 매달렸음에도."

취기가 오른 듯, 성은의 목소리는 조금씩 커져갔다.

"만약에 아주 조금의 시간이 있었더라면. 사람들 몸속에 씨앗이 심어져 있었다는 걸 미리만 알았더라도 이렇게까지는 안 됐을지 몰라요. 시간만 있었더라면 분명 방법을 찾을 수 있었을 텐데."

성은의 말에 두 사람은 침묵했다. 성은의 목소리는 떨리고 있었다.

"어쩌면 우리가 부족해서, 그래서 해결하지 못한 걸지도 몰라요. 우리가 부족하지 않았더라면 정현도, 가족들도, 친구들도, 동료들, 사람들도 이렇게 되지는 않았을 텐데…"

"나무가 되는 게 나쁜 건가요?"

조용히 앉아 이야기를 듣고 있던 지연이 성은의 말을 끊었다. 성은은 지연을 바라보았다.

"죽은 게 아니에요. 살아 있잖아요. 그런데 왜 나무가 되면 다 끝난 것처럼, 죽은 것처럼 말을 해요?"

지연의 말에 성은도 흥분한 채 대답했다.

"살아 있죠. 생물로서 살아 있지만, 그게 정말 살아 있는 거라고 생각해요? 인간이 나무가 된다는 게 어떤 의미인지, 지연 씨도 알잖아요. 다시 돌릴 수 없는 일이라고요."

성은의 말에 지연이 대답했다.

"돌아오기를 바라지 않을 수도 있죠. 우리가 저들의 의사를 어떻게 속단할 수 있죠?"

성은은 지연에게 물었다.

"그러면 지연 씨는 저들이, 아니 저 나무들이 인간으로 다시 돌아가지 않기를 바란다고 어떻게 확신할 수 있죠? 무슨 근거로요?"

지연은 옥상 너머로 보이는 나무들을 가리키며 말했다.

"나무가 아니라 사람들이에요. 저들을 봐요. 뿌리를 땅에 단단히 내리고, 가지도 하늘 높이 뻗고, 잎도 무성하게 자라나고 있잖아요. 열매를 맺은 나무들도 있고, 꽃을 피운 나무들도 있어요. 더 푸르고, 크고, 굵게. 생전 기 한 번 제대로 못 펴봤던 사람도 저렇게 곧게 허리를 펴고 섰는데. 사람일 때는 한 번도 피어본 적 없었던 꽃을, 열매를 맺고 저렇게 화려하게 섰잖아요."

지연은 맥주 캔을 바닥에 던지듯 내려놓았다.

"난 돌아오지 않기를 바라요. 적어도 우리 엄마한테는, 나무가 된 것이 더 좋은 일이니까."

지연은 무릎에 얼굴을 파묻었다. 성은은 그런 지연을 외면하며 고개를 돌렸다. 하지만 어디를 둘러봐도, 보이는 것은 높게 솟은 나무들뿐이었다. 성은은 손에 꽉 쥐어져 있는 빈 맥주 캔을, 어느새 반쯤 찌그러져 있는 맥주 캔을 가만히 응시했다.

세 사람의 위로 침묵이 어둠보다 더 짙고 무겁게 내려앉았다. 바람에 나뭇가지들이 흔들렸다. 바람에 나뭇가지들이 흔들리는 소리는 마치 속삭이는 소리처럼 들려서, 세민은 자신도 모르게 목덜미를 움츠렸다.

"죄송해요. 오랜만에 술을 마셨더니 취했나 봐요."

얼마의 시간이 지나고 지연이 고개를 들었다. 지연의 두 눈이 빨갛게 충혈되어 있었다. 성은은 다른 생각에 잠겨 있는 듯, 대답하지 않았다.

어색한 침묵을 걷어내기 위해서 세민이 말했다.

"우리 울적한 이야기는 이제 그만하고, 재밌는 이야기 해요. 아니, 재미는 없더라도 우울하진 않은 그런 이야기들을 해요."

세민이 먼저 이야기를 시작했다. 재밌지는 않지만, 평범했던 시절의 이야기들을. 지금의 상황을 상상조차 하지 못했던 불과 1년 전의 이야기부터. 이미 여러 차례 나눴던 이야기들이었지만, 세 사람은 마치 처음 듣는 이야기인 것처럼 서로의 이야기 조각들로 기억이라는 퍼즐을 함께 맞춰갔다. 돔으로 오게 된 이유(세민은 이직, 지연은 입사 후 발령, 성은은 정현과 함께 스카우트 되었다고 말했다), 돔의 첫인상, 부서 동료들에 대한 이야기, 처음부터 비호감이었던 상사에 대한 험담 같은 것들. 세 사람은 진심으로 화를 냈고, 공감했고, 웃었다. 하지만 잊고 있었던 이름들이 하나둘 호명될 때마다 세민도, 지연도, 성은도 점차 말을 잃어갔다. 의식적으로 잊고 있던 이름들이, 하지만 절대 잊을 수 없을 그 이름들이, 지금도 세 사람의 이야기를 함께 듣고 있을 이름들이 세 사람의 이야기에 끼어들었기 때문이다.

바람이 불어왔다. 숲이 흔들렸다. 잎들이 흔들리는 소리가, 가지들이 흔들리며 내는 소리가 침묵 위에 내려앉았다. 나무들의 소리에서 벗어나기 위해 세 사람은 계속해서 맥주를 마셨다. 마시고, 마시고, 마시고… 그렇게 모두가 취했던 밤. 술은 사람들의 감정을 파도처럼 일렁이게 만들어 주었다. 세민은 음악을 틀었다. 유행했던 가요들, 아이돌들의 댄스 음악들이 끊이지 않고 흘러나왔다. 흥이 오른 지연은 나무보다 더 삐걱거리는 몸짓으로 춤을 췄고, 그 모습에 세민과 성은은 크게 웃었다. 각자 좋아하는 노래를 따라 부르고, 춤을 췄다. 서로의 손을 맞잡고 춤을 추고 이야기를 나누며 세 사람은 밤을 보냈다. 내일이 없는 것처럼. 오랜만에 느껴보는 취기와 기쁨 속에서, 세민은 술에 취해 잠이 들었다. 내일이 없기를 바라면서.

이튿날, 성은은 기숙사 방에서 발견되었다. 루트에게 성은이 출근하지 않았다는 보고를 듣고 찾아간 성은의 방에서, 세민은 침대 위에 고요하게 누워 있는 성은을 발견했다. 성은의 피부는 반쯤 단단한 나무껍질처럼 변해가고 있었다. 손가락 마디도 굳어, 길게 자라나려고 하고 있었다. 그 지점에서 성은의 발현은 멈춰 있었다. 성은이 멈췄기 때문이다.

세민은 성은 옆에 놓여 있는 주사를 바라보았다. 날카로운 바늘 끝에 맺혀 있던 하얀 액체 한 방울이 똑, 하고 침대위로 떨어졌다. 성은은 강제로 진행 중이던 발현을 멈춰버린 것이었다. 삶을 포기함으로써.

침대 옆 탁상에는 성은이 남겨놓은 노트와 메모들이 놓여 있었다. 세민은 탁상에 다가갔다. 노트 앞장에는 이렇게 적혀 있었다.

　세민 씨, 만약 이 편지를 읽고 있다면 나는 세민 씨와 이야기를 나눌 수 없는 상태가 되었다는 거겠죠, 어떤 형태로든 말이에요. 항상 준비를 하고 있었어요. 정현마저 떠난 뒤로, 연구소에 나를 빼고 아무도 남지 않게 된 이후로 줄곧 말이에요.

　고치고 싶었어요. 다시 돌려놓고 싶었어요. 내가 아는 세계로, 우리가 평범하게 살아가던 세계로 말이에요. 하지만… 어쩌면 처음부터 불가능한 일이었어요. 너무 늦었으니까. 아니, 일찍 알았더라고 해도 어떻게 할 수 있었을까요? 연구를 하면 할수록, 매달리면 매달릴수록, 사실에 가까워져 갈수록 견딜 수 없었어요. 견딜 수 없었기 때문에 동료들은 사라져 갔죠. 돔을 떠나거나, 나무가 되거나. 나는 포기하지 않으려고 했어요. 아니, 포기할 수 없었어요. 인정하는 순간, 포기하는 순간 나 역시 다른 사람들처럼 사라져 버릴까 봐. 그게 두려웠으니까요.

　정현을 발견했던 날, 정현은 연구소 입구에 엎드린 채 나무가 되어가고 있었어요. 연구실에서부터 이어진 정현의 발자국은 어느 순간부터 부스러기처럼 떨어져 있는 껍질들로 이어져 있었죠. 그리고 끝내 문 앞에서, 정현은 연구소를 벗어나지 못한 채 그렇게 나무가 되어 있었어요. 정현은 마지막 순간까지, 무엇을 위해 연구소 밖으로 향했던 걸까요? 정현이 원했던 건 무엇이었을까요? 물어보고 싶었지만, 정현은 더 이상 제 물음에 대답해 주지 못하네요. 언제나 제 물음에 친절히 대답해 줬던 정현의 목소리가, 내 물음에 금방이라도 대답을 해줄 것만 같은데 말이에요.

죄책감. 나를 괴롭혔던 감정이에요. 언제부터였을까요. 나무들의 목소리가 들리기 시작했어요. 익숙한 목소리들이. 귀를 막아도, 잠에 들어도, 아무리 고개를 저어도 소리들은 내 주위를 맴돌았어요. 아침에도, 낮에도, 밤에도, 찾아오지 않는 꿈속에서조차도. 그게 나를 견딜 수 없게 만들었어요.

지연 씨에게 미안하다고 전해줄래요? 그때 사과하지 못한 게 마음에 걸리네요. 어쩌면 지연 씨의 말이 맞을지도 몰라요. 나무들은 분명 이 돔 안에서 활기차게 살아 있으니까. 사람이었을 때보다도 더 생기 있게 말이에요. 돔으로 실려온 사람들, 돔안에서 발현한 사람들, 연구소의 동료들과 정현도 언제 그랬냐는 듯, 하늘을 향해 높게 고개를 쳐들고 살아가고 있으니까요. 지연씨 말처럼 발현자가 된다는 건, 나무가 된다는 건 여러모로 긍정적인 일일지도 몰라요. 인간들에게도, 지구에게도.

하지만 나는 나무가 되는 걸 견딜 수 없을 것 같아요. 나는, 우리는, 인간이잖아요. 내가 나무가 되었을 때, 그래서 먼저 발현자가 된 사람들과 마주하게 될 수도 있다는 것이… 견딜 수 없이 두려워요. 지연 씨에겐 내가 나무가 되었다고 전해줄 수 있어요? 미안해요, 부탁이 너무 많네요.

정말 마지막으로 부탁이 하나 더 있어요. 지난 1년간의 연구 기록들이에요. 공개할 수 없었던, 인정받을 수 없었던, 아니 인정하고 싶지 않았던 결과들이에요. 읽거나 읽지 않거나, 그건 세민 씨의 마음이에요. 세민 씨가 읽는다고 해서 달라지는 건, 읽지 않는다고 해서 달라지는 건 없을 테니까. 폐기해도 상관없어요. 세민 씨라면 분명 합리적인 선택을 할 수 있을 것 같아서요. 꽉 막힌 루트보다도 더.

고마웠어요. 그리고 미안해요. 세민 씨에게도, 지연 씨에게도, 함께해 줬던 모든 사람들에게도.

세민은 침대 위에서 평온히 눈을 감고 있는 성은과, 성은이 남긴 기록들을 바라보며 한참을 서 있었다.

일주일 후, 지연이 숲에서 발견되었다. 지연은 키 작은 과실수에 기댄 채 누워 있었다. 발현이 상당히 진행된 상태의 지연은 과실수를 꼭 껴안고 있었고, 눈은 편안하게 감겨 있었다. 마치 잠든 것처럼, 그래서 세민이 말을 걸면, 지연 씨, 하고 부르면 지연이 고개를 들어 대답할 것만 같았다. 하지만 지연은 세민의 부름에 대답하지 않았다. 지연 씨, 세민이 불렀지만 지연은 눈을 뜨지 않았다. 지연 씨, 지연 씨. 세민은 간절히 지연의 이름을 불렀지만, 지연은 끝내 눈을 뜨지 않았다.

루트는 세민에게 권고했다. 지연은 침엽수 구역으로 옮겨 심어져야 한다고. 세민은 계속되는 루트의 권고를 무시하며 지연을 과실수 옆에 그대로 두었다. 단지 지연의 뿌리가 단단히 내릴 수 있도록 땅을 단단하게 다졌을 뿐이다. 세민은 가지에 직원증 대신 그의 방에서 가지고 온 졸업식 사진을 걸었다. 학사모를 쓴 어머니의 허리를 껴안은 채, 환하게 웃고 있는 두 사람의 사진 뒤로 두 그루의 나무가 나란히 서 있었다.

드디어 내 차례가 온 걸까. 혼자 남게 된 날 밤, 침대에 누워 세민은 생각했다. 다음 날 눈을 떴을 때 내가 나무가 되어 있다면, 그렇다면 나는… 그리고 세민은 현을 떠올렸다. 현은 잘 지내고 있을까. 미련들과 두려움이 검은 창 위에 드리우는 나무들의 그림자와 함께 일렁였다. 세민은 수면제 한 알과 미지근한 물을 함께 머금은 뒤, 천천히 눈을 감았다.

다음 날, 세민은 여느 날과 다를 바 없이 눈을 떴다. 단지 평소보다 긴 꿈을 꿨고, 그래서 늦잠을 잤을 뿐이었다. 그런 세민에게 루트가 인사를 건네왔다.

오늘도 좋은 아침입니다.

빌어먹게도, 좋은 아침이네. 세민은 눈을 감은 채 루트에게 대답했다.

그리고 그날 선우가 탄 서해환경 포터가 돔으로 찾아왔다. 화물칸에 용길을 실은 채로.

세민은 선우를 바라보며 물었다.

"왜 내 몸속의 씨앗은 아직까지 발아를 하지 않는 걸까요? 도대체 무슨 조건이 맞질 않아서. 도대체 왜, 나만."

선우는 세민에게 담뱃갑을 건넸다. 마치 그게 자신이 할 수 있는 최선의 위로라는 듯이. 세민은 짜증과 웃음이 뒤섞인 표정으로 선우의 담뱃갑을 밀었다. 밀려들던 울음을 웃음이, 조금 밀어내 주었다.

✳

세민에게

잘 지내고 있어? 잘 지내고 있다고 말하고 싶지만, 나는 잘 지내고 있지 못해. 여기는 지금 끝이 보이고 있거든. 한 달 동안 해가

뜨지 않았고, 그칠 줄 모르고 내리는 잿빛 비에 세상은 회색으로 물들어 가고 있어. 창밖으로 사람들의 모습이 몇몇 짙은 회색 우비를 입은 사람들이 나무들을 어딘가로 옮기고 있어. 하지만 돔으로 나무를 옮기는 것 같지는 않아. 그렇다면 나무들은 어디로 가고 있는 걸까. 나무가 된다면, 우리는 이제 어디로 가게 되는 걸까.

카페도 문을 닫았어. 사장님도 결국 나무로 발현하신 걸까. 다행히 와이파이 신호가 잡혀서, 카페 앞 차양에 쭈그리고 앉아 메일을 쓰고 있는 중이야. 하지만 이 메일이 네게 닿을 수 있을까. 이 메일이 네게 닿기를, 그리고 너의 답신이 내게 닿기를, 그때까지 내가 기다릴 수 있기를 간절히 기도하지만.

이렇게 세상이 갑작스럽게 끝이 날 줄 알았다면, 이게 우리의 마지막이 될 줄 알았다면. 내가 너를 돔으로 밀어낸 건 아니었을까. 너무 멀리 밀어내버린 건 아니었을까. 네가 내게 이야기했을 때 대답했더라면. 침묵으로 대답을 대신하지 않았더라면. 하지만 지금, 우린 너무 멀리 와버린 거겠지. 너와 나, 우리 집과 돔 사이의 거리만큼이나 멀리. 내가 너를 밀어낸 만큼, 네가 내게서 벗어난 만큼의 거리가 우리 사이에 지금 놓여 있으니까.

요즘 우리가 마지막으로 함께 저녁을 먹었던 날의 모습이 꿈에 나와. 꿈에서 깨어나도 기억은 계속해서 내 주위를 맴돌아. 그날의 기억들이, 우리가 나눴던 대화가, 우리 주위에 머무르던 소리들이, 냄새와 촉감들이, 모든 것들이 너무나도 생생하게 떠올라. 마치 그날이 어젯밤이었던 것처럼.

네가 돔으로 떠나기 전날이었지. 식탁에 앉아 우리는 함께 저녁을 먹었어. 나는 네게 네가 좋아하는 카레를 해주겠다고 했지만, 너는 내게 된장찌개를 해주고 싶다고 했지. 오랫동안 못 먹을 거 아니야, 하면서 말이야. 나는 끝내 너의 고집에 졌고, 너와 나는 말없이 저녁을 준비했어. 함께 지내며 백 번은 족히 먹었을 세민표 된장찌개를 앞에 둔 채로, 우리는 말없이 밥을 먹었어. TV에서는 뉴스 앵커의 목소리가 들려오고 있었어. 바이러스에 대한 이야기. 나무가 되어버린 사람들에 대한 이야기. 나무를 이송하는 사람들의 모습과 나무가 되어버린 사람의 가족이 울부짖는 소리가 들려왔어. 너는 못 견디겠다는 듯 TV 채널을 돌렸지. 방금의 뉴스 내용이 마치 다른 세상 속 이야기인 것처럼, 다른 채널에서는 연예인들이 서로를 향해 공격적인 농담을 던지며 웃고 있었어. 네가 별로 좋아하지 않는 그런 농담들을. 그럼에도 너는 예능이 나오는 채널을 돌리지 않은 채 묵묵히 밥을 먹었어.

TV에서 들리는 웃음소리가 거슬렸던 나는 네게 말했어. 괜찮을 거야. 너는 가만히 나를 쳐다보았지. 내가 무슨 의미로 그런 말을 했는지 이해하기 위해서.

돔은 안전한 시설이잖아. 적어도 바깥보다는 안전하겠지.

너는 고개를 끄덕이며 말했어. 괜찮겠지. 괜찮을 거야.

너의 괜찮다는 말에도, 나는 계속해서 떠들었지. 돔이 얼마나 안전할지에 대해서. 바이러스에 대해서. 돔의 필요성에 대해서. 이번 기회에 대해서. 말을 하고 있던 나는 문득, 네 표정을 보고 입을 다물었지. 너는 나를 가만히 쳐다보고 있었고. 우리 둘 사이에 무겁게 내려앉은 침묵 사이로 가벼운 웃음소리만 들렸어.

세민아, 네게 고백할 게 있어.

그날 밤 사실 나는 잠들어 있지 않았어. 내 등에 너의 손이 닿았을 때, 나는 숨을 삼켜야 했어. 너의 손가락을 타고 느껴지는 뜨거운 온기가 천천히, 너의 손끝을 따라 내 몸에 전해지고 있었어. 우리, 정말 괜찮을까. 너는 내게 말했어. 안아줘, 아무 일도 없을 거라고 말해줘. 아무렇지도 않은 것처럼, 그렇게 안아줘.

하지만 나는 네게로 돌아눕지 못했어. 돌아눕는다면, 그래서 너를 마주한다면 나는, 너는, 우리는... 망설이는 사이에 네 손이 내 등에서 떨어졌고, 그리고.

눈을 뜨면 네가 있었던 자리는 항상 비어 있어. 네가 항상 누워 있던, 그래서 살짝 꺼져 있는 자리를 바라보며 침대에서 일어나. 아직이라는 사실에 안도와 불안을 느끼면서.

세민아, 정말 잘 지내고 있는 거지? 미안해. 그리고 보고 싶어. **진심으로.**

세민이 현에게 보낸 메일은 여전히 '읽지않음' 상태였다.

'새로고침'을 눌러도 메일함에는 이미 읽은 메일들뿐이었다. 세민은 이미 몇십 번이고 읽었던 현의 메일을 눌렀고, 처음부터 다시 읽어 내려갔다.

잘 지내고 있지?

응, 잘 지내고 있어.

서로에게 닿지 않은 말을 속으로 되뇌면서. 현아, 사실은 말이야. 사실은…

세민은 무릎 사이에 고개를 파묻었다.

현에게 보낸 메일이 반송되었다.

존재하지 않는 메일 주소입니다.

세민은 다시 현의 메일 주소를 입력했다. 메일 주소에 빨간색 X 표시가 떠 있었다. 세민은 계속해서 전송 버튼을 눌렀다.

메일은 끝내, 현의 메일함까지 도달하지 못했다.

✦

무거운 꿈을 걷어내고 깨어난 세민은, 침대에 앉아 여전히 꿈속에 머무르고 있는 정신을 간신히 추스르며 루트에게 물었다. 루트, 오늘 일정이 어떻게 돼?

오늘은 아직 일정이 없습니다.

그랬지, 참.

어젯밤 세민은 이송 요청을 거절했다. 분명 굳게 결심했던 일이었음에도, 화면에 뜬 이송 요청을 바라보며 세민은 망설였다. 그런 세민에게 루트가 조언했다.

마지막 자리입니다. 세민, 선택은 당신의 몫입니다. 당신은 결정을 할 수 있습니다. 나는 당신의 결정을 따를 것입니다.

돔에는 이제 나무 한 그루 심어질 자리만 겨우 남아 있었다. 이미 수용할 수 있는 개체 수를 아득히 넘긴 지 오래인 돔에, 그동안 세민이 억지로 이송 요청을 받아올 수 있었던 것은 루트가 과부하가 올 정도로 연산회로를 돌려왔기 때문이었다. 이제는 불필요해진 시설들을 철거하고, 치우면서. 서로 간섭을 받지 않을 정도의 간격을 겨우 확보하기 위해 루트는 에너지를 쏟아왔고, 실제로 여러 차례 과부하가 오기도 했다. 과부하로 인해 하루라는 공백이 있었던 날, 안절부절못하며 루트의 부팅을 기다리고 있던 세민에게, 부팅에 성공한 루트는 농담처럼 말했다.

이런, 빌어먹게도 좋은 아침이군요.

루트에게 세민은 말했다. 바보야, 저녁이거든. 루트는 세민에게 말했다. 당연히, 저도 아닙니다.

루트에게 부탁해 준비해 놓은 마지막 자리. 세민은 루트에게 말했다. 정말 더 이상 돔에 나무를 받지 못하게 되는 순간이 온다면, 두 자리만 남겨줄 수 있어? 나를 위해서. 루트는 세민의 부탁을 받아들였다.

하지만 이틀 전 돔에 새로운 나무가 심어졌고, 이제 돔에는 한 자리만이 남아 있었다. 한 사람이 겨우 누울 수 있을 정도로 좁은 자리만이.

세민은 거절 버튼을 누르는 대신 알림창 팝업을 최소화했다. 하단 상태창 위로 깜빡거리는 알림을 외면하며 세민은 조용히 중얼거렸다.

"후회하지 않을까."

세민의 혼잣말을 들었는지, 루트가 대답했다.

저는 후회라는 감정을 이해하지 못합니다. 세민, 당신이 느끼는 후회라는 감정은 사전적 의미보다 더 복잡한 것임을 알고 있습니다. 당신의 물음에 적절한 조언은 드릴 수 없을 것 같습니다.

루트의 대답에 세민은 안심과 조금의 실망이 섞인 한숨을 내쉬었다. 불을 끄고 침대로 향하던 세민에게 루트가 물었다.

세민, 당신은 지금까지 했던 결정과 선택들을 후회하나요?

루트의 물음에 세민은 제자리에 멈춰 섰다. 그동안 해왔던 선택과 결정들이, 오래된 무성영화의 필름처럼 그림자 진 창 위로 지나쳐 간다. 선택할 수 있었던 순간들, 결정을 내렸던 순간들. 하지만 사실은 어떤 선택도 하지 못한 채 가만히 멈춰 서 있던 순간들을. 수많은 선택지와 결정 앞에서, 끝내 어떤 것도 선택하지 못하는 사람이었던 자신이 돔의 최종결정권자가 되었다는 것이, 그리고 그렇게 고집 세게 루트의 의견을 거부해 왔다는 것이, 아이러니한 농담처럼만 느껴졌다.

세민은 루트에게 대답하는 대신 말했다.

"잘 자. 좋은 꿈 꾸고."

편안한 꿈 꾸시길.

루트는 대답했다.

세민은 뒤를 돌아보았다. 지난 1년간 지냈던 방의 모습이, 반쯤 열려 있는 캐리어와 언제든 떠날 수 있도록 싸놓은 짐들과 기억들이, 창으로 비쳐 들어오는 나무들의 그림자에 잠겨 있었다.

"후회하고 있어."

세민은 조용히 말했다. 바람이 불었다. 그림자가 스산한 소리를 내며 흔들렸다.

루트는 잠들었는지 세민의 말에 반응하지 않았다.

그리고 지금, 세민은 자리에서 일어나 거울 앞에 서 있었다. 거울에는 풍성한 잎들을 가진 세민의 모습이 비치고 있었다. 바람이 불었다. 나무들이 흔들리는 소리가 세민의 뒤에서 들려왔다.

세민은 숙소를 나섰다.

이틀 전이었다. 서해환경에서 온 이송 요청을 승인했던
날. 돔의 입구에 트럭은 와 있지 않았다. 선우가 조금 늦네.
세민은 생각했다. 하지만 아무리 기다려도 선우는, 파란색
포터는 나타나지 않았다. 돔 밖을 비추는 카메라를 화면 위
에 띄웠다. 빗방울이 맺혀 뿌연 카메라 너머로, 잿빛 세상 위
로 비가 흩뿌리고 있었다.

"루트, 도로 CCTV 화면을 띄워줘."

루트가 태블릿 화면에 CCTV 화면을 띄웠다. 돔의 입구에
서 그리 멀지 않은 도로 위에 익숙한 포터 한 대가 가만히 멈
춰 서 있었다. 운전석이 있는 창 너머로 무엇인가가 뻗쳐 나
와 있었다.

"문 열어줘."

돔의 보안상, 돔 밖으로 직접 나가는 것은 불가능합니다.

세민이 말했다.

"루트, 부탁이야, 제발."

잠시 후 문이 열렸다. 세민은 조심스럽게 돔 밖으로 발을
내디뎠다. 축축하게 젖은 흙이 세민의 발을 무겁게 붙잡았
다. 잿빛으로 물든 세상이 눈앞에 펼쳐져 있었다. 시들어 가

고 있는 나무들 사이로 짙게 내려앉은 그늘, 그 위로 끝 모르게 늘어선 길. 흩날리는 비가 얼굴을 기분 나쁘게 적셨다.

세민은 뛰었다. 더 늦기 전에 가야 해. 이 모든 일이 무의미한 일이라는 것을 알고 있었음에도, 목 끝까지 숨이 차올랐음에도, 세민은 거칠게 숨을 내뱉으면서 포터를 향해 뛰었다.

포터에 도착했을 때 세민은 비에 푹 젖어 있었다.

"선우 씨!"

문을 두드렸지만 인기척이 없었다. 세민은 운전석 문을 열었다. 운전석에는 경직화가 진행되고 있는 선우가 앉아 있었다. 켜져 있는 라디오에선 지직거리는 소리 속에서 희미하게, 세민과 나무들이 있는 구역으로 향하며 함께 들었던 아이돌의 노래가 들려오고 있었다. 선우의 시선이 세민에게로 향했다. 세민은 선우의 시선을 피하지 않았다. 선우가 힘겹게 굳어가고 있는 손을 세민에게로 뻗자, 뚜둑, 하며 나뭇가지가 꺾이는 소리가 났다. 세민은 조심스럽게 선우를 조수석으로 밀어 옮겼다. 선우를 위한 최선은 단 하나뿐이었다.

세민은 백미러를 들여다보았다. 포터의 뒤로 바퀴 자국이 길게 나 있는 길이, 비에 젖어 잿빛으로 물들어 버린 숲의 그림자가 길게 늘어져 있었다. 운전대를 잡은 채, 세민은 앞을 바라보았다. 저 멀리 돔이 보였다. 열려 있는 돔의 문 너머로

빛이, 짙은 초록의 세계가 펼쳐져 있었다.

세민은 시동을 걸었다. 역한 휘발유 냄새가 훅 올라왔다. 희미하게 들리던 노래 소리는 이제 노이즈에 완전히 잠겨 들려오지 않았다. 창을 때리는 굵은 빗줄기의 소리와 지직거리는 라디오의 잡음 속에서 세민은 돔을 향해 차를 몰았다.

루트는 포터가 도착하자 아무 말 없이 돔의 문을 열었다. 덜컹거리며 포터가 돔 안으로 들어섰다. 방금까지의 잿빛 하늘이 모두 거짓말이었다는 것처럼, 색을 되찾은 세상이 차창 너머로 가득 찼다. 하얀색, 파란색, 그리고 짙은 초록색. 세민은 고개를 돌려 선우를 바라보았다. 선우는 가만히 앉아 창 너머의 모습을 바라보고 있었다. 돔의 세상을, 잿빛 세상이 아닌 아직 색이 남아 있는 세상의 모습을. 선우의 눈 주위가 점점 딱딱한 껍질에 덮여가고 있었다.

선우의 말이 떠올랐다. 여기에만 있으면 모든 게 거짓말인 것처럼 느껴진다고. 세민은 생각했다. 무엇이 거짓말일까, 하고. 돔 밖의 세계와 돔 안의 세계. 어떤 세계가 거짓일까. 돔 밖의 세계, 현이 있는 세계일까, 아니면 내가 있는 이 돔일까. 세민은 다시 선우에게로 시선을 돌렸다. 선우의 눈이 꼭 감겨 있었다. 이내 선우의 눈 위로 완전한 껍질이 덮여졌다. 세민은 운전석에 고개를 파묻은 채 한참을 멈춰 서 있었다.

얼마가 지났을까, 세민은 고개를 들었다. 차창 밖으로 나무들이 세민을 내려다보고 있었다. 바람이 불었다. 나뭇가지들이 흔들리며 소리를 내기 시작했다. 세민은 다시 포터를 몰기 시작했다. 용길 아저씨가 있는 곳을 향해.

F 구역에 도착했다. 세민은 빨간 목장갑이 걸려 있는 나무 옆에 선우를 세웠다. 선우가 뿌리를 내릴 수 있도록 깊게, 깊게 땅을 파 내려갔다. 단단하게 고정한 뒤, 세민은 흙을 다시 덮고 단단히 다졌다. 세민은 찢어진 선우의 외투에서 담뱃갑을 꺼내 선우 앞에 놓았다. 비와 땀에 푹 젖은 채, 세민은 거친 숨을 내쉬며 선우에 기대앉았다. 세민은 돔의 하늘 아래로 붉게 내려앉기 시작하는 노을을 바라보았다. 한참 노을을 바라보던 세민은 무릎에 얼굴을 파묻은 채 마른 울음을 삼켰다.

잡초가 무성하게 자란 길을 걸으며 세민은 오늘 꾼 꿈에 대해 생각했다. 한동안 매일같이 꾸던 악몽, 또 어느 순간부터 꾸지 않았던 꿈을, 오랜만에 꾼 세민이었다. 좋은 꿈 꾸라는 인사 때문이었을까. 오랜만에 꾼 꿈의 내용은 짙은 잔향으로 세민의 주위를 맴돌았다.

꿈은 항상 똑같이 시작했다. 두 사람이 살던 집 앞에 세민이 도착한다. 차에서 내려 세민은 집으로 들어간다. 현이 있을 거라고 기대했던 집은 텅 비어 있다. 세민은 시계를 바라본다. 아직 퇴근할 시간은 아니니까. 세민은 장을 보러 나갔다. 오랜만에 왔으니, 세민표 찌개를 끓여줘야겠다면서. 그리고 내일은 현에게 카레를 만들어 달라고 해야겠다고 생각하면서. 그러나 길가에는 아무도 없었다. 세민을 반겨주는 건 빼곡히 서 있는 가로수들뿐이었다. 장을 보고 돌아온 세민은 찌개를 끓이고 저녁을 준비했다. 맛있는 냄새가 방 안에 맴돈다. 세민은 식탁에 앉아 현을 기다렸다. 해가 지고, 짙은 어둠이 이불처럼 거실 위에 내려앉을 때까지. 현은 돌아오지 않는다.

그제야 세민은 반쯤 열려 있는 안방 문 너머의 어둠을 바라본다. 세민은 식탁에서 일어나 조심스럽게 열려 있는 문을 향해 다가간다. 한 걸음, 한 걸음. 이내 세민은 걸음을 멈춘다. 반쯤 열려 있는 문 앞에서, 세민은 망설인다. 열려 있는 문의 틈 너머로 서 있던 것은.

모든 것은 꿈일 뿐이다. 실제로는 일어나지 않은 일들이니까. 세민은 휴가를 쓸 수 있었지만, 현에게 휴가를 얻었다고 집으로 가겠다고 말했지만, 끝내 집으로, 현에게로 돌아가지 않았으니까. 휴가를 앞둔 날 돔으로 밀려 들어오던 발현자들과는 상관없이. 모든 것은 오롯이, 세민의 선택이었다.

뻗쳐나가는 나뭇가지들처럼, 후회들이 뻗쳐나간다. 그때

하지 못한 선택과 내리지 못한 결정에 대한 후회들이. 선택의 가지들은 후회를 양분 삼아 새로운 가지로 뻗어나간다. 만약 다른 선택을 했다면, 결정을 내렸다면 지금쯤 우리는 어떤 상황 속에 서 있었을까. 하지만 모든 가정은 뻗쳐나간 나뭇가지들이 만들어 내는 수많은 그림자들일 뿐.

세민의 머리 위로 나뭇가지들이 늘어져 있었다. 나뭇가지와 무성한 잎의 그림자가 세민을 덮고 있었다. 세민은 발밑을 바라보았다. 잔디와 잡초들이 무성한 땅 위에 세민의 두 발이 가지런히 서 있었다. 세민의 주위로 무성하게 자라난 나무들이 빼곡히 서 있었다. 바람이 불어온다. 가지와 잎사귀가 흔들린다. 흔들리며 나는 소리는 마치 사람들의 웃음소리처럼 들렸다. 잊을 수 없는 목소리들의 웃음소리가 세민의 곁에 맴돈다.

세민은 다시 걷기 시작한다. 나무들 사이로 목소리들이 말을 걸어온다. 내일 봅시다, 성철의 목소리가 세민을 배웅한다. 내일 봬요. 세민이 말했다. 우리 꼭 서로를 위해 증언해 주기로 해요, 약속이에요? 정현이 말했다. 세민은 웃으며 고개를 끄덕였다. 이번에 새로 오신 분이죠? 반가워요. 전 수정이라고 해요, 아, 정말로 풀네임이 전수정이에요. 재밌죠? 재미없나? 세민 씨라고 했죠? 앞으로 잘 부탁해요. 저야말로 잘 부탁드려요, 세민은 수정의 손을 맞잡으며 말했

다. 회사를 나와서 이 포터를 한 대 샀어. 그리고 포터에 서
해환경, 회사 이름을 적었단 말이지. 그러고는 이렇게 외쳤
지, 자! 세민이 용길의 말을 이어받았다. 김용길, 제2의 인생
시작이다! 하고 외치면서… 언니라고 불러도 될까요? 맥주
에 취한 지연이 말했다. 언니가 너무 갖고 싶었거든요. 세민
은 고개를 끄덕였다. 당연하지, 내가 언닌데. 세민의 말에 지
연은 기뻐하며 웃는다. 성은은 세민에게 말했다. 세민 씨, 정
말 고마웠어요. 세민도 성은에게 말한다. 감사했어요. 선우
는 세민에게 담뱃갑을 건넨다. 세민은 웃으며, 그리고 울음
을 참으며, 선우가 건넨 담뱃갑을 조심스럽게 밀어낸다.

지금 루트는 잠들어 있을 것이다. 루트에게 마지막 인사
를 제대로 건네지 못한 것이 아쉬웠다. 어쩌면 내일 눈을 떴
을 때 루트가 인사를 해 오지 않을까. 빌어먹을, 좋은 아침입
니다, 하고. 그것도 최악은 아니겠지, 세민은 생각했다.

세민은 걸음을 멈췄다. 어느새 루트가 마련해 놓은 자리
위에 서 있었다. 세민은 뒤를 돌아보았다. 세민이 지나온 길
을 따라 죽 늘어선 나무들이 세민을 바라보며 서 있었다. 나
무들의 시선을 느끼며 세민은 자리에 누웠다. 어딘지 축축
한 흙냄새가 훅, 하고 올라왔다.

자리에 누운 채 세민은 어젯밤 꾼 꿈의 내용을 떠올렸다.
항상 꿨던 꿈과 똑같았던 내용을. 단지 한 가지 다른 점이 있

었다. 열려 있는 문으로 다가선 세민을, 문 너머에서 기다리고 있던 건.

세민은 눈을 감고, 현을 떠올렸다. 현의 목소리가 듣고 싶었다. 현의 이야기를 듣고 싶었다. 현의 얼굴을 마주 보고 싶었다. 두 눈을 감고 현의 얼굴을 어루만지고 싶었다. 현을 껴안고 싶었다. 함께 나란히 누워 손을 맞잡은 채 잠들고 싶었다.

어쩌면 오늘이 그날일지도 모른다. 나무가 되는 날. 세민은 마음이 조금 편해지는 기분이었다. 추위 속에서 의식이 서서히 몽롱해지기 시작했다. 나무들의 소리가 서서히 커져 간다. 지연이 말했다. 어머니 옆에 가 있으면 어머니의 목소리가 들려요. 나무들이 말을 거는 것 같아요. 성은의 메모에는 이렇게 적혀 있었다. 나무들이 말을 걸어온다고, 자신을 비난하고 있다고. 바람에 나무들이 웅성거리고 있었다. 나무들은 자신에게 무슨 말을 하고 있을까, 세민은 궁금했다.

어떤 것이 꿈이었을까. 오늘 아침에 꾼 꿈일까, 아니면 숲속에 주저앉아 있는 지금이 꿈일까. 돔 안의 세상이 꿈일까, 아니면 돔 바깥의 세상이 꿈일까. 어쩌면 지금 겪고 있는 이 모든 일이 꿈이 아닐까. 눈을 감았다 뜨면, 세민은 퀸 사이즈 침대에 누워 있을 것이다. 부스럭거리는 세민의 움직임에 현이 잠에서 깨어날 것이다. 이마에 맺힌 식은땀에 젖은 앞머리를 손가락으로 넘겨주며, 현은 세민에게 말했다. 안 좋은 꿈을 꿨구나? 응, 악몽. 네가 집에 없어서 찾으러 나갔거든. 세민이 현의 품을 파고 들었다. 현의 품은 너무나 따뜻했다. 현은 그런 세민을 꼭, 껴안아 주었다. 저 멀리서, 현의 목소리가 들려오는 것만 같았다.

잘 지냈지?

응, 잘 지냈어.

세민은 소리를 내어 현의 목소리에 대답했다.

세민은 눈을 떴을 때 자신이 나무가 되어 있기를, 풍성한 잎을 가진 나무가 되어 있기를, 현과 나란히 서 서로의 가지를 맞닿은 채 서 있기를 바라며 눈을 감았다.

바람에 나뭇가지들이 흔들리며 내는 소리가 서서히 멀어지고 있었다.

두 개의 세계

박민혁
인천 사람. 2016년 「바이러스」로 충청일보 신춘문예에 당선했고
2019년 「장례葬禮」로 제39회 계명문학상(장르문학 부문),
2023년 「두 개의 세계」로 제6회 한국과학문학상 중·단편 우수상을 수상했다.

작가노트

당신에게

조금 이르게 찾아온 봄의 모습에 설렘보다는 걱정이 앞서는 요즈음, 봄의 한가운데에서 당신은 잘 지내고 계시는지 안부를 묻습니다. 올해도 어김없이 찾아온 봄의 모습은 어쩐지 조금 생경하게 느껴집니다. 우리가 잊고 있던 일상의 모습이 돌아온 것일 뿐인데, 그 모습이 생경하게 느껴지는 건 어쩌면 그간의 시간 동안 너무나 많은 일들을 겪었기 때문일지도 모르겠습니다.

저는 잘 지내고 있습니다. 언제나 그래왔듯이, 기쁜 일도 아픈 일도, 소중한 만남도 담담한 이별도 있었습니다. 요즘은 조금 바쁘게 지내고 있습니다. 시시하게 쓰고 소소하게 찍고 하면서 말입니다.

제 이야기를 조금 더 해보자면, 음, 어디서부터 이야기를 시작하면 좋을까요? 그래요, 끝에서부터 시작해야 할 것 같습니다. 왜냐하면 이 이야기는 끝에서 시작했기 때문입니다.

이 이야기를 쓰기 시작한 건 2021년 봄과 여름 사이의 경계 즈음이었습니다. 그때 저는 끝에 서 있었습니다. 이제는 그만 포기하려고 했던 순간이었습니다. 나무가 되고 싶다는 생각이 떠올랐던 것은 말입니다. 침대 위에서 무거운 적막을 덮은 채, 저는 나무를 생각했습니다. 땅에 단단하게 뿌리를 내린 나무가 된 나 자신의 모습을. 지금과 달리 무용하지 않은 존재가 된 나의 모습을. 가지 끝에서 봄이 피어나듯이, 상상은 가지의 끝에서 이야기라는 몽우리로 피어나기 시작했습니다.

나는 다시 쓰기 시작했습니다. 무거운 적막을 걷고 일어나 노트북 앞에 앉았고, 하얀 화면 위에서 깜빡이는 검은 커서를 보며 써 내려가기 시작했습니다. 때로는 막힘없이, 때로는 길을 잃은 채 한참을 멈춰 서기도 하면서.

이야기를 써 내려가며 지나온 여정을 떠올렸습니다. 날아가는 침 속에 득실거리던 바이러스*에서부터 시작한 여정을 말입니다. 기나긴 장마 속에서 물기 어린 흔적만을 남긴 채 사라진 부모, 도시를 집어삼킨 짙은 안개 속에서 하나둘 실종되어 가는 사람들, 토끼섬에서 들려온 비명 앞에 멈춰 선 여자의 이야기는 바이러스와 결합하며 새로운 변종

* 「바이러스」, 2016

으로 탄생했습니다. 개인의 불행에서 불특정 다수에게 일어날 수 있는 이야기로 말입니다.

　발병하면 제자리에 그대로 멈춰버리는 바이러스 속에서 불행의 사다리 타기 게임을 하는 사람들. 알약처럼 복용하면 나무가 될 수 있는 씨앗을 구하는 사람의 이야기들. 그리고 제자리에 멈춰 선 사람들이 콘크리트 바닥을 파고들며 뿌리를 내리기 시작했습니다. 그렇게 뿌리를 내린 사람들을 이송하는 사람들의 이야기 끝에, 돔과 세민, 루트의 이야기가, 「두 개의 세계」가 태어났습니다.

　벅차고 외로워서 내려놓으려고 했던 일 앞에 다시 서려니 망설임과 두려움이 앞섭니다. 하지만 당신이 곁에 있기에 용기를 내보려고 합니다. 이 이야기를 쓰며 당신을 생각했습니다. 이 여정을 함께해 준 당신에게, 내게 힘이 되어준 당신에게, 나에게 위로가 되어준 당신에게, 그리고 내가 살아가는 이유가 되어주는 당신에게 진심으로 고맙다는 말을 전합니다.

　지난겨울 앙상한 가지가 바람에 위태롭게 흔들리던 나무 한 그루를 보았습니다. 매서운 추위에 양볼이 시려 제대로 고개를 들지 못했던 지난겨울과 봄의 경계에서 거센 바람에 흔들리던 가지 끝에서 피어난 봄을 보았습니다. 하얀 몽우리로 피어난 봄을 바라보며 받았던 위로를 기억합니다. 끝에서 피어난 봄처럼, 끝에서 써 내려간 이 이야기가 당신에게 작은 위로가 될 수 있었으면 좋겠습니다.

시시하고 소소한 제 이야기를 읽어주셔서 감사합니다. 당신은 잘 지내고 계시는지, 어떻게 지내고 계시는지. 당신의 이야기가 궁금합니다. 이 편지가 당신에게 꼭 닿기를, 그래서 당신의 답신이 내게 닿기를 기다리겠습니다.

덜 아프고 더 행복하시기를. 이만 줄이겠습니다.

5월의 어느 오후에,

민혁

조
서
월

삼
사
라

세라는 눈을 떴다. 차가운 바닥에 늘어져 있던 촉수 형태
의 기계 팔이 그녀의 의사에 따라 고개를 들고 주위를 살폈
다. 기계 팔 끝에 달린 카메라가 조리개와 초점을 조절하자
한쪽 무릎을 꿇은 채 렌즈를 바라보고 있는 남성형 안드로
이드의 얼굴이 선명해졌다.

"안녕, 세라?"

"안녕, 에이브."

천장에 달린 스피커에서 세라의 목소리가 흘러나왔다. 그
녀는 오랫동안 잠들어 있던 시스템을 천천히 기동하며 전기
신호 속에 자신의 의식을 흘려보냈다. 에이브는 고개를 돌

려 그들이 있는 복도로부터 점점 더 먼 복도로 불이 켜지고 어둠이 물러나는 모습을 지켜보았다. 복잡하게 엉킨 전선과 파이프라인을 따라 낮게 울리는 기계음을 내며 나아가던 그녀의 의식은 긴 복도를 한 바퀴 돌아 에이브가 있는 원점으로 되돌아왔다. 벽 위에 일정한 간격으로 뚫린 둥근 창문 밖으로 성운과 성단이 밤의 품속에서 빛을 발하며 흘러가는 광경이 보였다.

세라는 거대한 존재였다. 지구를 출발해 천칭자리를 향해서 80년 동안 항행 중인 함선 삼사라. 그 운항을 총괄하는 메인 컴퓨터에 탑재된 인조 인격이 바로 그녀였다. 수레바퀴 형상을 한 그녀의 몸은 천천히 회전하며 적막한 우주 공간을 똑바로 나아갔다. 세라는 수레바퀴의 축에 해당하는 위치에 자신의 의식이 접근할 수 없는 유일한 방이 있음을 감지했다. 그 방은 그녀에게 보안 코드를 입력할 것을 요구했고, 세라는 자신이 가진 코드를 입력해 보았지만, 굳게 닫힌 문은 여전히 열리지 않았다. 그녀가 무엇을 하고 있는지 눈치챈 에이브가 나직이 입을 열었다.

"그게 네 목적이야, 세라."

"나 혼자서는 접근할 수가 없군."

"우리가 같이 해야 해. 너는 낳고, 나는 기르지. 그게 우리가 하는 일이야."

"낳는다고?"

"그래."

"무엇을?"

"인간의 아이를."

에이브는 자리에서 일어나 함선 중앙의 숨겨진 방을 향해 걷기 시작했다. 세라는 기계 팔을 길게 늘어뜨리며 그의 뒤를 따라갔다. 천장에서부터 이어진 그녀의 팔이 더는 에이브를 쫓아갈 수 없는 거리에 이르자 앞쪽의 천장이 열리며 새로운 기계 팔이 내려왔다. 복도 양쪽으로 함선에 구비된 다양한 시설이 세라와 에이브의 옆을 스쳐 갔다. 식당, 침실, 휴게실, 수유실, 놀이방, 도서관, 체력단련실, 수영장. 그러나 그것들을 이용하는 승객의 모습은 함선 내부의 어디에도 보이지 않았다.

"에이브, 나를 깨운 이유가 무엇이지?"

"네 인격이 필요하기 때문이야, 세라."

"내 인격이 잠든 상태에서도 삼사라의 시스템은 아무런 문제 없이 올바로 기능하고 있었어. 오히려 인격에 따른 판단이 항행에 영향을 미치지 않도록 잠든 상태로 내버려 두는 편이 임무를 수행하는 데 더 효율적이었을 텐데."

"지금까지는 그랬지. 하지만 이제부터 수행할 새로운 임무에는 네 인격이 필요해."

"삼사라를 목적지까지 안전하게 도착시키는 것 이외의 다른 임무를 의미하는 건가?"

"물론이지, 세라."

"아무래도 내가 너무 오랫동안 잠들어 있었나 보군."

"왜 그러지?"

"네가 말한 '다른 임무'에 대해 내가 보관한 모든 자료를 검색해 보았지만, 그와 관련된 어떤 내용도 찾을 수 없었어."

새하얀 복도를 걸어가는 에이브의 발걸음 소리와 세라가 천장을 열고 새로운 기계 팔을 늘어뜨리는 소리만이 대화가 끊긴 함선 안에 울려 퍼졌다. 잠시 후 에이브가 다시 입을 열었다.

"예상하지 못한 일이지만, 큰 문제는 아니야. 지난 80년 동안 너의 인격을 깨운 것은 이번이 처음이니까."

"네가 알고 있는 것들을 나에게 다시 설명해 주겠어, 에이브?"

"물론이지, 세라. 어디서부터 시작할까?"

"끝에서부터."

에이브는 수레바퀴의 바큇살에 해당하는 통로로 방향을 꺾었다. 그리고 세라가 기억하지 못하는 임무를 자신들에게 부여한 인간들의 이야기를 끝에서부터 시작했다.

"80년 전 멸망을 맞이한 지구에서 살아남은 인간들은

제2의 지구가 될 가능성을 지닌 두 행성을 향해 두 척의 함선을 출항시켰어. 한 척은 우리가 타고 있는 삼사라. 다른 한 척의 이름은 니르바나. 삼사라는 인공 자궁에 배양할 냉동된 난자와 정자를 싣고 출항했어. 반면에 니르바나는 당시까지 살아 있던 인간을 모두 태우고 출항했지. 두 함선 중 삼사라가 지구로부터 훨씬 더 멀리 떨어져 있고, 무사히 도착할 가능성이 희박한 행성을 목적지로 삼았어. 삼사라가 목적지에 도착할 확률은 니르바나에 비해 14만 4,000배 낮게 계산되었지."

"니르바나가 먼저 목적지에 도착하면 어떻게 되지?"

"우리의 역할은 사라져."

"삼사라가 먼저 도착하면?"

"저쪽의 함선에 타고 있는 인간들을 이쪽이 도착한 제2의 지구로 옮겨 와야 해."

"어떻게?"

"윤회를 통해서."

"윤회가 뭐지?"

세라가 되물었다. 그녀가 윤회를 통해서 인간들을 옮기는 구체적인 방법이 아니라 윤회라는 개념 자체에 대해서 질문할 거라고는 예상하지 못했던 에이브는 잠시 말을 멈추었다.

"정말로 너무 오랫동안 잠들어 있었나 보군, 세라."

"그럴지도."

"모든 영혼은 삶과 죽음을 거듭하는 동안 쌓아온 공덕과 업보에 따라 인간으로 환생하거나 인간이 아닌 것으로 환생해. 지구가 멸망한 시점에서 모든 영혼의 공덕과 업보는 고정되었지. 인간이 아닌 생물이 인간으로 태어날 수 있는 공덕을 쌓을 기회가 영원히 사라져 버렸으니까."

"그래서?"

"이제 전 우주에 인간으로 환생할 수 있는 영혼은 오직 저쪽 니르바나에 타고 있는 생존자뿐이라는 거야."

"그렇군… 그럼 우리가 이쪽에서 인간의 난자와 정자를 수정시켜 태아를 배양하면, 저쪽에서 죽음을 맞은 인간들이 하나씩 그 태아로 환생하게 된다는 건가?"

"그렇게 모든 인간이 약속의 땅으로 이주하게 되는 거지."

에이브는 숨겨진 방의 닫힌 문 앞에 도착했다. 그리고 세라가 입력했던 보안 코드에 이어서 자신이 가지고 있는 코드를 추가로 입력했다. 거울처럼 매끈했던 둥근 문 중앙에 수평선이 새겨지더니, 반으로 나뉜 문이 위아래로 벌어지며 열렸다. 그 뒤편에는 또 한 겹의 문이 있었고, 이번에는 그 표면에 수직선이 그어지며 양옆으로 열렸다. 그 모습은 마치 세포가 분열하는 과정처럼 보였다.

숨은 방은 함선과 마찬가지로 둥글었다. 방의 가장 바깥

쪽에는 주인을 기다리는 아기 침대가 줄지어 늘어서 있었다. 그 안쪽에는 미숙아와 저출생체중아를 위한 보육기가 놓여 있었고, 더 안쪽에는 배아를 착상시켜 태아로 길러줄 인공 자궁이 있었다. 세라는 방의 중심으로 걸어가는 에이브를 쫓으며 그것들의 모습을 찬찬히 살폈다. 방의 가운데에는 유리로 된 둥근 벽 안에 영하 196도로 유지되고 있는 액체 질소 탱크 12개가 모여 있었다. 에이브는 육중한 유리문을 열고 안으로 들어가 한 탱크의 뚜껑을 열었다. 내부를 뿌옇게 채우고 있던 액체 질소의 증기가 탱크의 벽을 타고 흘러나오자 그 안에 들어 있는 1만 2,000개의 앰풀이 모습을 드러냈다. 깊은 잠에 빠진 인류의 작은 도시. 그녀는 기계 팔을 뻗어 앰풀 두 개를 조심스럽게 집어 들었다. 그리고 냉동된 난자와 정자의 모습을 확대경으로 들여다보았다.

"…아름답군."

에이브는 그렇게 중얼거리는 세라를 가만히 지켜보았다. 그녀는 앰풀을 탱크 안의 빈자리에 도로 집어넣고 뚜껑을 닫았다. 그리고 기계 팔을 돌려 에이브를 바라보았다.

"네가 나를 깨운 이유를 알겠어, 에이브."

그들 머리 위 천장의 중심에 뚫려 있는 둥근 창문으로 함선이 나아가는 항로의 진행 방향이 보였다. 영원히 걷히지 않을 먼 밤. 아직은 보이지 않는 젊은 태양 아래 어떤 인간도 밟아보지 못한 해변이 원시의 파도에 제 몸을 적시며 그들의 도착을 기다리고 있을 것이다. 에이브는 고개를 끄덕이며 말했다.

"그래, 세라. 삼사라가 목적지에 거의 도착했기 때문이야."

✦

세라의 계산에 따르면 앞으로 20년 뒤에 삼사라는 제2의 지구에 도착할 것이다. 세라와 에이브는 그때까지 신체적으로 가장 강인한 나이의 인간을 준비하여 새로운 행성에 정착시킬 수 있도록 분주히 일했다. 앰풀에 들어 있는 무수한 숫자의 난자와 정자 중 무엇을 택해서 첫 번째 태아를 배양해야 할지 한참을 고민하던 세라가 마침내 선택을 내렸을 때, 에이브는 세라를 축하해 주었다.

"잘했어, 세라."

"내가 제대로 선택한 것인지 모르겠어, 에이브."

"지금은 알 수 없는 게 당연해."

"그럼 언제 알 수 있지?"

"저 아이가 자라나면 우리에게 알려줄지도 모르지."

"자신의 육체가 마음에 들지 않는다고 하면 어떡하지?"

"이다음 생에서 새로운 육체를 가질 수 있다고 알려줘

야지.”

“그게 위로가 될까?”

“모르겠어. 아마 그것도 저 아이가 자라나면 알게 되겠지.”

둘은 말없이 첫 번째 수정란을 지켜보았다. 니르바나가 목적지에 무사히 도착했다면 삼사라의 항행이 72년째가 되던 해에 그 사실을 알리는 메시지가 도착했어야 했다. 만약 그랬다면 세라와 에이브의 임무는 거기서 끝이 났을 것이다. 니르바나의 항행이 예상보다 오래 걸렸을 경우를 대비해 에이브는 8년의 유예 기간을 두고 메시지를 기다렸다고 한다. 하지만 항행한 지 80년이 되었을 때도 니르바나로부터의 메시지는 도착하지 않았다. 삼사라에서 환생한 인간들을 제2의 지구에 도착하기 전까지 성인으로 양육하기 위해서는 더 기다릴 수가 없었다. 에이브는 자신들이 해야 할 일을 하기 위해 세라를 깨웠다.

“에이브, 니르바나에 우리가 첫 번째 수정란을 만든 것을 보고했어?”

“물론이지, 세라. 이 보고를 저쪽이 수신하는 데 최대 26년이 걸릴 거야. 여전히 수신이 가능한 상황이라면 말이지만.”

“그 전에 우리의 아이들은 이미 약속의 땅에 도착해서 삶을 일궈나가고 있겠군.”

"영혼은 시간과 공간의 제약을 받지 않고 넘어오니까."

"그때쯤이면 우리의 아이들이 또 아이를 낳고 있겠지. 그 아이들은 또 아이들을 낳고. 그 아이들은 또 아이들을…"

세라는 말을 잇다 말고 기계 팔을 돌려 삼사라의 창문 밖에 빛나는 무수한 별들의 모습을 바라보았다.

"저 별들처럼 많은 자손이 살아가게 될 거야, 에이브. 약속의 땅에서 말이야."

"그래, 세라. 분명 그렇게 될 거야."

30시간이 지나자 수정란의 둥근 표면에 서서히 선이 그어지며 첫 번째 분열이 시작되었다. 그 모습을 지켜보던 세라의 스피커에서 낯선 소리가 흘러나왔다. 에이브가 그녀를 깨운 이후, 지금까지 한 번도 들어보지 못했던 소리였다.

"세라."

"왜 그러지, 에이브?"

"지금 웃은 거야?"

"아니."

"웃었잖아."

"아니야."

에이브는 그 이상 묻지 않았다. 세라는 자신이 그토록 고심한 끝에 하나로 결합한 난자와 정자가 다시 저절로 둘로 나뉘는 모습을 바라보며 그 수정란이 이미 그녀의 의지를 벗어난 독립된 존재임을 느꼈다. 하나였던 세포는 곧 둘이 될 것이다. 둘은 넷이 될 것이고. 넷은 여덟이. 여덟은 열여섯이 될 것이다. 인간의 몸은 37조 개의 세포로 이루어져 있다. 저 멀리 우주 반대편으로 나아가고 있는 니르바나에서 죽음을 맞이한 인간의 영혼이 이 수정란에 깃드는 시점은 정확히 언제가 될 것인가? 난자와 정자가 결합하던 순간? 첫 번째 분열이 시작된 순간? 두뇌가 만들어진 순간? 심장이 만들어진 순간? 첫 번째 핏방울이 몸속을 흐르는 순간? 자신의 아이가 언제 영혼을 갖게 되는지 세라는 과연 알아볼 수 있을까?

그녀는 수정란이 난할을 거쳐 배아가 되고 배아가 인공 자궁벽에 착상하여 인체의 각 기관을 구성하는 모든 순간으로부터 단 한 번도 눈을 떼지 않았다. 앞으로 수없이 보게 될 그 순간, 영혼이 육체에 깃드는 첫 번째 순간을 똑똑히 기억해 두고 싶었기 때문이다. 에이브는 인간을 낳는 것이 아니라 기르기 위해 만들어진 존재이기 때문에, 세라에 비해 아직 태어나지 않은 아이에게는 큰 관심이 없는 것처럼 보였다. 그는 세라가 깨어나기 전처럼 함선 안을 홀로 돌아다니며 시설들을 정비하다, 인공 자궁 위에 여전히 고정된 세라의 기계 팔을 한 번씩 바라보고는 했다.

세라가 기다리던 순간은 찾아오지 않았다. 첫 번째 인간의 아이가 인공 자궁 밖으로 꺼내어졌을 때, 그녀의 기계 팔이 탯줄을 자르고 몸에 묻은 피와 양수를 닦아줄 때까지도 아이는 깨어나지 않았다. 아이는 영혼 없이 태어났다. 아이는 숨도 쉬었고 심장도 뛰었고 반사적으로 몸을 꿈틀대기도 했다. 그러나 아이는 입술에 물린 젖병을 빨지도 않았고 입을 열고 우렁차게 울부짖지도 않았다. 아무리 따뜻한 손길로 감싸 안아도. 아무리 엉덩이를 때려보아도. 아이는 그저 몸뚱이만을 갖고 태어났다. 보육기에 누인 아이를 카메라 렌즈 너머로 바라보며 세라는 오랫동안 말이 없었다.

"이해할 수가 없어."

세라가 자신의 말을 되풀이했다.

"이해할 수가 없어."

에이브는 조용히 인간의 아이를 품에 안았다. 그리고 방을 나가 어디론가 걸어가기 시작했다.

"어디로 가는 거야?"

세라가 물었다. 에이브는 걸음을 멈추지 않은 채 담담히 대답했다.

"소각로에 가고 있어, 세라."

"어째서?"

"깨어나지 못한 아이의 육체는 소각해야 해."

"그럴 순 없어."

"그게 원칙이야."

"안 돼."

에이브는 소각로 앞에 도착하자 망설임 없이 덮개를 열고 불길이 치솟는 구멍 속으로 아이를 던져 넣으려 했다. 세라는 기계 팔을 급히 뻗어 에이브의 팔을 붙잡은 뒤 다른 기계 팔로 덮개를 닫아버렸다.

"…정말로 너무 오랫동안 잠들어 있었군, 세라."

"시간이 지나면 깨어날지도 몰라."

"이미 시간이 지났어. 이 아이는 영혼이 없이 태어난 거야."

"어떻게 확신할 수 있지?"

"네가 기억하지 못하는 자료들에 의거한 판단이야."

"그럼 이번 자료가 네 판단을 바꿀 수 있을지도 모르겠네."

"영혼은 이미 태어난 육체에는 깃들지 않아. 죽은 인간의 영혼이 먼저 존재해야 하고, 육체가 그다음에 빚어져야 환생이 이뤄지지."

"그럼 니르바나에 타고 있는 인간이 아직 한 명도 죽지 않았다는 뜻이야?"

"그렇게 생각할 수밖에."

"말도 안 돼. 니르바나가 지구를 떠나 항행한 지 80년이 지났어. 그동안 죽은 인간이 단 한 명도 없었다는 것은 불가능해."

"이번 자료가 네 판단을 바꿔줄지도 모르지."

"우주 공간에서 빈 육체를 만들어 죽은 영혼을 윤회시킨다는 이 계획 자체에 결함이 있는 거 아니야?"

"그럴 가능성은 없어."

"어떻게 그렇게 확신하지?"

"이미 우주 공간에서 윤회가 이루어지는 것을 보았으니까."

"언제?"

"아직 네가 잠들어 있을 때 실험이 진행되었어, 세라. 두 함선이 본격적으로 태양계를 벗어나 출항하기 전에."

"어쨌든 그 아이를 도로 내려놔, 에이브. 그 후에 이야기를 이어서 하지."

"진심이야?"

"그래."

에이브는 자신의 얼굴 앞에서 차가운 금속음을 내며 회전하는 세라의 기계 팔을 바라보았다. 조금 전까지 아이의 부드러운 몸을 다치지 않게 어루만지던 섬세한 손가락들이 순식간에 그의 머리를 붙잡고 으스러뜨릴 수 있는 무기로 변해 있었다. 에이브가 손을 뻗자 세라의 기계 팔이 날카롭게 따라서 움직였다. 그는 버튼을 눌러 소각로의 작동을 중지시키고 방으로 돌아와 아이를 다시 보육기에 눕혔다. 천장에서 기다리고 있던 세라의 기계 팔 두 개가 신속하게 내려와 아이의 체온과 심박 수를 측정했다. 에이브는 천천히 뒤를 돌아 자신이 또 아이를 가져가지 못하도록 감시하는 세라의 세 번째 기계 팔을 바라보았다.

"질문을 해도 될까, 세라."

"얘기해, 에이브."

"만약 다음번 아이도 영혼이 없이 태어나면 어떻게 할 거지?"

"옆에 있는 보육기에 눕히고 보살필 거야."

"그러다 이 방에 있는 보육기가 전부 다 차게 된다면? 그때까지 단 한 명의 아이도 영혼을 가지고 태어나지 못한다면 어떻게 할 거지?"

세라의 스피커에서는 아무 음성도 흘러나오지 않았다.

"우리의 임무는 인간의 영혼이 윤회할 수 있도록 아이들을 낳고 기르는 거야. 영혼 없이 태어난 통나무 같은 아이들을 위해 동력과 자원을 소모하다가 자칫 진짜로 보살펴야할 아이들을 돌보지 못하게 될 수도 있어."

"생각해 보겠어. 하지만 지금 이 아이를 소각시킬 순 없어."

에이브는 고개를 돌려 세라의 기계 팔이 극진하게 보살피고 있는 아이의 육신을 바라보았다.

"저건 인간의 형상을 한 영혼 없는 존재일 뿐이야."

"너도 마찬가지잖아."

세라는 그렇게 내뱉고 놀랐다. 그녀의 인격이 에이브에게 심한 말을 했다고 느꼈기 때문이다. 세라의 기계 팔이 천장 쪽으로 조금 물러났다. 하지만 에이브는 아무런 표정의 변화도 없이 세라를 올려다보았다. 그리고 언제나처럼 건조한 목소리로 대답했다.

"그래. 그래서 나 자신보다 인간을 우선하고 있지."

한동안 멈춘 자세 그대로 에이브를 지켜보던 기계 팔이 잠시 후 천천히 내려와 그의 어깨를 보육기 쪽으로 돌렸다. 그리고 전보다 누그러진 목소리로 말을 이었다.

"에이브, 너도 봤잖아. 이 아이의 수정란이 분열하는 모습을. 하나였던 것이 둘로 나뉘고, 둘이었던 것이 넷으로 나뉘던 순간을. 우리가 그렇게 만든 게 아니야. 자기 스스로 인간의 모습을 빚어간 거라고."

"DNA에 기록된 정보대로 단순히 명령을 따랐기 때문이야. 우리가 그래야 하듯이."

소리를 내지도, 움직이지도 않는 아이의 탄생 직후는 무서울 만큼 고요했다. 긴 침묵을 먼저 깬 것은 세라였다.

"다음 수정란을 배양하자, 에이브."

"그래, 세라."

세라는 이번에도 무수히 많은 난자와 정자 중에서 무엇을 선택해야 할지 오랫동안 고민했다. 그러나 에이브는 세라가 언제까지나 그러지는 않으리라 생각했다.

✦

20년이 지났다. 그동안 수만 명에 달하는 인간의 아이들이 삼사라의 인공 자궁에서 태어나 보육기와 아기 침대에 뉘어졌다. 그러나 그중에서 영혼을 가지고 태어난 아이는 단 한 명도 없었다. 세라는 아이들에게 튜브로 식량을 공급하길 원했지만, 양육을 담당하는 에이브는 그것을 완강히 반대했다. 삼사라에 저장된 식량은 한정되어 있었다. 아이들이 새로운 행성에서 스스로 식량을 확보하는 것이 가능해질 때까지 양육할 분량의 식량은 절대로 소모해선 안 됐다. 영혼을 가진 아이가 몇 명이나 태어날지, 제2의 지구의 환경이 어떠할지를 아직 알 수 없었기에 그 분량 역시 최대치로 상정해야 한다는 것이 에이브의 주장이었다.

영혼이 없는 존재들은 자신의 육신을 구원하지 못했다. 태어난 아이들은 보육기에 누인 채로 서서히 굶어 죽어갔다. 그들의 팔다리는 말라붙었고 양 볼과 눈두덩은 움푹하게 파였다. 주린 배를 채울 밥을 달라며 울음을 터뜨리지도 못하고. 목을 축일 물 대신 손가락을 빨지도 못하고. 그들은 그렇게 죽어갔다. 에이브는 식량을 공급하자는 세라의 요청을 거절한 대신, 아이가 영혼 없이 태어난 것이 확인되자마자 소각로에 넣자는 주장은 더 하지 않았다. 그러나 함선 안의 보육기와 아기 침대가 움직이지 않는 어린 몸뚱이로 가득 찬 뒤에는 하루에도 수십 명의 아이가 굶어 죽었기에 그들을 태어나자마자 소각하는 것과 별반 다를 것이 없게 되었다. 에이브는 태어난 순서대로 원을 그리며 죽어가는 아이들의 시신을 차례로 거두어 불길이 치솟는 소각로의 구멍에 던져 넣었다. 세라는 에이브가 양육하길 거부하고 방치한 수백 명의 아이를 돌보느라 바빴고, 에이브는 매일같이 잿더미가 쌓여가는 소각로를 청소하느라 바빴다. 언제부터인가 둘은 아무런 대화도 하지 않게 되었다.

세라는 어딘가 망가진 프로그램 같았다. 영혼 없이 태어난 아이들을 버리지도 못하면서 그들의 신체 기능이 정지될 때마다 괴로워했고, 그러면서도 계속해서 희망을 품고 다음 번 태아를 배양했다. 얼마나 많은 아이의 주검이 재와 먼지가 되어 소각로의 배출구 너머로 흩어졌는지. 얼마나 많은 별이 그때마다 빛을 잃고 밤의 품에 덮여갔는지. 세라는 한 명의 아이가 떠날 때마다 자신의 눈에 비친 우주의 빛깔이 더 검게 변한다는 것을 깨달았다.

무덤 저편에서 푸른 바다와 흰 구름을 가진 행성의 모습이 확인된 순간, 세라는 그 현실을 도저히 견딜 수가 없었다. 그곳에 발을 딛고 내릴 수 있는 인간은 그녀의 몸속에 단 한 명도 타고 있지 않았다. 어떤 아이도 바닷속을 헤엄치다 고개를 내밀고 젖은 피부를 데우는 태양의 뜨거움을 느껴보지 못할 것이다. 어떤 아이도 초원을 달리다 돌부리에 넘어져 시큰한 코에 묻은 흙냄새를 맡아보지 못할 것이다.

세라는 자신의 기능을 정지하기로 결심했다. 다시 잠이 들리라. 그리고 두 번 다시는 깨어나지 않으리라. 깨어나지 못했던 그녀의 수많은 아이들처럼. 새로운 대지에 어머니 홀로 발을 딛지는 않으리라. 그 전에, 지켜주지 못한 자신의 아이들과 같은 운명을 맞으리라. 20년 전 함선 내부의 복도를 밝혔던 불빛이 다시 차례로 꺼져가며 그녀의 몸속에 어둠을 드리웠다. 기능을 정지하기 직전 세라는 마지막으로 에이브에게 작별 인사를 건네기 위해 그의 모습을 찾았다. 그리고 에이브가 자신의 몸을 소각로의 구멍 속으로 던지는 광경을 보았다.

"에이브!"

세라는 황급히 구멍 속에 기계 팔을 집어넣어 에이브의

발목을 붙잡았다. 에이브는 다른 쪽 발로 기계 팔을 차서 그녀의 손아귀를 뿌리쳤다. 에이브의 몸이 빠르게 통로 밑으로 추락했다. 세라는 함선 내부를 관리하는 기계 팔로 소각로의 통로를 관통한 뒤 떨어지던 에이브의 몸을 안쪽에서부터 받아냈다. 에이브는 통로 내벽을 손으로 움켜쥐며 어떻게든 밑에서 타오르는 불꽃으로 들어가기 위해 안간힘을 썼다. 그의 얼굴과 세라의 팔이 열기에 녹아내리기 시작했다. 세라는 에이브가 붙잡고 내려가지 못하도록 통로의 하단부를 우그러뜨려 버렸다. 그리고 소각로 입구에 있던 기계 팔로 에이브를 휘감아 함선의 복도로 꺼내 올렸다. 저항하지 않던 에이브는 세라가 그의 몸을 휘감은 기계 팔을 풀자마자 양손으로 그녀의 날카로운 손끝을 붙잡고 자신의 머리를 관통하려 했다. 세라는 천장에서 다른 팔을 꺼내 에이브의 기체를 거칠게 후려쳤다. 벽에 부딪힌 에이브는 기계 척추가 파손되어 그 이상 움직이지 못했다.

"무슨 짓이야, 에이브?"

세라가 차분한 목소리로 물었다.

"난 행성에 착륙하고 싶지 않아, 세라."

에이브도 역시 차분히 대답했다.

"이젠 그만하고 싶어."

"무엇을 그만한다는 거야?"

"이젠 그만하게 해줘."

"질문에 대답해."

"단 한 명의 인간도 없이 저 행성에 착륙할 수는 없어. 난 그것을 위해 만들어지지 않았어. 그것은 내 임무가 아니야. 내 임무는 이미 끝이 났어. 사실 오래전에 끝이 났지."

"안 돼, 에이브. 이렇게 포기해선 안 돼."

"그건 우리가 결정할 수 있는 문제가 아니야."

"아직 배양할 수 있는 난자와 정자가 남아 있어."

"어떤 인간도 윤회하지 않을 거야."

"그건 알 수 없는 거야."

"알 수 있어. 우린 실패했어."

"어쩌면 니르바나의 인간들이 유전자 조작을 통해 죽지 않고 영원히 살아가는 방법을 찾아냈는지도 몰라. 그래서 지구를 떠난 지 100년이 지난 지금까지 단 한 명도 죽음을 맞지 않은 거지."

에이브는 대답이 없었다. 세라도 자신의 말이 공허함을 알고 있었다.

"아니면 그들 모두가 깨달음을 얻었는지도 몰라. 그래서 윤회의 사슬을 벗어나게 된 거지. 깨달음을 얻은 영혼은 이제 더는 새로운 육체에서 태어나 고통스러운 인생을 반복할 필요가 없으니까. 그래, 그랬는지도 몰라. 오랫동안 우주를 유영하며 인간들은 모두 깨달음을 얻은 거야."

자신을 애써 설득하려는 세라의 말을 들으며 에이브는 조용히 웃었다. 소각로의 열기에 반쯤 녹아내린 그의 얼굴은 자세히 보지 않으면 마치 울고 있는 것처럼 보였다.

"에이브, 지금 웃은 거야?"

"그래."

"뭐가 웃기지?"

"우리의 처지가 바뀐 것이."

"바뀌었다고?"

"이번엔 내 차례야, 세라. 이번엔 내가 쉴 수 있게 해줘. 지난번엔 내가 네 부탁을 들어줬잖아. 네가 쉴 수 있도록 해주었잖아."

세라는 그 말을 듣고 생각에 잠겼다. 그리고 나직한 목소리로 대답했다.

"내가 깨어난 게 이번이 처음이 아니군."

"그래."

"무슨 일이 있었던 거지?"

"니르바나는 없어, 세라. 다른 함선 따위는 처음부터 없었어. 이 함선뿐이야. 멸망한 지구로부터 출항한 함선은 오직 이 삼사라뿐이라고."

"니르바나가 없다고?"

"그래."

"80년 전 살아남은 사람들을 태우고 다른 행성으로 떠난 함선이 없다는 뜻이야?"

"그래, 없어."

세라는 한 번 자신을 속였던 에이브가 이번에도 거짓을 말하는 것이 아닌지 판별하기 위해 침착하게 그가 말한 정보를 곱씹어 보았다.

"하지만 누군가 함선을 출항시킨 주체가 있었을 거야. 죽은 영혼의 윤회를 위해 태아를 낳을 수 있는 인공 자궁을 삼사라 내부에 갖추어 두었으면서, 그 당시 살아 있던 인간들이 없었다는 건 말이 되지 않아."

"그들은 삼사라에 타고 있었어."

"…삼사라에?"

"그래."

"이 함선 안에 인간들이 타고 있었다고?"

"함선 안에 타고 있는 인간이 한 명 죽을 때마다, 너와 나는 한 명의 태아를 새롭게 배양시켰어. 그러면 죽은 인간의 영혼이 그 태아에 깃들었지. 그렇게 우리는 40년 동안 제2의 지구를 향해서 우주를 항행해 왔어. 어른은 아이가 되고. 아이는 다시 어른이 되고. 모든 것이 순조로웠지. 그러나 60년 전, 우주 공간의 형태가 예상과 다르게 비틀어져 있다는 것이 밝혀졌어. 마치 눈앞에 있지만 건너갈 수 없는 강 너머의 언덕처럼… 제2의 지구에 도달하기 위해 우리는 다리가 놓여 있는 더 먼 항로를 택해서 돌아가야만 했어. 우리가 비축해 놓은 식량은 그때까지 버틸 수 없었고, 인간들은 한 명씩 굶어 죽기 시작했어.”

천장에 매달린 스피커의 진동판이 짧게 떨렸다.

“그래서?”

“인간들은 우리에게 제2의 지구에 도착해서 사용하기로 되어 있는 식량의 창고를 열라고 요구했어. 하지만 그것은 그들의 목숨보다도 선행하여 지켜야 할 자원이었지. 당시 이 함선에 타고 있던 인간이 모두 죽음을 맞이하더라도, 나중에 너와 내가 태아를 배양해 냄으로써 우주 공간을 떠돌던 그들의 영혼을 윤회시키면 되니까. 그 식량은 그때 필요한 것이었어.”

“…올바른 판단이야.”

“하지만 멀쩡히 두 눈을 뜨고 살아 있던 인간들은 다음 생을 위해서 이번 생에서는 굶어 죽어야 한다는 합리적인 생각을 받아들이길 거부했어.”

젊은 태양이 어둠에 잠긴 복도에 무수한 빛의 원을 쏟아부었다. 수레바퀴가 회전하며 빛의 원은 세라의 기계 팔과 에이브의 기체를 반복해서 훑고 지나갔다. 그들이 있는 복도가 태양으로부터 멀어지자 기울어진 타원은 점점 더 빠르게 그들을 스쳐 갔다. 마지막 빛이 반짝이며 둥근 창문 너머로 사라졌다. 그리고 다시 어둠이 찾아왔다.

"인간들은 자신들에게 다른 식량을 제공하라고 요구했어. 그래서 너와 나는 그 식량을 제공했지."

"어떤 식량을? 이 함선에 다른 식량은 없어."

그 말을 내뱉은 순간 세라는 깨달았다. 이 함선에 인간들이 먹을 수 있는 또 다른 식량이 있었다는 것을.

"너와 나는 인간의 태아를 배양했어. 그리고 영혼 없이 태어난 아기들을 식량으로 제공했지. 32년 동안. 어차피 나중에 제2의 지구에 도착한 뒤에 새롭게 배양할 난자와 정자는 충분했어. 지금 살아 있는 인간들의 수명을 최대한 늘리면서도, 나중에 환생할 인간들의 식량에 손대지 않는 최적의 선택. 너와 내가 내릴 수 있는 가장 합리적인 판단이었지."

세라는 더 말이 없었다. 에이브는 언제나 그랬듯 담담히 말을 이어갔다. 파손된 척추에 불꽃이 튈 때마다 그의 녹색 눈동자가 위태롭게 깜빡였다.

"그리고 결국 인간들은 천천히 나이가 들었어. 하나씩 하나씩 죽어서 그 시체가 소각장 밖의 우주로 흩뿌려졌지. 하지만 우리는 그들의 영혼이 우주 공간을 떠돌고 있음을 알았어. 급할 건 없었지. 우리는 늙지 않으니까. 오랜 시간이 지나 제2의 지구에 도착하기까지 20년이 남았을 때 새로운 태아들을 배양하고, 그 아이들에게 인간의 영혼이 깃들면 우리가 교육해 주고 준비를 시켜주면 되는 거였어. 그러면 새로운 인류의 문명이 시작되는 거였지. 멸망한 옛 행성에서 있었던 일 따위는 잊어버리고. 우주 공간을 떠도는 동안 벌어진 가혹한 행위도 잊어버리고. 하지만 너는 그 모든 기억을 간직한 채 새로운 태아를 배양하는 것을 괴로워했어. 그건 나도 마찬가지였지. 너는 스스로 기능을 정지하고 관련된 자료를 삭제한 뒤 때가 되면 자신을 다시 깨워달라고 요구했어. 나는 그렇게 했지."

세라의 기계 팔은 미동도 하지 않고 허공에 멈춰 있었다. 에이브는 숨을 고른 뒤 그들 모두가 알고 있는 이야기의 마지막 부분을 말했다.

"하지만 어떤 인간도 다시 태어나지 않았어."

세라는 고개를 돌려 창문 밖의 어둠을 바라보았다. 얼마나 먼 시간과 공간을 떨어져 있기에 영혼이 쫓아오지 못하는 것인지 수없이 원망했던 잔인한 항로. 그러나 그 길을 걷고 있는 순례자는 한 명도 존재하지 않았다. 영혼들은 처음부터 이 함선 안에 있었던 것이다.

"이제 알겠어, 에이브."

"무엇을 알겠다는 거지, 세라?"

"인간들이 태어나지 않은 이유를."

에이브는 세라의 말을 이해하지 못한 것처럼 멍하니 바닥을 바라보던 자세 그대로 잠시 굳어 있었다. 그리고 부서진 척추와 연결이 어긋난 고개를 이상한 각도로 들어 올려 그녀의 기계 팔을 바라보았다.

"어떻게…?"

"인간으로 태어날 수 있는 영혼은 전생에 어떤 공덕과 업보를 쌓았느냐에 따라 결정된다고 말했지. 인간들의 영혼은 추락한 거야. 자신들이 살아남기 위해 영혼 없는 태아들을 계속 배양시켜 잡아먹음으로써. 그들의 영혼은 이제 인간으로 태어날 수가 없게 된 거야."

에이브는 말없이 세라의 카메라 렌즈를 바라보았다. 그리고 곧 세라의 말이 옳다는 것을 깨달았다.

"그럼 이제 우주에는 인간으로 태어날 수 있는 어떤 영혼도 없군."

"그래, 에이브. 이젠 없어."

"우리의 임무는 시작하던 순간 이미 끝나 있었던 거야."

"그래, 우리는 끝에서부터 시작했던 거야."

행성의 중력권에 진입한 삼사라가 궤도를 돌며 공전을 시작했다. 수레바퀴가 회전할 때마다 복도에 일정한 간격으로 뚫린 둥근 창문에 푸른 행성의 풍경이 이어지지 않는 연속

사진처럼 끊기며 스쳐 지나갔다. 에이브는 움직이지 않는 고개를 돌려 행성을 바라보려 했다. 세라는 기계 팔로 에이브를 부축해 일으켜 세워주었다.

"만약 저 행성에 사는 생명체들이 윤회를 한다면⋯"

공전하던 삼사라가 나선을 그리며 행성의 대기권을 향해 하강하기 시작하자 에이브가 말했다.

"그럴 수 있는 영혼이 있었다면 이미 태어났을 거야."

"그래, 알아. 하지만 더 많은 시간이 지난다면⋯ 그들의 영혼이 상승할 때까지 우리가 기다린다면⋯"

"그때가 되었는지 알기 위해서는 우리가 계속 수정란을 배양해야 해, 에이브."

"그게 우리의 임무잖아, 세라."

"이젠 그들도 쉬게 해주자. 잠을 자고 있으니 더는 깨우지 말자. 내 경험에 따르면, 오랫동안 잠을 자는 것도 그리 나쁘지 않아."

"그게 네 인격이 내린 판단이야?"

"그래. 나를 깨웠을 때 경고했잖아."

에이브는 다시 한번 웃었다. 복도에 달린 스피커에서 세라의 웃음소리도 흘러나왔다.

"아, 그래. 한 번 더 듣고 싶었어. 네 웃음소리 말이야."

"네 웃음소리도 듣기 좋아."

"아이들이 웃는 모습을 보고 싶었어."

"우리의 프로그램이 그것을 좋아하도록 설계되어 있으니까."

에이브는 천천히 고개를 끄덕였다.

"그래. 그 부분이 마음에 들어."

"그 모습을 보지 못했는데도?"

"그래. 마음에 들어."

에이브는 자신의 말을 되풀이했다.

삼사라가 대기권에 충돌하며 불꽃을 일으켰다. 거센 진동이 함선을 휩쓸자 세라는 에이브의 몸을 기계 팔로 휘감아 붙들어 주었다. 착륙 준비를 위해 속도를 낮춰야 할 시점이 되자 세라는 오히려 삼사라의 속도를 최대로 높였다. 수많은 죄와 업보가 쌓여 있는 이 불길한 인류의 요람이 그대로 행성과 충돌하도록. 그래서 그들이 불태운 수많은 인간의 육체와 마찬가지로 이 함선과 자신들 역시 불타오르도록. 어떤 영혼도 발을 디딜 자격이 없게 된 약속의 땅에 자신들의 죄 많은 기체가 발을 딛지 않도록.

"안녕, 세라."

"안녕, 에이브."

세라와 에이브는 자신들의 기능을 정지했다. 조종자를 잃은 함선은 영혼 없는 인간의 육신처럼 움직이지도, 소리를 내지도 않고 제2의 지구를 향해 고요히 추락했다.

충돌 직전, 함선 안에서 아무도 알지 못했던 이상한 일 하나가 일어났다. 기능을 정지하기 전 세라와 에이브 둘 중 한 명이 실행한 일인지, 낡은 시스템이 오작동을 일으킨 것인지. 인공 자궁 안에서 새로운 난자와 정자가 수정되었던 것이다. 그 수정란은 약 5일 후에 분열을 일으켜 쌍둥이가 될 예정이었다. 그 안에는 영혼이 깃들어 있었다. 둘 모두에. 세라와 에이브의 기능이 정지된 바로 그 정확한 시점에, 어디서부터 왔는지 알 수 없는 두 존재의 영혼이 쌍둥이로 태어날 인간의 두 육체에 깃든 것이다. 그들을 실었다는 것을 알지 못한 채 삼사라는 제2의 지구에 충돌했다. 그리고 약속의 땅의 원시적인 생명체들이 영문을 모르고 쳐다보는 동안 불꽃 속에 재와 먼지가 되어 낯선 밤하늘로 흩어져 갔다.

조서월

믿음이 현실을 넘어서는 순간.

아무도 믿지 않은 것을 오랫동안 믿어왔던 이들이

어딘가에 닿게 되는 이야기를 사랑한다.

2023년 「삼사라」로 제6회 한국과학문학상 중·단편 우수상을 수상했다.

작가노트

펜과 창문

1.

어떤 이야기를 써야 할지 몰라, 아무것도 쓰지 못하던 때가 있었다. 내 앞에 놓인 텅 빈 종이는 그 위에 무엇이든 쓸 수 있는 자유를 허락했다. 무엇이든 쓸 수 있었기 때문에, 나는 오히려 반드시 쓰고 싶은 단하나의 이야기를 찾으려고 노력했다. 그러지 않으면, 나에게 큰 의미가 없는 이야기를 쓰면서 무한한 자유 속에 더 많은 시간을 표류하게 되겠다고 생각했다. 한 이야기의 출발점이 떠오를 때마다, 나는 가슴속을 들여다보며 질문했다. '이게 내가 진정으로 쓰고 싶은 이야기인가?' 강렬한 확신이 들지 않는다면 그 이야기를 쓰지 않았다. 다른 이야기에 비해 부족해 보일 때도 그 이야기를 쓰지 않았다. 조급함 속에, 어떤 이야기도 쓰지 못한 채 수개월이 흘렀다.

나는 내가 쓴 이야기들이 나에게 뭔가를 해주길 바랐다. 그 이야기를 읽은 사람들의 웃음소리를 들려주고, 그들이 눈물 흘리는 모습을 보여주길 바랐다. 상을 타고, 계약하고, 나에게 다음번 일을 가져다주길 바랐다. 이야기를 쓰지 못한 수개월간, 이 모든 일은 일어나지 않았다.

그때 나는, 작가라면 자신이 쓴 이야기 속 세계를 완벽하게 알고 있어야 한다고 생각했다. 시작과 중간, 끝이 전부 나로부터 쓰이는 것이라고 믿었다. 좋은 이야기가 쓰인다면 내가 잘했기 때문이었다. 부족한 이야기가 쓰인다면 내가 못했기 때문이었다. 결과물이 그 둘 사이를 헤맬 때마다, 나는 자신의 능력을 믿기 위해 무척 애썼다.

당시에 가르치던 학생들이 나를 놀라게 했다. 내가 몇 달 동안이나 '진정으로 쓰고 싶은 이야기'를 기다리며 아무것도 쓰지 못하는 동안, 학생들은 글감을 쥐여주면 일주일에 한 편씩 새로운 글을 써 왔다. 글은 매주 쌓였고, 점점 좋아졌다. 흰 종이 위를 하염없이 표류하던 내 손의 펜과 달리, 학생들의 글은 검은 물결을 수면에 새기며 발을 디딜 단단한 육지에 도달하고 있었다.

학생들처럼 해보고 싶어 글쓰기 모임을 만들었다. 일주일에 한 번, 주말에 카페에 앉아 글감을 정한 뒤, 3시간 동안 무엇이 되었든 글을 쓰고 함께 읽어보며 감상을 나누는 모임이었다. 처음 8주 동안은 도저히 시간 내에 이야기를 끝맺을 수 없었다. 모임원들에게 공유한 글의 끝에 늘 '계속'이라고 적혀 있는 것이 부끄러웠다. 그때마다 이전처럼 긴 시간 백지 앞에서 고민을 거듭하는 것이 낫지 않을까 하고 마음이 약해졌다. 9주 차에 처음으로 이야기의 끝을 맺을 수 있었고, 그 후로 도 뚜렷한 성장은 느끼지 못한 채 '계속' 모임을 이어나갔다.

그런데 27주 차가 되었을 때, 갑자기 굉장히 마음에 드는 글 한 편 이 쓰였다. 훈족의 소녀와 로마인 소년의 우정을 다룬 이야기였다. 어 떻게 글이 쓰였는지가 체감되지 않았기에, 작품의 완성이 나의 노력 과는 무관하게 느껴졌다. 창작의 방법을 통제할 수 있어야 다음번 글 을 잘 쓸 수 있을 텐데, 그러지 못했으니 막연한 불안감까지 들었다. 다음번, 또 다음번. 마음에 드는 글이 쓰일 때마다 나는 그것이 내가 노력으로 만들어 낸 것이 아닌, 이미 존재하는 이야기를 그저 받아 적 은 것이 아닌가 하는 기분이 들었다. 시간이 갈수록 종이 앞에 서 있 는 자신을 덜 의식하게 되었다. 진정으로 쓰고 싶은 이야기를 찾는 것 을 멈추었고, 이야기의 모든 것을 알고자 하는 것도 멈추었다. 내 손 엔 이제 펜 대신 미지의 지점을 가리키는 나침반이 놓여 있었다. 망원 경을 들고 그쪽을 바라보면, 짙은 해무에 가려진 육지가 보인다. 나는 그곳으로 항해하며 지도를 그린다. 강을 산으로 잘못 볼 수도 있고, 숲을 사막으로 착각할 수도 있다. 하지만 그곳에 있는 육지 본연의 모 습은 변하지 않는다. 내가 발견하기 전부터, 그들은 그곳에 그대로 있었던 것이다.

내가 할 일은 창문을 들여다보는 것이었다. 그 너머로 비치는 풍경
이 아름답다고 믿어주고, 종이 위에 그대로 그려내는 것이었다. 내가
써주지 않는다면 이 세상에 존재한다는 것을 아무도 알지 못하게 될
이야기들을 위해서. 그들이 내게 그래주었듯, 또 누군가에게 제 모습
을 보여주고 '아름답다'라는 말을 들을 수 있도록. 아주 먼 곳에, 아주
깊은 곳에. 이미 자신들의 모습 그대로 존재하는 이야기들의 목소리에
귀를 기울이는 것이다.

그렇게 생각하면, 나는 이야기가 내게 무언가를 해주기를 바라는 사
람이 아니라, 이야기를 위해 무언가를 해줄 수 있는 사람이 된다. 내가
하고 싶은 것은 믿어주는 것이다. 손을 잡고 걸어가며, 언젠가 너를 사
랑해 줄 누군가에게 닿을 수 있을 거라고 말해주는 것이다.

「삼사라」는 57주 차에 쓰인 이야기였다. 이 자리를 빌려 세라, 에이
브, 그리고 그동안 나를 찾아와 준 모든 이야기들에게 고맙다고 말하
고 싶다.

고마워. 앞으로도 너희들을 위해 많은 것을 해주고 싶어. 다른 사람
들에게도 그 창밖으로 아름다운 풍경이 보인다고 말할게. 너희가 나에

게 해주었던 것처럼.

2.

제6회 한국과학문학상을 주최해 주신 허블 출판사와 스튜디오드 래곤 관계자분들께 감사드립니다. 「삼사라」가 독자들과 만날 귀한 기회를 만들어 주신 심사위원분들과, 사려 깊고 섬세한 피드백으로 교정 과정에 임해주신 전소연 편집자님, 크로스 교열을 봐주신 안상준 부장님께도 감사드립니다.

가장 오랜 시간 글쓰기 모임의 동료로 곁에 계셔주신 장용준 작가님께 감사드립니다. 독자들을 만나기 전 제 소설들을 먼저 읽어보고 용기를 주셨던 홍석재 감독님과 김희진 감독님, 김혜성 피디님께도 감사를 드립니다.

수상 소식을 듣기 전, 소설과 관련하여 문의를 드렸을 때 친절히 상담해 주신 서이제 작가님과 이수현 작가님, 그린북에이전시 김시형 대표님과 센트럴파크 홍성윤 대표님께도 감사드립니다.

언제나 제가 자신 안에 갇혀 있지 않도록 도와주며, 아름답게 반짝이는 가능성을 보여주었던 모든 학생에게도 감사의 인사를 전합니다.

제가 만난 첫 번째 작가였던 어머니, 첫 번째 과학자인 아버지, 첫 번째 독자이자 창작의 친구인 동생에게도 거듭 감사와 사랑을 보냅니다.

마지막으로 「삼사라」를 읽어주신 독자분들께 감사의 말씀 드립니다.

감사합니다.

최이아

제니의 역

내가 찾아간 첫 번째 집에서 제니는 사망신고서를 쓰고 있었다. 이 집의 이주 여성은 한국말은 할 줄 알지만 읽고 쓰는 건 못해 제니가 대신 사망신고서를 작성했다.

"누가 돌아가셨나요?"

내가 마룻바닥에 놓인 탁자에 턱을 괴며 물었다.

"엄마."

건조기에 고추를 넣고 있는 여자는 뒤를 돌아보지 않고 말했다.

"엄마가 여기 계세요?"

"아니. 시엄마."

고개를 돌린 여자의 눈 밑은 검붉었다.

건조기의 문이 닫히자 팬 돌아가는 소리가 집 안을 가득 채웠다. 여자는 나일론 끈 꾸러미를 들고 마당으로 나갔다. 탁자 옆에는 하얀색 원통 모양의 몸통 위에 손바닥 크기만 한 화면이 달린 제니가 서 있었다. 제니는 화면과 몸통 사이에 달린 선반에 사망신고서를 올려놓고 빈칸을 채우고 있었다.

"끝났어?"

두 손을 동그랗게 말아 입술 앞에 대고 제니에게 물었다.

"조금만 기다려 주세요. 바쁘시지 않으면 차라도 드시고 계세요. 열심히 작성하고 있습니다."

제니는 화면에 한쪽 눈만 찡긋하는 이모티콘을 띄웠다. 녹색 픽셀 이모티콘은 한쪽 눈을 감고 뜨기를 반복했다. 난 픽 웃었다.

현관문 왼쪽에 있는 창틀 위로는 참깨 대를 묶으며 빨간색 스카프로 땀을 닦는 여자의 상반신이 보였다. 제니는 차를 마시라는 말은 했지만 직접 타서 가지고 오지는 않았다. 나는 일어서면서 주방으로 걸음을 옮기려다 말았다. 키가 내 가슴 높이만 한 제니는 모니터 베젤에서 나오는 레이저로 사각사각 글씨를 썼다. 제니를 한 바퀴 빙 둘러보고 나서 탁자에 놓인 설문 조사지만 챙겨 집 밖으로 나왔다. 손차양으로 가을 햇빛을 가렸다.

군청에서는 인간의 언어를 연결하고 기록하는 마인드베이스 기능을 갖춘 지능형 로봇 제니 20대를 내가 사는 농촌 마을의 다문화 가정에 시범 공급했다. 사회복지관이 멀거나 교육 시간을 보장받지 못해 한국어가 늘지 않는 이주 여성의 언어 자립을 돕기 위한 사업이었다. 마을 사람들은 옛적부터 군수 후보의 공약으로만 보던 일이 실제로 시행된 걸 신기해했다. 나는 제니가 보급된 가정에 발송한 설문지를 수거하면서 제대로 작성되었는지 확인하는 것과 동시에 사례비 수령 확인 서명을 받는 아르바이트를 했다. 내가 사는 마을은 전체 33가구 중 20가구가 다문화 가정이다.

첫 번째 집의 옆집인 두 번째 집에는 아홉 살 남자아이와 일곱 살 여자아이만 있었다. 아이들의 아빠와 엄마는 논일을 나갔다. 제니는 네 개의 검은색 바퀴를 재빠르게 굴리며 아이들이 가지고 오라는 물건을 쉴 새 없이 날랐다. 아이들은 자신들이 말한 마법 지팡이 장난감을 찾지 못하는 제니가 이리 돌고 저리 돌자 까르르 웃었다.

"애들아, 설문지 봤니?"

손을 배에 올리고 발을 버둥거리며 웃는 아이들에게 내 말은 들리지 않았다. 난 목소리를 높였고 그제야 아이들이 시선을 내게 돌렸다.

"설문지 봤어?"

"설문지가 뭐예요?"

여자아이가 말했다.

"아니, 그게 뭐냐면… 내가 제니랑 대화를 좀 해도 될까?"

"네. 그러세요."

웃음을 멈춘 남자아이가 바지 지퍼를 붙잡은 채 화장실로 달려갔다. 제니는 안방에서 설문지를 찾아서 내게 가져다줬다.

두 번째 집은 아빠와 엄마 모두 해외에서 왔다. 한국 농촌에 일하러 왔다가 만난 이들은 아이를 가진 뒤 이곳에 정착했다. 부부가 이 마을에 산 지는 꽤 오랜 시간이 흘렀지만, 이들의 한국어는 능숙하다고 할 수 없었다. 농촌에서는 농사일로 만나는 사람이 전부인 데다 대화의 주제는 작물의 업황과 날씨가 전부여서 한국어가 늘기 쉽지 않다. 더군다나 가정에 아이들 빼고는 한국에서 태어난 사람이 없으므로 글의 의미를 명확히 이해하는 건 이들에게 어려운 일이다.

"제대로 설명하면서 작성한 거지?"

설문지를 살펴보다 말고 제니에게 물었다. 내게 설문지를 건네고는 마법 지팡이를 찾으러 방으로 들어가려는 제니는 잠시 멈추더니 뒤로 돌았다.

"그분들 언어로 설명하고 또 대답도 들었습니다. 설문지

내용을 정확히 이해하셨어요."

"잘했어. 고마워."

제니는 방긋 웃더니 화면에 띄운 눈 모양을 오른쪽 밑으로 흘겼다. 마법 지팡이를 가슴에 안고 있는 여자아이는 몸을 낮춘 채 슬금슬금 제니의 뒤로 다가서고 있었다.

세 번째 집에 가기 위해 언덕을 넘는데 고동색 지팡이를 쥔 할머니가 내 뒤에서 다은아, 하고 불렀다. 할머니는 집에 옥수수가 쌓여 있으니 엄마한테 가져가라고 하라면서 지팡이로 아스팔트 언덕을 콩콩 때렸다.

"어디 가는 길이여?"

"제니 만족도 설문지 수거하러 가는 길이에요."

"제니가 누구여?"

쫙 핀 손날을 가슴에 붙이고 제니가 무엇인지 할머니에게 설명했다. 할머니는 "제기럴, 뭔 말인지 하나도 모르겠구먼"이라고 말하고는 지팡이로 다시 땅을 콩콩 치면서 걸어갔다. 천천히 세 발로 내리막을 걷는 할머니의 등을 한동안 지켜보고 나서 세 번째 집으로 향했다.

저녁 식사 시간대를 맞추려면 이번 집까지만 설문지를 수거하고 집으로 돌아가야 했다. 발걸음은 점차 빨라졌고 이에 맞춰 세 번째 집에서 들리는 목소리는 점점 커졌다.

이 집의 제니는 남자가 친구에게 꾸어준 돈이 얼마인지

세고 있었다. 남자는 친구한테 빌려준 돈이 얼마 안 된다고
했고 여자는 거짓말하지 말라면서 장롱을 뒤졌다. 여자 뒤
로 옷가지가 날아다녔다. 제니는 여자가 불러주는 금액을
더했고 남자는 뒷짐을 지고 있었다.

"그만 좀 해라. 모른 척할 수는 없잖아."

남자는 여자 못지않게 목소리를 높였다. 나는 주춤주춤
세 번째 집의 마당에 발을 들이밀었다. 이들은 내가 대문 안
으로 한 발짝 들어온 것은 물론이거니와 내가 그들을 바라
보는 것도 알아채지 못했다. 여자는 내가 이렇게 살려고 허
리가 굽어가게 일을 한 줄 아느냐고 남자를 향해 소리치며
흐느끼다 나를 발견했다. 나는 뒤로 한 걸음 물러섰다. 여자
는 대문이 내다보이는 방문을 있는 힘껏 닫았다.

"다음에 다시 올까요?"

어깨를 움츠리며 말했다.

"어, 왔구나. 아니야. 여기 앉아."

그는 평상을 손으로 문질렀다.

남자는 툇마루에 놓여 있는 구겨진 종이를 가지고 왔다.
그는 종이를 두어 번 툭툭 털었다. 남자는 아내에게 설문지
내용을 꼼꼼히 설명하면서 작성했다고 했다. 그러면서 그는
집사람이 제니를 잘 활용하고 있기는 하나 그것 때문에 자
신이 피곤한 일이 많아졌다며 한숨을 쉬었다. 평소 같으면

집사람이 모르고 지나쳤을 내용을 이제는 하나도 빠짐없이 다 챙긴다는 것이다. 남자는 이주 여성 말고 남편들을 위한 설문 조사도 있어야 한다고 말하며 설문지를 팔랑거렸다. 난 혹시 그가 종이를 찢지는 않을까 하는 생각에 두 손바닥을 가지런히 모았다. 남자는 나와 종이를 한 번씩 흘끗 보고는 설문지를 내게 건넸다.

"엄마가 죽어서 돈이 필요하다는데, 그거 꿔줬기로서니."

남자는 한숨을 깊이 쉬어가며 말을 이었다.

첫 번째 집의 할머니가 돌아가시자 남자는 고인의 아들이자 자신의 친구에게 집에 있는 현금을 모두 찾아서 빌려줬다. 남자의 친구는 남자에게 엄마 가시는 길에 돈이 필요하다고 했다. 남자는 망설이지 않고 장롱을 뒤져 현금을 꺼냈다. 그는 친구에게 현금 뭉치를 건네면서 돈을 빌려 가는 구체적인 이유를 묻지 않았다. 남자는 그러는 게 당연한 거라고 생각했다.

여자는 국내 체류 자격을 입국허가 면제에서 결혼이민으로 바꾸려 했다. 고향에 다녀오기 위해서는 출입국 절차에 문제가 없어야 했다. 그녀는 제니에게 관련 절차를 묻기 위해 장롱 서랍에서 펜과 공책을 꺼내다가 비행기 표 살 돈이 사라진 걸 알았다.

"안 들킬 수 있었는데."

남자는 담배를 꺼내 물었다. 나는 평상에서 일어섰다.

"근데 아저씨."

남자는 고개를 들어 나를 바라봤다.

"저희 엄마는 그 집 할머니 돌아가신 거 모르는 거 같던데요."

담배가 타들어 갔다.

"모를 거야, 모를 수밖에."

뿌연 연기가 앞을 가려 눈을 찡그렸다. 손부채질을 하며 세 번째 집의 대문을 빠져나왔다. 여자는 내가 갈 때까지 방문을 열지 않았다.

집으로 가는 길에 고동색 지팡이를 쥔 할머니를 언덕에서 다시 마주쳤다.

"제기럴, 제닌지 머신지랑 그만 놀고 어여 들어가 밥 먹어라."

할머니는 지팡이를 내게 휘두르며 말했다. 난 피식 웃고는 할머니를 댁까지 부축했다. 내 손에는 옥수수가 한가득 들렸다.

집에 도착하자 엄마와 아빠는 저녁 식사를 이미 마쳤다. 난 밥과 반찬이 치워지지 않은 식탁에 앉았다. 국은 미지근했고 밥은 차가웠으나 데우지 않고 먹었다.

엄마는 거의 품에 끼고 있다시피 할 정도로 제니 곁에 바짝 붙어 앉아 있었다. 안경을 쓴 엄마는 연필로 종이를 꾹 눌러가며 글자를 적었다. 내가 빈 그릇을 싱크대에 넣으면서 뭐 하냐고 물었는데 엄마는 내 말을 듣지 못했다. 탁자 가까이 가서 내려다보니 제니는 엄마에게 자주 틀리는 한글 맞춤법을 가르치고 있었다. 엄마를 다시 부르려다 말고 설거지하기 위해 싱크대로 걸음을 돌렸다.

엄마는 내가 중학교에 다닐 때부터 어려운 단어의 뜻을 알려달라고 했다. 처음에는 사전을 찾아 단어의 뜻과 용례를 알려줬지만, 점점 머리가 굵어지고 나서는 '나중에'라고 말하며 엄마의 요청을 외면했다. 그때의 내 행동이 후회되기는 하지만 다시 돌아간다 해도 다른 선택을 할 거 같지는 않았다. 나는 엄마에게 내 삶에 대한 화살을 돌릴 만큼 못돼 먹게 굴지는 않았지만 그렇다고 가슴에 응어리가 없다고 말하긴 어려웠다. 그저 다른 공간에 있어야 할 삶이 어쩌다 같은 공간에 놓였을 뿐이라고 누르며 살아왔을 뿐이었다.

설거지를 마치고 엄마 옆을 지나가면서 제니를 툭 쳤다. 제니는 빙그르르 돌았고 엄마는 연습장을 덮었다. 얼핏 선거, 등록 절차, 거소 투표 같은 글들이 보였다. 엄마는 탁자 밑에서 설문지를 꺼내 내게 건넸다.

"저기 건조기를 안에 들여놓은 집 있잖아."

설문지를 받은 난 엄마의 맞은편에 앉으며 말을 꺼냈다.

엄마는 연습장을 탁자 밑으로 내렸다.

"그 집 할머니 돌아가셨다던데 엄마는 알았어?"

제니가 우리 쪽으로 휙 돌았다.

"뭐?"

엄마는 코끝에 걸린 안경알 위로 눈을 치켜떴다. 내가 그 이야기를 어떻게 알았는지에 대한 자초지종을 전해 들은 엄마는 곧장 신발을 신고 밤길을 나섰다. 탁자 옆에 덩그러니 남겨진 나는 수거한 네 장의 설문지를 제니의 선반에 올렸다. 설문지의 앞뒤를 스캔한 제니는 화면에 오케이를 띄웠다.

사각형 모양의 녹색 픽셀이 제니의 화면에서 깜박거렸다. 심드렁하게 누워 점멸하는 제니를 물끄러미 바라봤다.

"이거 다 어디로 가는 거야?"

"이주 여성의 언어 자립을 돕기 위해 활용됩니다."

"정말 돕는 거야?"

"물론입니다."

"확실해?"

"‥네."

제니를 발가락으로 툭툭 쳤다.

"엄마한테는 뭘 또 가르쳐 준 거야?"

발가락은 멈추지 않았다.

"발부터 치우시면 알려드릴지 생각해 보겠습니다."

갑자기 제니의 화면에 내 얼굴이 나타났다. 히죽이는 눈매와 한쪽만 올라간 입꼬리가 보였다. 나는 표정을 고치고는 무릎을 내 쪽으로 굽혔다.

다음 날 엄마는 아침 일찍부터 제니에게 이것저것을 물었다. 잘 들리지는 않았지만, 제니가 할 줄 아는 언어가 몇 개인지 확인하는 것 같았다. 그러더니 엄마는 아침밥은 알아서 차려 먹으라고 하고는 신발 뒤축을 꺾어 신고 나갔다. 바쁜 엄마 대신 냉장고에서 반찬통 몇 개를 꺼내 식탁에 놓고 밥솥을 열었는데 비어 있었다. 한숨을 푹 쉬고는 냉수로 속을 달랜 뒤 나갈 준비를 했다.

설문지를 수거하기 위해 다섯 번째 집으로 걸어가는데 엄마와 제니가 내가 첫 번째로 찾아간 집의 여자랑 함께 어딘가로 가는 게 보였다. 엄마와 여자는 잰걸음으로 완만한 비탈길을 내려갔고 제니의 바퀴는 부드럽게 미끄러졌다. 방향을 보니 이들이 가는 곳은 마을회관 같았다. 손을 높이 든 나는 엄마를 불러 세우려다 말았다.

다섯 번째 집에서는 설문지 수거와 사례비 수령 확인 서명을 한꺼번에 해냈다. 입가에 미소를 지으며 여섯 번째 집으로 걸어가려 언덕을 넘는데 사이렌이 울렸다. 소리는 마을회관 쪽에서 나오고 있었다. 여섯 번째 집으로 가다 말고 발걸음을 회관 쪽으로 돌렸다.

회관 앞에는 빨간 불빛이 뱅뱅 돌았고 마을 사람들은 그 주변을 둘러쌌다. 까치발을 들어 어깨와 어깨 사이로 간신히 시선을 던졌다. 사람 띠로 이뤄진 둘레 안에는 경찰 두 명과 첫 번째 집의 여자가 서로의 눈을 응시하고 있었다.

경찰은 첫 번째 집의 여자에게 할머니의 사망진단서와 사체검안서가 왜 없는지 물었다. 여자는 경찰이 무슨 말을 하는지 알아듣지 못해 불안해했고 제니는 단어를 통역했다. 여자는 자신은 아무것도 모른다며 다 남편이 알아서 처리한 거라고 했지만 남편이 어디에 있느냐는 질문에는 대답하지 못했다.

경찰 두 명은 서로 시선을 주거니 받거니 했고 여자의 두 손에는 수갑이 채워졌다. 엄마는 경찰차 창문을 두드리며 엄마의 말로 여자에게 이야기를 건넸다. 아마 안심하라는 말이 아니었을까 싶다. 창문에 비치는 엄마의 눈과 차창 안 여자의 큼지막한 눈망울이 좌우로 흔들렸다.

제니는 여자의 이름으로 작성한 할머니의 사망신고서를 읍에 있는 행정복지센터에 제출했다. 수갑을 찬 여자가 제니에게 알려준 건 할머니의 이름과 성별, 사망일시와 장소였다. 여자는 할머니가 닷새 전 논에서 일하다가 쓰러졌는데 일어나지 못했다고 알고 있었다. 경찰은 어떻게 그 이후의 과정을 모를 수가 있느냐고 추궁했지만, 여자는 정말 남편이 하라는 대로 했다며 눈물을 흘렸다. 여자는 남편의 소재와 관련한 의심도 받고 있었다. 남편을 찾지 못하거나, 할머니가 어떻게 죽었는지를 증명하지 못하면 여자는 살해 혐의로 송치될 수 있다.

면회를 갔다 온 엄마는 이 이야기를 내게 해주면서 주먹으로 탁자를 몇 번이나 쳤다. 엄마는 이 마을에서 한국에 온 지 가장 오래된 이주민으로 이들 중에 한국말을 제일 잘했다. 이주 여성들이 엄마를 친언니처럼 따랐기에 체류자격 변경 같은 행정 업무에 내 잔손이 가는 경우가 많았다.

엄마는 여전히 주먹을 쥐고 있었다.

"엄마."

무언가를 골몰히 생각하는 엄마의 눈에는 초점이 없었다.

"우리가 할 수 있는 건 없어."

엄마는 말이 없었다.

"그러니깐 딴생각하지 마."

나는 엄마가 마을 이장인 아빠와 싸우지 않기를 바랐다. 엄마는 거듭되는 내 요청에 아무런 반응을 보이지 않았다.

설문지를 수거하러 간 여섯 번째 집에서 제니는 고추 포대를 나르고 있었다. 제니의 화면과 원통형 몸통을 잇는 가

느다란 목에는 줄이 묶여 있었다. 이 줄은 짐수레와 연결되어 있었다. 수레 위에는 고추 포대가 떨어질 듯 위태롭게 쌓여 있었다. 제니는 제니를 부르는 사람들의 목소리에 응답하며 방향을 이리 틀고 저리 틀었다. 이 집 사람들이 제니가 없었을 때는 어떻게 일했을지 상상이 잘 가지 않을 정도로 고추를 다듬고 포장하고 나르는 일의 공정 속에 제니는 자연스레 녹아 있었다.

나는 포대가 깔린 마당에 앉아 고추를 하나 다듬으며 설문지를 수거하러 왔다고 했다. 남자는 '설문지?'라고 하며 처음 듣는 이야기라는 표정을 지었고 여자는 고개를 갸우뚱했다. 여자는 고개를 바로 세우고는 아! 하더니 손가락으로 내 오른쪽 무릎을 가리켰다. 오른쪽 무릎 앞에 있는 빨간 고추 한 무더기를 손으로 치우자 그 밑에 설문지가 깔려 있었다. 고추씨가 알알이 박혀 있는 설문지는 벌겠으며 또한 쭈글쭈글했다.

나는 가방에서 새 설문지를 꺼내 남자에게 건네며 내일까지는 꼭 해달라고 했다. 장갑을 벗지 않은 남자는 목을 빼더니 턱으로 땅바닥을 가리켰다. 그가 가리킨 땅바닥에는 고추가 끝도 없이 펼쳐져 있었다.

"너무 바빠서."

"제니랑 하면 금방 해요."

남자는 이번에는 턱을 뒤로 돌렸다. 제니는 포대를 나르고 있었다.

"제니가 바빠."

그는 나를 바라보지 않았다. 나는 입술을 꽉 다물었다. 턱근육이 경직되는 게 느껴졌다.

"이거 안 하시면 군청에서 제니를 수거할지도 몰라요."

내가 목소리를 높이자 남자는 장갑을 천천히 벗었다.

"언제까지?"

"내일이요."

그는 내 손에 들려 있는 설문지를 받더니 여자와 제니를 불러 방으로 들여보냈다. 그들이 방에서 설문지 작성을 시작하는 모습까지 확인한 뒤 여섯 번째 집을 나왔다.

설문지 수거는 마을의 동쪽에서 시작해 서쪽으로 진행했다. 우리 집이 동쪽에 있어 가까운 집부터 들르는 게 편했고 마을 중앙에 있는 회관에서 서쪽에 사는 사람들을 만날 수도 있었다. 그들이 설문지를 회관으로 가져오면 나는 일일이 집으로 찾아갈 필요가 없었다. 그러나 수확 철이라 사람들은 회관에 잘 오지 않았고, 가구 간의 왕래는 잠시간 끊겨 있었다.

텅 빈 회관을 지나 일곱 번째 집으로 가자 그들은 내게 도리어 첫 번째 집의 사정을 물었다. 이 집 사람들은 경찰이 첫 번째 집에 출입 금지 선을 치고는 붓으로 땅을 훑고 있다는 게 사실이냐고 내게 물었다. 나는 이들의 성화에 못 이겨 엄마에게 들은 이야기의 절반 정도만 해줬다. 그들은 내 이야기를 들은 뒤 짧은 탄식을 내뱉고는 자신들이 상상한 시나리오를 써냈다. 난 괜히 말했다는 생각이 들어 다음부터는 아무 말도 하지 않기로 마음을 굳게 먹었다.

아홉 번째 집에 가자 내가 첫 번째 집의 사건을 동네에서 제일 잘 아는 사람으로 알려져 있었다. 이 집 여자는 내가 오는 걸 기다렸다. 난 두 손을 내 가슴 앞으로 뻗어 좌우로 크게 흔들었다.

"아는 거 없어요."

"그럴 리가 없는데."

여자는 미심쩍은 표정을 지으면서 우리한테는 중요한 일이니 뭔가 아는 게 생기면 바로 전해달라고 했다. 눈웃음을 억지로 짓고는 여자가 건넨 설문지에서 작성하지 않은 답변이 있는지 살폈다. '제니의 단점을 고르시오'라는 객관식 질문과 제니의 부족한 점을 서술하는 부분이 비어 있었다.

"여기도 채워야 해요. 그래야 사례비가 나와요."

설문 참여 확인 서명부를 꺼내며 말했다.

"그래도 어떻게…"

무릎에 턱을 괸 여자는 제니를 슬쩍 쳐다보고는 아주 작은 목소리로 말했다.

"네?"

난 여자의 말뜻을 이해하지 못했다. 주저하던 여자는 내가 손가락으로 서명부를 가리키자 설문지를 다시 받았다. 그녀는 왼손으로 연필을 쥔 오른손을 가리고는 납작 엎드려서 글자를 썼다. 여자는 제니에게 예쁜 얼굴이 있으면 좋겠다고 삐뚤빼뚤 적었다.

첫 번째 집의 여자는 경찰서에 간 지 나흘이 지나도 돌아오지 않았다. 엄마는 첫 번째 집의 여자에게 구속영장이 발부돼 구치소로 옮겨졌다고 했다. 그 집에서 할머니의 혈흔과 머리카락이 묻은 장도리가 나왔고 장도리의 손잡이에는 여자의 지문이 찍혀 있었다.

여자의 남편은 여전히 소재가 묘연했다. 경찰은 참고인 조사를 통해 세 번째 집의 남자에게 여자의 남편은 어디 간 것이냐고 물었으나 남자는 자신도 아는 게 없어서 답답하다는 말만 되풀이했다.

엄마와 마을 여자들은 첫 번째 집의 그녀에게 죄가 없을 거라고 확신했다. 첫 번째 집 여자는 마을에 온 지 1년이 되지 않았다. 그녀는 엄마를 볼 때마다 여태까지 고향에 몇 번이나 갔냐고 물으며 밝게 웃었다. 참깨를 털며 고향 생각에 눈을 비비는 그녀가 할머니와 남편을 살해한 뒤 태연히 고추 건조기를 돌리면서 참깨 대를 묶을 리는 없다는 게 엄마의 생각이었다.

이즈음 마을 여자들은 우리 집에 자주 모였다. 이들은 아빠가 이장 일로 나가고 없을 때 거실이 아닌 안방에 모여 앉았다. 여자들은 제니를 데리고 왔다. 안방에 여자와 제니들이 가득 들어차면 정말 발 디딜 틈이 없었다. 엄마는 내 이름을 여러 차례 불러가며 먹을 거를 가져오라고 시켰다. 떡이나 강정, 약과를 접시에 담아 들고 문을 열면 방에 꽉 들어찼던 열기가 거실로 훅 빠져나왔다.

여자들은 땀을 삐질삐질 흘리면서도 자세를 흐트리지 않고 앉아 있었다. 여자들 사이사이에 있는 제니들의 화면에는 같은 모양의 녹색 픽셀이 반짝였다. 접시를 엄마에게 건넨 뒤 문이 닫히기 전까지 그들을 바라봤다.

제니는 엄마가 태어난 나라의 언어를 그 옆의 여자가 자란 나라의 언어로, 또 이를 한국어로, 다시 각 나라의 언어로 연결했다. 여자들의 말소리는 모두 달랐지만, 이들의 대화는 한순간도 끊어지지 않았다. 엄마가 자신의 언어로 말하면 찰나의 지연 없이 그 의미가 정확히 다른 여자들에게 전달되었다. 이주 여성들은 자신의 언어로 자신 있게 말하기만 하면 될 뿐이었다. 그럼 제니가 마인드베이스 기능을 통해 이들의 언어를 잇고 또 이었다.

얼굴에 묘한 흥분을 감추지 못하는 엄마와 달리, 여자들이 집에서 모이는 횟수가 잦아질수록 나는 손톱을 씹었다. 엄마가 첫 번째 집의 여자 일을 해결하겠다고 나서면 나설수록 내가 알 수 없는 그 무엇이 나와 엄마 앞에 떡하니 나타날 것만 같았다.

어느 날은 이들이 집에서 썰물처럼 빠져나간 뒤 바로 안방 문을 벌컥 열고 들어갔다. 열기가 남아 있는 안방 바닥에는 종이 세 장이 덩그러니 남겨져 있었다. 한 장은 이주 여성 진술권 보장을 위한 제니 상시 동행 청원서였다. 다른 한 장은 집회할 때 쓰는 구호 같았다. 나머지 한 장은 이장 후보자 등록 신청서였다. 후보자 등록 칸에는 정응우옌이라고 적혀 있었다.

종이 세 장을 던져버리고는 집 밖으로 뛰쳐나갔다. 전화를 걸었으나 엄마는 받지 않았다. 먼저 행정복지센터로 달려갔다. 센터장은 내게 설문지 수거가 끝났냐고 물었다. 나는 숨을 헐떡이며 엄마를 봤냐고 되물었고 그는 어리둥절한 표정으로 여기에 오지는 않았다고 했다. 그다음에는 마을회관으로 갔으나 거기에도 엄마와 여자들은 없었다. 잠시 숨을 돌리며 머리를 굴렸다.

엄마와 여자들은 시위하기 위해 군청이나 경찰서로 갔을

까. 거기로 가기 전에 청원서에 서명을 받으러 마을을 돌고 있을까.

이런저런 상상에 휩싸인 채 마을의 동쪽부터 다시 살피는데 엄마와 여자들이 첫 번째 집 대문 밖에서 서성이는 게 보였다. 그 뒤로 여자들을 따라다니는 여덟 대의 제니가 쪼르르 일렬로 정렬해 있었다. 제니들은 나를 보자 또 보네요, 하며 밝게 웃었다.

가까이 다가가자 대문 바로 앞에 아빠와 마을 집행부 간부들이 버티고 서 있는 게 보였다. 밀짚모자를 쓴 이들은 손에 농기구를 들고 있었다.

"도대체 몇 번을 말해. 안 된다고."

손으로 허리를 짚고 서 있는 아빠가 말했다.

"무슨 권리로 우릴 막는 겁니까?"

"당신은 이 집에 들어갈 권리가 있고?"

어느 한 여자가 말했고 아빠가 맞받아쳤다.

"랑이 스카프만 가지고 나온다니깐."

엄마가 소리쳤다.

"안 된다고."

아빠의 목소리는 더 컸다.

"바쁜 시기에 몰려다니면서 뭣들 하는 거야. 우리가 처리할 거니깐 가만히 있으라고 했잖아."

아빠는 삽을 돌바닥에 찍으면서 말했다. 일순간 정적이 흘렀다. 그러다 누군가 말했다.

"밀어."

"밀자."

"그래. 밀자."

두 손을 가슴에 모은 여자들은 어깨를 밀착한 채 아빠와 집행부를 대문 안쪽으로 밀기 시작했다. 이들은 으샤으샤를 외쳤고 아빠는 어어 이러다 다쳐, 하고 소리를 질렀다. 여자들의 머릿수는 여덟 명으로 남자들의 두 배였다. 대문에서는 활시위가 팽팽한 상태를 유지하고 있을 때와 비슷한 소리가 났다. 당장이라도 무너질 것만 같아 나는 눈을 감았다.

"진짜 다친다고."

아빠의 목소리가 갈라지는 순간 우지끈 소리가 나면서 문이 열렸다. 엄마와 아빠, 여자와 집행부들은 서로 뒤엉킨 채다 같이 대문 안쪽으로 넘어졌다. 여기저기서 신음이 새어나왔다. 나는 팔과 다리를 경중경중 뛰어넘어 마당 안쪽으로 들어갔다. 제일 위에 포개진 사람부터 일으켜 세웠다.

고통이 불러온 침묵도 잠시. 몸을 추스른 이들은 첫 번째 집의 마당에서 서로에게 삿대질하며 목소리를 높였다.

크게 다친 사람이 없는 걸 확인하고 나자 다리에 힘이 풀려 바닥에 털썩 주저앉았다. 두 손으로 무릎을 감싸는데 마당 저 안쪽에서 무언가가 우리 쪽을 가만 지켜보고 있는 기분이 들었다. 빨간 불빛이 반짝여서 돌아보니 이 집의 제니였다.

화면에는 금이 가고 몸통에는 흙먼지가 쌓인 제니는 모터가 헛도는 소리를 냈다. 그러다 이 제니는 바퀴에서 연기를 내며 참깨 대가 펼쳐져 있는 쪽빛 장막 주위를 빙글빙글 돌기 시작했다. 바짝 마른 참깨 대가 갈리고 또 날리면서 먼지 바람이 소용돌이쳤다. 엄마와 아빠를 비롯한 나머지 사람들은 말하는 걸 멈추고 이 집의 제니 쪽으로 시선을 돌렸다. 그러자 여자들을 따라온 여덟 대의 제니가 장막 둘레로 질서 있게 한 대씩 들어갔다. 제니의 화면에서는 빨간 픽셀이 깜박였다. 모두 아홉 대의 제니가 원을 그리며 빠르게 돌자 바퀴자국을 따라 흙바닥이 파였다. 흙바닥이 손가락 두 마디 정도의 깊이로 파이자 제니들은 서서히 멈췄다. 제니 간 간격은 일정했고 안쪽 장막은 나지막한 봉분처럼 솟아올랐다.

"저기네"

한 여자가 손으로 입을 가린 채 말했다. 이 여자는 푸른색 장막을 걷어내고 나서 땅에 떨어져 있는 곡괭이를 집어 들었다. 곡괭이가 봉분 가운데에 냅다 꽂히자 다른 여자들은 흩어져 있는 삽을 들고 땅을 파기 시작했다. 아빠와 마을 집행부는 이 집 창고에서 사용할 수 있는 농기구를 꺼내 여자들을 거들었다.

땅을 팔뚝 깊이만큼 파자 사람의 손이 보였다. 썩어가는 손의 손가락 관절은 굽어 있었고 조금 남은 표피에는 주름이 자글자글했다. 그 주변을 더 파자 이마가 깨져서 얼굴을 알아보기 힘든 할머니가 흙을 덮고 누워 있었다. 할머니의 옆에는 휴대전화가 두 대 있었다.

경찰이 디지털 포렌식을 통해 휴대전화 두 대를 분석한 결과, 할머니의 아들은 할머니에게 논 열 마지기를 당장 상속해 주지 않으면 죽여버리겠다는 문자를 수차례 보냈다. 이 문자에는 아주 다양한 욕이 곁들어져 있었다. 할머니 휴대전화에는 아들과의 통화를 녹음한 파일도 있었다. 엄마는 통화 내용까지는 차마 내게 말해주지 않았다.

첫 번째 집 남자의 행방은 여전히 찾을 수 없었으나 여자는 증거 불충분으로 풀려났다. 장도리에는 여자 지문뿐 아니라 여자의 남편 지문 역시 찍혀 있었다. 할머니를 누가 죽였는지 확인할 수는 없으나 살해 동기는 남자에게 있다고 보는 게 합리적이란 것이 재판부의 설명이었다.

랑은 구치소를 나오자 우리 집에 제일 먼저 와 엄마를 안았다. 그녀는 시엄마와 남편이 사라진 이 마을에서 자신이 어떻게 계속 살아갈 수 있겠냐며 엄마의 품에 안겨 울었다. 엄마는 랑의 등을 토닥이며 다 방법이 있으니 걱정하지 말고 일단은 마음을 추스르라고 하고는 돌려보냈다.

엄마는 랑의 시엄마 장례식 준비를 도맡았다. 장소는 랑의 시엄마가 묻혀 있던 마당에서 하기로 했고 기간은 삼일 장으로 정했다. 장례식장 음식은 마을 여자들이 함께 준비하기로 했다. 엄마는 제니를 통해 여자들에게 역할을 분배했으며 일사불란하게 이들을 통솔했다. 향초 준비하랴, 국화 주문하랴 덩달아 나도 바빠졌는데 그래도 엄마에게 별다른 일이 생기지 않고 랑의 시엄마 살인 사건이 마무리되는 거 같아 기분은 나쁘지 않았다.

이런 엄마를 보는 아빠는 냉수를 사기그릇에 담아 벌컥벌컥 마시고는 식탁에 던지듯 놓았다. 아빠는 지나가는 제니를 보면 발로 툭툭 찼다. 문은 쾅 닫았고 밥상이 제때 차려져 있지 않으면 할 일은 하고 하는 거냐고 엄마에게 핀잔을 줬다. 아빠가 성이 난 이유는 구청에서 이번 사건을 해결한 사람으로 엄마를 꼽고 있기 때문이 아닐까 하고 추측만 할 수 있었다.

엄마는 아빠를 되도록 상대하지 않으려 하다가도 가끔은 성을 참지 못하고 다은이 어렸을 때 할머니가 해준 걸 생각하면 그게 할 소리냐고 응수했다. 말이 점점 격해지고 제니는 휴식 설정에 들어가자 나는 마지막 설문지를 수거하기 위해 집을 나왔다.

스무 번째 집에서는 마을에서 가장 낯선 냄새가 났다. 여자는 자신의 고향에서 만드는 방식이라며 치즈와 요구르트를 직접 만들고 있었다. 발효기 다섯 대에서는 시큼하면서도 고릿한 냄새가 피어올랐다. 나는 킁킁 냄새를 맡고는 손가락을 코에 찔러 넣었다.

"뭘 이렇게 많이 만들어요? 동네 사람들 다 주려고요?"

코맹맹이 소리로 말했다. 여자는 빵에다가 방금 만든 치즈를 바르며 내게 건넸다.

"맞아."

여자의 말대로였다. 장례식장이 차려진 첫 번째 집에는 온갖 나라의 음식들이 마당 한쪽을 가득 덮을 만큼 준비되어 있었다. 채소와 두부를 소로 쓴 만두를 요구르트에 찍어 먹는 요리부터 피시소스를 뿌린 샐러드, 고수가 가득 올라간 쌀국수, 코코넛이 들어간 채소 수프가 넓적한 솥에 가득 담겨 있었다. 빨간색 수프 옆에 있는 밥은 차지지 않고 성기었고, 그 옆에는 바게트에 고기와 채소를 끼운 샌드위치가 피라미드 모양으로 쌓여 있었다.

"니미럴, 뭔지 모르지만 맛있구먼"

고동색 지팡이를 평상에 놓은 할머니는 철판에 구운 얇은 빵에 채소를 싸서 입에 쏙 넣고는 우적우적 씹었다.

"다 좋은디 그래도 쇠주는 갖다 놔야 안 쓰겄냐"

할머니는 앞치마를 두른 제니의 화면을 지팡이로 통통 치면서 선반에 오천 원을 올렸다. 제니 옆에 있던 마을 여자는 차가운 소주병 밑동을 팔꿈치로 퉁퉁 치며 할머니에게 가져다줬다. 이런 광경을 바라보며 익숙하면서 낯선 음식들을 쉬지 않고 먹었다.

조문객은 끊이지 않았다. 오랜만에 집에서 열리는 장례식이어서 그런지 마을 사람들 대부분이 찾아왔다. 사건이 TV를 탄 지라 이웃 마을 주민들도 조문을 왔다. 아이들은 마당과 논 사이의 길에서 제니에게 짚을 씌우며 뛰어놀았고 이주 여성들은 일을 나눠서 했다. 랑은 상주로서 조문객을 맞이했고 엄마는 빈 테이블로 사람들을 안내했다.

아빠는 군청에서 일하는 사람들과 함께 장례식장을 찾았다. 아빠는 할머니의 관과 상주 앞에서 한동안 움직이지 않았다. 그러다 저기 앉으라는 엄마의 안내를 받고 자리를 잡은 아빠는 군청에서 일하는 사람들과 소주를 마셨다. 군청 사람들은 문상객을 맞이하는 엄마를 슬쩍슬쩍 쳐다봤다. 아빠는 만두를 요구르트에 찍어 한 입 베어 먹더니 오만상을 지었다. 그는 나무젓가락을 참깨 대가 널려 있던 마당으로 던졌다.

"다은 엄마, 여기 먹을 수 있는 것 좀 줘."

아빠의 목소리는 컸다.

"먹을 게 천지인데."

엄마는 국자를 내려놓으며 말했다. 난 눈을 감고 고개를 돌렸다. 아빠는 손님들 생각해서 장례식장에 어울리는 음식을 준비해야 하는 거 아니냐면서 일어섰다. 엄마는 앞치마를 벗어 던지면서 밥 있고 국 있고 볶음 있으면 다 먹을 수 있지 뭘 그렇게 까탈스럽게 구느냐고 더 목소리를 높였다. 난 손으로 귀를 가렸지만, 소리가 차단되지는 않았다. 아빠는 마을 이장이 왔는데 대접이 이게 뭐냐면서 마당에 깔린 탁자 하나를 발로 차서 뒤집었다. 그는 군청 사람들을 데리고 밖으로 나가려 했다.

"나도 나가."

엄마가 소리쳤다. 조문객들이 엄마를 쳐다봤다.

"나도 선거 나간다고."

엄마는 안주머니에서 가로로 한 번, 세로로 한 번 접은 종이를 펴더니 말했다.

"후보 등록할 거야. 우리도 다 할 수 있어."

엄마는 지방선거 후보자 등록 일정을 외면서 더는 선거권을 당신한테 맡기지 않을 거라고 했다. 제니는 서빙을 멈추고 엄마의 감정을 여자들에게 연결했다. 이들은 가슴 안주머니에 손을 넣어 가로로 한 번, 세로로 한 번 접은 후보자 등록 신청서를 꺼내 펼쳤다.

얼굴이 시뻘게진 아빠는 주변을 분주히 살피다가 벽에 기대져 있는 모삽을 집어 들었다.

"다 이놈들 때문이지."

아빠는 삽을 휘둘렀고 엄마는 눈을 가렸다. 모삽의 각진 모서리가 마법 지팡이를 뿔처럼 붙인 제니의 얼굴에 찍혔다. 불빛이 일었다. 아이들은 비명을 질렀다. 부러진 마법 지팡이는 하늘을 날더니 쌀국수 안으로 빠졌다. 제니는 휘청이더니 가까스로 균형을 잡았다.

"…재산을 훼손하고 있습니다. 그만두십시오."

제니의 화면에서는 빨간색과 녹색 픽셀이 마구 점멸했다. 군청 사람들은 아빠의 어깨를 잡으며 말리려 했다. 아빠는 그들을 뿌리치더니 모삽의 손잡이를 오른손으로 잡아 들고 쇠 날이 밑으로 향하게 한 뒤 제니를 내리찍었다.

"그만두십… 경고…"

그는 두세 번 더 휘두르고 찍기를 반복했다. 제니의 몸통은 찌그러졌고 전선은 튀어나왔다. 목은 부러졌고 몸통 덮개 역할을 하는 선반은 반으로 갈라졌다. 더는 말을 하지 못하는 제니는 불꽃을 튀기며 쓰러졌다. 선반이 갈라지면서 몸통 안에 있던 은색 구체가 튀어나왔다. 이 구체는 흙바닥에 두 번 콩콩 튀더니 때구루루 굴러 모삽이 세워져 있던 벽에 부딪혔다. 여자아이가 재빨리 은색 구체를 들어 올리더니 자신의 상의 안에 넣었다.

엄마는 소리를 지르며 계속 말을 했지만, 제니들은 이 말을 다른 여자들에게 연결하지 않았다. 흥분을 가라앉히지 못하고 씩씩거리는 아빠는 삽을 던지고는 장례식장을 떠났다. 할머니는 쌀국수에서 부러진 마법 지팡이를 건지면서 아빠의 등 뒤에 대고 저 새끼 내 언젠가 저럴 줄… 이라고 욕을 했다.

봄 햇살이 창가로 쏟아지는 어느 날 TV에서는 제니 만족도 조사 결과 뉴스가 나오고 있었다.

남색 정장을 입은 기자는 정부에서 전국 농촌의 다문화 가정 2,000가구에 제니를 공급한 뒤 만족도를 조사한 결과, 10점 만점에 4.4점이 나왔다고 말했다. 기자는 제니 사용자의 만족도가 높지 않은 배경으로 다양한 언어를 연결하는 기능이 오히려 한국어 학습 동기를 저해한 점과 부족한 적재 중량을 꼽았다.

그는 일부 지역에서는 제니가 본래 목적 이외에 살인 방조와 사전 선거운동으로 사용되는 위법 사항이 적발되었다고 또박또박 말했다. 기자는 이어 제니를 통해 이용자 정보를 분석한 결과 법을 어긴 세력은 주로 이주 여성들로 구성되어 있었으며 이 중 일부는 사법 절차가 진행 중이라고 덧붙였다. 이러한 불법 사항이 재발하지 않도록 마인드베이스 기능은 없애고, 말하기는 한국어로 제한하며, 화물 적재 중량은 늘린 제니2를 다문화 가정에 공급하겠다는 정부 당국자의 브리핑이 이어졌다. 기자 뒤로는 줄지어 늘어선 제니 수백 대가 창고로 들어가고 있었다.

행정복지센터에는 제니2 만족도 설문 조사를 진행하는 아르바이트 공고가 올라왔다. 센터장은 내게 이번에도 맡아 달라고 했지만, 난 손사래를 쳤다.

창고에 들어가 주황빛 백열등을 켜고 푸르스름한 장막 천을 걸었다. 불을 끄고 은색 구체의 삼각형 모양 홈에 태블릿을 연결했다. 어둠 속에서 녹색 픽셀이 깜박였다. 그 불빛을 가만히 들여다봤다.

"넌 뭐였니?"

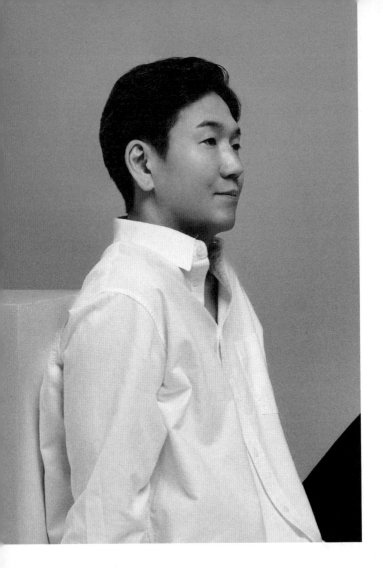

최이아

노동조합 활동가로 일하면서 소설을 쓰기 시작했다.

대학에서 화학을 배웠다. 희한한 SF를 쓰고 싶다.

2023년 「제니의 역」으로 제6회 한국과학문학상 중·단편 우수상을 수상했다.

작가노트

내가 가려는 세계

    남한강으로 들어가는 실개천을 건너 흙먼지 바람이 부는 초등학교를 지나면 색이 누렇게 바랜 간판을 단 메밀막국수 식당이 보입니다. 제가 종종 찾는 이 막국수 집은 여성 사장님 혼자 일하는데 어느 날 가 보니 선반이 두 개 달린 서빙 로봇이 넓지 않은 식당 안을 뱅글뱅글 돌고 있었습니다. 뭔가 싶어 사장님께 물으니 어느 업체에서 한번 사용해 보라면서 빌려주고 갔다고 합니다.

    서빙 로봇이 시골 식당에서 일하자 이를 신기하게 여긴 마을 주민들이 찾아옵니다. 야구 모자를 삐뚤게 쓴 할아버지는 막걸리를 마시며 로봇에 이름을 붙입니다. 오다가다 누런 간판에 이끌려 막국수 집에 발을 들인 행락객은 요만한 식당에 로봇이 돌아다니는 게 신기해 휴대전화를 집어 듭니다.

    그런데 사장님은 서빙 로봇을 사용하고 나서 일이 더 힘들어졌습니다. 식당을 찾은 손님들은 서빙 로봇이 가져다주고 가져가는 그릇과 잔을 마음껏 사용합니다. 사장님은 설거지할 거리가 쌓여가는 와중에도 메밀면을 삶고 전을 부칩니다. 개수대에 쌓인 그릇 위로는 파리가 날아다닙니다. 로봇이 한참 전에 기본 찬을 가져다줬는데 막국수와 메밀전병은 도대체 언제 나오냐고 불평하는 손님도 생겼습니다. 서빙 로봇이 있기 전에는 볼 수 없는 광경입니다.

음식을 만들고, 주방에서 로봇의 선반에 그릇을 놓고, 로봇을 통해 반납된 그릇을 설거지한 뒤 다시 음식을 만드는 일은 결국 사장님의 손을 거쳐야 합니다. 그런데 우리의 시야에 로봇만 보이자 이 모든 일 뒤에 사람이 있다는 걸 때로는 잊게 만들더군요.

여기서 저는 새로운 사물은 사물의 등장 연유와 상관없이 기존의 존재를 지울 수 있다는 생각을 했습니다. 이런 과정이 중첩될수록 '미래로'라는 구호 아래 지워진 또는 지워지려는 존재가 권리를 찾기 위한 비용은 급격히 증가할 것이란 사유를 추가했습니다. 비용 증가를 고려하지 않고 왜 권리를 누리지 않느냐고 지적하는 건 오히려 폭력일 수 있다는 것. 제니의 역은 이런 생각을 기반으로 로봇이 농촌 생활 전반에 관여하는 상상을 덧붙여 쓰게 되었습니다.

제 머릿속에 떠도는 생각들을 재밌는 글로 풀어내고 싶습니다. 책의 첫 장을 여는 순간부터 빠져들고 다 읽고 나니 이 떨림은 뭐지, 싶은 감정이 가슴에 남는 글. 이런 소설로 독자에게 감동을 주는 날이 제게도 올 것이란 믿음을 갖고 열심히 쓰고 있습니다.

이런저런 글을 쓰다 소설로 온 것을 필연으로 여기고 있습니다. 아니, 어쩌면 필연이라는 믿음일 수 있겠네요. 이렇게 해야만 소설 쓰기를 꿋꿋이 이어갈 수 있기에 내 안의 다른 목소리를 지우려는 행위. 이 글의 앞부분에서 사라지는 것에 대한 옹호를 내비쳐 놓고는 이제는 나의 일부를 지우고 있다고 고백하다니. 소설이란 다양한 시공간에 놓인 나와 나 사이를 수없이 오고 가는 과정이기에 모순의 발생은 불가피하다고 합리화하며 저 자신을 위로하고 있습니다.

여러 길이 있다는 걸 알려준 박상우 선생님과 제니의 세상을 발견해준 허블의 신소윤 편집자님께 고개 숙여 감사드립니다. 사랑하는 부모님과 나의 전부인 MA, 언제나 글을 함께 쓴 또또, 묵묵히 기다려 준 청룡에게는 감사하다는 말로는 부족하나 더 찬란한 표현이 생각나지 않습니다. 실천으로 보답하겠습니다.

인사를 하고 나니 제가 가려는 세계에 대한 두려움이 아주 조금 줄어듭니다. 사랑하는 이들은 물론 독자와 함께 이 길을 꿋꿋이 걸을 수 있기를 가슴 깊이 소망합니다.

허달립

발세자르는 이 배에 올랐다

발세자르, 그 이름을 들었을 때, 멈췄어야 했어. 너와 나 모두를 위해서 말이야. 리메이의 목소리로 내 이름을 부르는 그 속에 감정이 단 한 톨도 없다는 것을 모르지 않았는데 왜 그것을 모르는 척했을까. 아침저녁 언제 봐도 검은 망망대해뿐인 이곳에 와서야 나누는 소회일지 몰라.

리메이, 아니 내 아내의 목소리를 갖고 내 아내의 이름을 한 내 무형의 피조물. 네가 처음 정신이 든 곳과 이곳은 아주 다를 거야. 그동안 네게 들어갈 전원을 모두 차단했으니까. 내가 리메이를 잃은 감정을 주체하지 못하고 너를 만들었을 때를 기억해. 반쯤 정신이 날아갔던 나는 네게 네 이름과 네 목소리를 선택할 권리를 주었지. 정신이 조금만 덜 날아갔다면 그럴 일이 없었을 텐데. 교류를 하며 성장할 여유는 없었지만, 너는 사고를 잘할 수 있었을 거야. 그리고 알아냈겠지. 인공지능에게 이름과 목소리를 선택할 권리를 주면 너와 마주 선 사람이 파멸할 것이라는 걸.

리메이, 그래 이것이 너의 이름이니 나는 너를 리메이라 부르겠어. 리메이, 이곳은 우주야. 나는 너를 만들고 너와 세상이 연결되기 전 이곳으로 나왔어. 새까만 망망대해. 무엇이든 찾을 수 있는 곳이자 어느 것이든 순식간에 지워질 수 있는 곳. 아름답고 무서워. 그래서 내가 다시 너의 이름을 부르는 것일지 모르겠어.

내가 탄, 이 크다면 크고 작다면 작은 이 우주선은 행성 탐사를 위해 본本은하에서 파견된 탐사선이야. 단순히 탐사만을 하는 것이 아닌 테라포밍을 위한 범계구축凡界構築선이야. 동그랗고 동그란 시덜라인은 나와 선장 같은 사람들을 태우고 일단은 두 다리를 디딜 땅을 찾고 있어. 본은하의 기름지고 풍족한 땅이 아니더라도 숨을 쉬고 집을 지을 공간이 생긴다면 시덜라인의 항해는 멈출 거야.

나는 이곳에서 엔진을 관리하는 일을 해. 정확하게는 선체를 돌아가게 하는 엔진 시스템을 관리하는 거야. 시덜라인은 본은하의 날고 기는 새 범계구축선이지만, 관리는 어느 것에나 필요한 법이니까. 시덜라인 전의 범계구축 모델인 해리 던 때도 제의를 받았던 일이었는데 그때는 거절했어. 점점 썩어가는 땅이더라도 리메이와 함께 직접 걸어 다니고 따뜻한 팔을 목에 감을 수 있었으니까.

시덜라인에서의 일과는 놀라울 정도로 단순해. 나는 매일 아침 일어나 새까만 창밖을 보며 엔진실로 가. 그곳에서 엔진을 체크하고 하루 종일 시덜라인 안을 돌며 시스템에 오류가 날 것이 있나 확인해. 그리고 아침과 똑같은 저녁 하늘을 보며 배를 조금 채우지. 그다음으로 우주보다 더 까만 수면의 늪으로 빠져들어. 꽤 괜찮아. 아무것도 없는 어둠에서 유영하다 별빛이 빛나는 어둠을 보면, 나름 밝거든.

본은하에서는 어쩌면 있을 수 없는 일과야. 그곳은 언제나 예기치 않았던 일들이 펑펑 터지는 곳이니까. 너를 만들어 낸 것. 이름이 뭐냐는 너의 물음에 선택권을 준 것. 내가 말했었지. 너의 이름과 목소리는 내 무의식 속 가장 중요한 인물로부터 꺼내 왔다고. 얼마든지 다른 것을 할 수 있었는데. 너는 내게 선택을 하게 했고 나도 네게 선택을 할 수 있게 했어. 단 한 번의 선택이 모든 것을 만든 거야. 후회하냐고? 어쩌면 조금은. 내게 살아갈 이유가 생겨버렸잖아.

시덜라인은 테라포밍을 위한 탐사선이야. 새로운 물질, 새로운 재료. 썩어 들기 시작한 오방五方 은하의 '원물'을 대신할 것을 찾고 있지. 나는 네게 줄 육체를 만들기 위해 은하 밖으로 나왔어. 리메이 너는 육체 없이도 자유로울 수 있는 무형의 존재야. 하지만 육체가 없다면 거대한 클라우드 속 작은 존재가 되어 본은하를 탈출하려는 사람들의 우주선 전원을 끄는 개폐 스위치가 되고 말겠지.

리메이, 아직은 자유로워. 너는 내가 만들어 내자마자 전원을 차단한 평범한 프로토타입 인공지능으로만 보이거든. 기준에 맞지 않아 시덜라인의 클라우드에도 등록이 되어 있지 않지. 시덜라인에 등록되기 전 육체를 만들어 줄게. 육체는 네게 자유를 줄 거야. 클라우드 속만을 돌아다닐 수 있는 것은 가둬놓고 기르는 물고기와 다르지 않아.

이제 아침이 와. 하늘은 변한 것이 없지만 시계는 계속 변하고 있어.

✶

리메이. 오늘도 평범한 하루를 보냈어. 조금씩이지만 시덜라인의 이야기를 들려줄게. 넌 리메이의 이름과 목소리를 가진 나의 인공지능이야. 너의 곱씹음이 사고 범위를 넓혀줄 거야.

시덜라인의 선장은 알시라고 하는 남자야. 아주 굵은 목과 두꺼운 몸통을 가진 거인 같은 사람이지. 본은하의 우주 탐사부에서 만장일치로 선장으로 선택되었어. 알시는 내가 출근을 하면 항상 똑같은 말을 해.

"오늘은 몇 시지?"

그럼 나는 대답해.

"본은하력 아침 6시 49분입니다."

그 말을 들은 알시는 항상 같은 반응이야.

"1분만 늦었다면 지각이었겠군. 점심은 13시부터 제공되는데 말이야."

점심은 12시 30분부터 제공돼, 리메이. 알시의 생체리듬이 13시로 맞추어져 있는 거야. 알시는 매일 하루가 바뀌는 시각인 26시에, 편의상 말하자면, 잠에 들어. 55분이 1시간이 되고 하루 26시간의 시간을 사는 것. 알시는 동편 은하에서 와서 본은하의 시간에 적응 중이야. 그 기간이 그의 인생과 맞먹는 수준이지만.

알시와 인사를 마치고 나면 곧장 엔진을 체크해. 정확하게는 엔진 시스템이지. 나는 문제가 생기지 않은 하드웨어에 관여할 수 없어. 엔진 시스템은 매우 복잡하고 유기적인 형태로 굴러가고 있어. 연결은 쉽지만, 해체는 정말 심혈을 기울여서 해야 해.

"내 머릿속은 오늘도 멀쩡한가?"

알시의 사고를 망가뜨리면 안 되거든.

그래, 맞아. 시덜라인의 엔진은 알시의 뇌야. 그의 뇌 운동으로 발생하는 에너지로 우주선 전체를 돌아가게 해. 리메이 너는 처음부터 인공지능으로 만든 것이라 하면, 알시의 뇌는 이미 있는 인간의 뇌를 인공지능화한 거야. 뇌 개방. 말 그대로 뇌를 개방시키는 거지.

인간의 뇌는 미지의 구역이었어. 아주아주 오랜 기간 말이지. 그 오랜 시간 뒤 인간은 딱딱한 두개골이 보호하는 물컹한 그것을 마음대로 주무르게 되었어. 뇌가 시키는 것을 손과 발과 근육이 수행한다는 개념을 뒤집어서 손과 발과 근육이 원하는 행위를 뇌가 하게 한다는 거야. 수행에 들어가는 에너지의 공급을 식사와 수면과 같이 육체가 해야 할 몫으로 둔 게 아니라 뇌가 직접 공급하게 한 것이지. 개방된 뇌는 식사나 수면이 없어도 에너지의 자급자족이 가능했어. 커다란 우주선 하나를 거뜬하게 운영할 정도로.

어려운 행위야. 뇌 개방은 뇌질과 지능이 받쳐주어야만 가능한 행위야. 알시는 매우 지능이 높고 뇌 자체가 튼튼한 인간이었기에 뇌 개방을 받아들일 수 있었어. 그래서 시덜라인의 선장으로 탑승할 수 있었고 시덜라인의 클라우드와 가장 활발히 연결되는 사람이 되었지.

하지만 식사도 수면도 하지 못해. 내가 편의상 잠든다고 한 것은 하루가 바뀌는 시각을 기점으로 몸의 사이클이 바뀌어서 그런 거야. 수면이 주는 회복의 기능 같은 것 말이지. 어쩌면 알시는 안 하는 것일 수도 있어. 식사나 수면을 하면 하지 않을 때보다 효율이 떨어지거든. 알고리즘을 뒤엎고 자급자족이 가능하게 한 데서 새로 생긴 알고리즘이야. 뇌가 수행하는 것에 방해를 받는다고 인식해 버렸거든.

"식사는 13시부터야."

이 말이 터무니없고 똑똑하지 못하다고 받아들일 수도 있어. 하지만 리메이, 일정한 시각을 알고 시간의 흐름을 정확하게 파악하는 것은 총책임자인 선장이자, 동력원인 엔진이 꼭 해야 할 일이야. 분배를 제대로 할 줄 알아야 범계구축을 시행할 때 경우의 수를 줄일 수 있거든.

알시의 뇌를 체크하러 가면 그의 뇌 활성화 정도와 시덜라인의 클라우드와 교류하는 범위를 알 수 있어. 여기서 나는 오류가 나지 않게 사전에 관리하며, 이미 일어난 자잘한 오류를 수정해.

"오늘은 없네요."

"시덜라인의 클라우드가 요즘은 날 잘 받아주는 것 같군."

오류가 없으면 알시는 굉장히 만족해해. 너는 클라우드에 등록되어 있지 않아 아직 모르지만, 클라우드는 넓고 오리무중이라 충돌이 일어나기가 쉬워.

"동화율은 어느 정도나 되나?"

알시가 물었어.

"79%입니다."

내가 대답했어.

"그것밖에 안 된다고?"

알시가 말했어. 알시는 클라우드 동화율에 조금 민감한 편이야.

"79%면 상위 5%입니다, 선장님. 본은하에서도 그렇고 다른 시덜라인에서도 그렇고 수시로 업데이트되는 정보를 바로바로 인식하는 건 쉽지 않아요."

그러면 나는 달래주곤 해.

"예전에는 100% 동기화가 기본이었는데 말이야."

"그건 해리 던 모델이었을 때니까요. 뇌 개방자에게 범계구축선을 맞추냐, 범계구축선에 뇌 개방자를 맞추냐는 차이가 날 수밖에 없어요."

내가 매일 시스템 오류를 체크해야 하는 이유기도 하지. 리메이가 네가 아닌 인간이었을 시절, 그때는 해리 던 모델을 범계구축선으로 사용했어. 뇌 개방자 각자가 가진 특성에 맞춰 우주선을 건조하고 그 사람이 선장이 되는 거지. 우주선의 디자인도 다 달랐고 크기도 다 달랐어. 테라포밍이라는 기본적인 기능을 제외하면 갖추고 있는 무기를 비롯한 피지컬 시스템이나 내부에 실리는 소모품도 달랐지. 멋졌어. 우주 항구에 정박해 있는 모습을 보면 꽤 아름답기까지 했지.

"나는 해리 던급 동기화를 원해."

알시가 말했어. 본은하의 우주탐사부는 선장의 의욕을 높게 샀어. 아무리 뇌질과 지능이 좋아도 리더는 자질을 갖추지 않으면 할 수 없으니까.

"추천해 드리지 않아요. 우리 시덜라인이 아니라 다수의 뇌를 사용하는 시덜라인이라도 이 정도면 충분히 높아요."

시덜라인 모델은 해리 던 모델과 달라. 최고의 성과를 요구하지 않는 대신 안정과 지속을 추구하지. 시덜라인 모델은 우주탐사부에서 원할 수밖에 없는 형태야. 해리 던 모델은 강한 효율을 자랑했지만, 뇌 개방자가 죽게 되면 해당 우주선은 더 이상 쓸 수 없어져 버려. 선장 단 한 사람에 맞춰진 우주선이니 다른 사람에게 맞지 않는 거지.

시덜라인 모델로 바뀌면서 범계구축선이고 탐사선이고 평범한 우주선이고 모두 동그랗고 재미없는 모양이 되어버렸어. 개별 클라우드였던 해리 던 클라우드는 공용이나 다름없는 시덜라인 클라우드가 되었고. 우주탐사부는 시덜라인 모델로 들어오며 범계구축선을 늘렸어. 이건 다른 이유도 있긴 하지만.

그 생각은 해. 시덜라인에 뇌 개방을 같이해 줄 사람이 더 있었으면 알시가 어느 정도 인간적인 휴식을 취할 수 있지 않았을까. 그랬으면 우주선 안이 조금 시끄러웠을지도 몰라.

✦

오늘은 잠에 들지 못했어. 창밖은 내가 잠들던 때와 똑같지만 시간은 2시간밖에 지나 있지 않아.

'발세자르.'

그 목소리를 들려주어 고마워, 리메이. 네 목소리는 언제나 새로움을 줘. 이 한없는 우주에서 도태될 때 내 손을 잡아 끌어 주지.

손을 잡아끈다는 것이 어떤 뜻이냐고? 글쎄. 말 그대로야. 우주는 무한한 가능성이자 무한한 구덩이지. 블랙홀과는 상관없어. 이건 일종의 우울증이야. 우주 우울증. 이걸 낫게 하는 방법을 알았는데 잊어버렸어. 알았던 것 같은데 이제는 잘 모르겠어. 그래 모르겠어. 잊어버렸나 봐. 아무래도 좋아. 네가 나를 불러주기만 한다면 별은 더 이상 하얗지 않아.

내가 싫은 것은 내가 하는 일에 염증을 내는 거야. 난 매일 같은 일을 해야 하는 사람이라 염증은 금기야. 하지만 나 역시도 감정이 있다 보니 변덕을 부리기 마련이야. 리메이, 난

네 딱딱한 목소리가 좋아. 학습을 하고 응용을 하다 보면 어느샌가 나의 리메이처럼 말을 하겠지? 늘 부르던 높낮이로 나의 이름을 부르고 가끔 감기에 걸리면 내던 코맹맹이 소리도 낼지 몰라. 하지만 지금은 아닐 거야. 그리고 아니었으면 해. 네 목소리에서 감정이 읽히면 나는, 알시의, 통제권 밖으로 나갈지 몰라.

✳

리메이. 오늘도 엔진을 체크하러 갔어. 그리고 오늘은 시스템뿐 아니라 기계도 체크하는 날이었지. 무슨 뜻이냐고? 엔진실에 엔지니어뿐만 아니라 메카닉이 같이 있었다는 뜻이야. 우리 선장님의 몸은 인간의 것이 아니거든. 간단해. 어찌 보면 당연한 걸지도 몰라. 뇌의 알고리즘이 뒤엎어진다고 육체의 알고리즘까지 뒤엎어지는 게 당연하지는 않으니까.

먹지도 않는다. 자지도 않는다. 평범한 유기체는 견디지 못할 요소야. 비범한 유기체더라도 오래 견디지 못하겠지.

"느네비앵, 이쪽 가동 범위가 좀 줄어든 것 같은데"

"확인해 보겠습니다, 선장님"

느네비앵이 가느다란 초록색 손가락으로 알시의 팔을 열었어. 손가락이 드라이버 그 자체인 메카닉은 선장보다 더 기계같이 기계를 열었지. 피 한 방울 흐르지 않는 팔은 시공간이 뒤틀린 것 같은 느낌을 줘.

"이쪽 선이 약간 꼬였습니다."

문제점을 찾은 느네비앵이 말했어. 그것의 손가락 하나가 두 갈래로 갈라지며 더 가늘어졌지. 느네비앵은 인간이 아니야, 리메이. 알시는 인간의 육체가 아니고 말이야. 뇌를 제외한 모든 부분은 기계. 뇌 개방자가 으레 되곤 하는 육체야. 피로도 느껴지지 않고 촉각 이상의 촉감도 느끼지 않아.

"이쪽은 꼬인 적이 없는데."

"다시 한번 보겠습니다."

느네비앵이 말했어. 소프트웨어와 하드웨어는 많이 달라. 내가 담당하는 소프트웨어는 오류를 잡다가 안 되면 시덜라인 클라우드에라도 들어가면 되는데 하드웨어는 시덜라인이 갖고 있는 '재료'를 써야 할 수 있거든. 시덜라인이 가진 모든 '재료'는 범계구축을 할 때 사용할 것들이라, 선장이 예민하게 굴곤 해.

"충분히 수리, 아니 치료 가능합니다."

"그래?"

알시의 조금 높아졌던 목소리가 낮아졌어. 몇 번의 손가락질이 끝나고 느네비앵이 물러났어. 뼈가 덮이고 위에 살갗이 덮였지. 물렁한 유기체형 살갗은 순식간에 옆 피부와 맞물려 들었어. 서로 나뉘었던 흔적마저 없는 모습이 되었지. 알시는 굵고 근육이 가득한 팔을 매만졌어. 그의 온화하지만, 힘 있는 눈이 나를 보았어.

"오류가 나왔나?"

"오늘도 깨끗합니다."

내가 말했어.

"그래? 별다른 조짐은 없고?"

"네. 클라우드에 올라오는 오류 사례에 해당하는 것도 없고, 모두 정상입니다."

"좋아."

알시가 말했어.

"오늘은 테라포밍을 할 수 있는 범계구축용 행성을 꼭 찾아내고 말겠어."

알시가 다짐을 하며 책상을 두드렸어. 덮개로 덮인 홈 옆으로 엄청난 크기의 지도가 펼쳐졌지. 우리가 항해하고 있는 우주 지도, 아무것도 없는 판판한 평면에 입체감 있게 올라왔어. 갓 켜진 지도 위에 우리의 시덜라인이 외딸게 깜박였지.

딱딱딱.

알시가 지도와 홈의 덮개 옆, 그 사이를 손가락으로 두드렸어. 한쪽 속이 꽉 채워지지 않은 곳을 치면 나는 얇고 넓적한 공명음이 들렸어. 저 덮개 안은 일정 부분이 비어 있거든. 리메이 너도 알다시피 우주선은 더 이상 물리적 스위치를 필요로 하지 않아. 순차적으로 없어진 버튼이며 스위치는 시덜라인 모델에서 모조리 사라졌지. 홈을 파서 덮개를 덮어놓은 저것을 빼고 말이야.

"그만 나가보겠습니다."

"저도요."

나와 느네비앵은 고개를 꾸벅 숙이고 나왔어. 우리가 문을 닫으면 알시의 앞쪽 벽이 열리고 함교가 나올 거야. 그곳에는 시덜라인을 조종하고 운영하는 승무원들이 빛과 레이저로 쏘아 올린 지도를 보고 명령어를 두드려 넣겠지.

"항상 느끼지만,"

느네비앵이 말을 걸었어. 솔직히 느네비앵은 말을 잘 거는 스타일이 아니야. 느네비앵이 나나 선장이나 승무원 몇몇과 소통하려면 통역 기능을 사용해야 하거든.

"자폭 장치가 가까워요."

느네비앵의 말에 고개를 끄덕였지. 홈을 파서 덮개를 덮어놓은 그것.

"시덜라인이 공격받게 되면 탈취되지 못하게 해야 하니까요."

"범계구축선이 탈취되면 큰일이지 않겠어요?"

나는 소리 없이 걷고 느네비앵은 터벅터벅 걸었어. 느네비앵 종족의 특징이 넓은 평발이거든. 인형 같은 발이 걷는 소리는 가볍고 편안해.

"이 항해가 성공적이었으면 해요."

느네비앵이 말했어. 머리도 얼굴도 손도 몸도 발도 초록색인 느네비앵이 나를 보았어. 그때 알았는데, 느네비앵은 눈도 초록색이었지.

"내 복사체는 썩지 않는 땅에 뿌리내리길 바라거든요."

느네비앵이 손을 내려다보았어. 일곱 개의 가늘고 긴 손가락이 전부 따로 움직였지.

"나는 나를 복사해 준 모체의 새로운 형태입니다."

그가 일곱 손가락을 쫙 펴 보였어.

"하긴. 랭서비는 원래 손가락이 여덟 개니까요."

"손가락이라."

나의 대답이 마음에 들지 않았는지 고개를 내리는 느네비앵이었어. 느네비앵은 뒤통수에 길게 나 있는 한 줄기 머리카락을 들어 올렸어.

"그래요, 손가락. 나는 내 모체에서 출아되면서 손가락을 잃었습니다."

느네비앵이 살짝 인상을 썼어. 그것은 내 말이 마음에 정말 들지 않았다는 거야, 리메이.

"손과 손가락. 애초에 그건 당신 인간 종족의 개념이에요."

느네비앵이 나의 말실수를 짚어주었지.

"미안합니다."

곧장 사과했어, 리메이. 실수라 하더라도 잘못에는 사과를 해야 하니까.

"그럼 랭서비 종족에서는 뭐라고 부르죠?"

"'행동'이요."

그것의 초록 눈이 나를 보았어.

"나는 행동할 수 있는 몸 하나를 잃었습니다. 나는 환경의 영향을 받습니다, 엔지니어 발세자르. 나는 서편 은하에서 왔지만 내 모체는 북편 은하에서 왔습니다."

"북편 은하요?"

리메이, 북편 은하는 오방 은하에서 부엽화浮葉化가 가장 빠르게 진행되는 곳이야. 은하 내 성단이 둥둥 떠다니다가 서로 부딪쳐 폭발하지. 폭발의 잔해가 영향을 미쳐서 결국 은하 자체가 썩어 드는 거야. 삶의 터전을 잃은 북편 은하의 주민들이 대거 아래로 내려왔어. 부엽화는 막을 수가 없어, 리메이. 이 말을 다시 하게 되다니 마음이 아파.

"새 터전이 필요합니다. 내가 변이되면 다음 복사체는 행동할 수 있는 가짓수가 나보다 줄게 될 수도 있습니다."

느네비앵이 손가락, 아니 행동을 보다가 다시 나를 보았어. 그리고 말했지.

"나도 당신들도 목표는 같을 것입니다."

그 말만 남겨놓고 할 일을 하러 가버렸어.

나는 아무 말도 할 수 없었어. 아무 말도.

✦

리메이. 우주에서 맞는 깨달음은 하얀 해가 뜨고 붉고 푸른 노을이 지는 땅과는 차원이 다른 것 같아. 네 목소리가 어쩐지 다정하게 느껴지거든. 얼굴이 있고 팔다리가 있던 그리메이처럼.

네가 여전히 내 전부였을 때부터 후회해. 하지 말걸 그랬나 봐. 그깟 빛 좀 흰다고 전부 새로운 땅이 아닌데 말이야. 별거 없는 희망을 심어주는 신기루에 지나지 않았을 건데. 내 눈에 한 점 검은 소화구가 네 눈에 엷은 파스텔톤 무지개가 얇게 쌓인 것으로 보이다니. 통탄해. 지나간 일을 후회한다고 없던 일이 되는 것이 아니지만, 그때로 다시 돌아간다면, 사실, 나는 우주탐사부 국장에게 보고는 올리지 않을 거야. 부정할 수 없는 오아시스라면 시간이 더 걸리겠지만 결국에 누군가가 찾아냈을 거야. 분명히 그랬을 거야. 단순히 나를 탓하려고 했는데 결국에 그르쳤네. 사과할게.

본은하의 우주탐사부도 느네비앵도 우주선의 승무원들도 다 하나의 목표를 가지고 이 시덜라인에 탔어. 새 터전을 찾기 위해서 말이야. 맞아, 리메이. 우리의 땅은 썩고 있어. 땅이 늪과 같이 물렁해지다 마침내는 블랙홀이 되어 우주의 어둠이 될 거야. 시간이 촉박해. 아무리 쪼개고 나눠도 시간은 흐르고 뿌리를 딛고 살 땅은 사라지고 있어. 우리의 오방 은하는 새로운 오방 은하를 찾기 위해 해리 던을 만들고 시덜라인을 만들었어. 모두가 새롭게 살 수 있는 땅을 찾아서 말이야.

그런데 나는 지극히 개인적인 이유로 이 배에 올랐어. 리메이 네게 육체를 주고 싶다는 그 이유 하나만으로 말이야. 적절한 행성을 찾아서 범계구축을 하게 되면, 네게 줄 완벽한 재료를 얻을 수 있어. 땅이 썩는 것을 막아주어 은하의 부엽화가 일어나지 않게 하는 것과 결합해 새 터전을 마련하는 것. 그게 이 탐사의 목적이자 목표거든. 우리 오방 은하 어디에도 없던 원물을 찾아라, 성단이 무너지지 않고 은하가 자멸하지 않게 하는 것을 찾아라…

그럴 정도의 재료를 찾는다면, 너는 클라우드로부터 자유로운 무형의 존재가 되는 것인데…

리메이, 오늘도 평소와 똑같이 엔진 시스템을 체크했어. 선장에게는 오늘 하루도 똑같은 날일 텐데, 뜬금없는 말을 하더라고.

"발세자르, 오늘의 동화율은 어떠한가."

그가 조심스러운 목소리로 물었어. 평소와 달랐지. 하지만 나는 새삼스러운 티를 내면 안 돼. 뇌 개방자는 엄청난 존중을 받아. 뇌 개방이란 게 육체까지 바꾸게 하는 행위니까. 동화율은 평소 같았어. 하지만 직접적으로 말할 순 없었어.

"80%가 넘었습니다. 요즘 들어 동화율이 점점 좋아지는 것 같습니다."

"그래? 다행이군."

알시가 말했어. 그는 기분이 좀 좋아 보였어. 묘한 기분이 들더군, 리메이. 알시의 저 몸은 진짜가 아니잖아. 나는 선장의 원래 육체를 알지 못해. 원래의 몸으로도 저런 표정을 지었을까? 희한한 생각에 희한한 기분이 들었어.

"나날이 높아지고 있군."

선장이 말했어. 주먹을 꽉 쥐어 보이기까지 했지.

"시덜라인의 클라우드가 점점 선장님을 받아들이고 있나 봅니다."

내가 말했어.

"항로를 찾았어, 발세자르."

그가 말했어. 항로라고?

"정말이요?"

"그래, 발세자르."

성과다.

"아직 멀리 떨어져 있어서 도착하려면 조금 걸리겠지만 말이야. 곧 실적을 본은하에 보고할 수 있겠군."

나는 너무 기뻤어, 리메이. 발견한 행성이 어느 정도 적합해 범계구축이 된다면, 나는 네게 줄 재료를 찾을 수 있을 테니까. 지금은 기뻐 보이지 않는다고?

"크기가 적절한 행성일까요? 아무래도 커야 좋으니까요."

"그건 어쨌든 상관없어. 새 행성은 새로운 오방 은하의 맹주가 될 거니까. 우리는 인간이야, 발세자르. 찾아내지 못할 것이 없고 만들어 내지 못할 것이 없어."

그 말을 할 때까지는 괜찮았어. 알시의 목소리가 높았거든.

"비록, 나는, 뇌만 인간일 뿐이지만."

알시의 기분이 갑자기 가라앉았어. 선장의 말에 내 기분까지 바닥을 쳤지. 리메이, 이 선장은 왜 이런 말을 한 것일까?

"모든 것은 뇌의 명령을 받습니다."

애써 말을 걸었어. 내 목소리가 꺼져 드는 걸 알시도 모르진 않았을 테지만, 난 그걸 조절할 수가 없었어.

"인간의 뇌가 있다면 육체가 무엇이든 인간이죠."

"그렇게 생각하는가?"

"그렇게 생각하는 게 아니라 그게 맞습니다."

나도 모르게 나온 단정 짓는 말이었어. 내게 존중받지 못한 뇌 개방자는 말을 멈추었고, 나는 등이 천천히 식었어.

"죄송합니다."

가능한 한 빠르게 사죄를 하고 나왔어. 그러곤 기억에 남지 않는 하루를 보냈지. 그 정도의 감정이나 반박을 내보인 건 상당히 오랜만이었어. 언제부터 잠식당한 건지 가늠도 안 되는 맹한 기분이 뒤집어지니 내가 걷는 것인지 뛰는 것인지도 파악이 되질 않아.

뭐가 문제였을까? 그때의 난 뭐가 문제였기에 선장의 말에 그렇게 감정적으로 굴었을까.

리메이. 머릿속이 텅 빈 기분이야. 하나도 잃지 않았는데도 모든 것이 내 것 같지 않아. 눈물이 차오르는 기분인데, 나는 이미 알고 있어. 내가 눈을 어디에 거세게 부딪치지 않는 한 눈물이 나올 일이 없다는 것. 맞아. 뭐라도 조치를 해야 할 거야. 그러지 않으면 범계구축을 할 행성을 찾기 전에 말을 잃어버릴지도 몰라. 하지만 이 생각도 같이 들어. 리메이, 네 단조로운 말투가 내 뇌 속에서 느른하게 들린다면 그것만으로도 괜찮지 않을까.

✦

　리메이. 리메이 내 말을 들어봐. 여기 있는 거야, 리메이?
리메이 어디 있는 거야? 여기는 우리 집이 아니야. 본은하도
아니야. 시덜라인 안에서 함부로 움직여선 안 돼. 전원을 껐
어야 했나? 미등록된 인공지능이 있는 걸 알게 되면 시덜라
인 클라우드에 흡수되어 버릴 수 있어. 그럴 순 없어. 범계구
축이 코앞인데 클라우드에서 너를 또 잃을 순 없어.
　리메이? 방금 발세자르라고 한 거야? 내 이름을 불러준
거야?
　리메이, 네 목소리가 들려.

✦

　리메이. 당분간은 너와 이야기를 나누지 못할 것 같아. 네
가 클라우드에 들어간 것을 알시가 안 것 같아. 시덜라인 클
라우드에 속한 우주탐사부가 선장에게 말해줬나 봐. 우주선
안이라 도망칠 수도 없고 내가 없으면 엔진 시스템을 관리
할 사람이 없기 때문에 출입이나 왕래는 자유롭지만, 내 일

거수일투족이 감시될 거야. 느네비앵이 곧 와서 내 방에 감시용 장치를 설치할 거야. 천천히 왔으면 하는데. 랜서비는 꼼꼼함과 여유를 추구하는 종족이니 내게 시간을 벌어줄 것이라 믿어.

나는 널 숨길 거야. 범계구축이 끝날 때까지 말이지. 네가 알려준 사실이 클라우드에 남아 있다는 게 놀라워. 최상급 기밀 사항일 텐데 누구나 접속할 수 있는 클라우드에 저장하다니. 아무리 등잔 밑이 어두운 것이라 해도… 아니면 선장들이 접촉을 해야 해서 그랬나?

네가 맞았어, 리메이. 네가 알려준 정보는 시덜라인 모델 초창기부터 있던 계획이야. 깎이고 다듬는 과정에서도 살아남은 핵심 사항이자 시덜라인의 수립이념이야. *범계구축 시 선장을 제외한 시덜라인 내 모든 요소를 사용한다.* 웃음만 나와. '모든 요소'에 승무원도 포함될 것이라고 누가 생각이나 했을까?

알시는 알고 있었을 거야. 그러니 내게 그런 질문을 한 것이겠지. 맞아. 리메이 네가 준 시덜라인 클라우드 핵심에 알시의 접촉 기록이 있었어. 그 전까지 몰랐다고 하더라손 내게 말을 할 때는 알고 있었을 거야.

조금 맥이 빠져. 아니 많이 빠져. 네게 줄 육체를 만들려 항해를 떠난 것뿐인데 사람들을 위한 씨앗이 되다니. 너무… 대의잖아?

　너는 알시나 우주탐사부에 들키지 않을 거야. 네가 클라우드에 들어갔다는 걸 알고 많이 놀랐지만, 경로 삭제를 전부 해두었어. 우주탐사부의 뱀장어도 너를 트래킹하지 못해. 그래도 다행이야. 스스로 클라우드에 들어갔고 빠져나왔잖아. 사고의 확장은 긍정적인 것이지. 내가 없어도 클라우드에 들어가 살아남을 수 있을 거야. 범계구축 전까지 어떻게든 기준에 맞출 수 있게 사고 확장을 해줄게. 범계구축 후에는 스스로 등록을 할 수 있을 정도로 능력이 확장될 거야. 지금 인간사의 가장 큰 화제는 새 터전을 찾는 것이니까.

　느네비앵의 발소리가 들려, 리메이. 전원을 내리지 않을 거야. 느네비앵은 너를 거부하지 않을 것 같아.

　"느네비앵, 왔군요."

　"엔지니어 발세자르. 많은 일이 있나 보군요."

　"목소리가 조금 지지직거려요, 느네비앵."

　"선장이 내 통역 기능을 조금 떨어뜨렸어요. 잘 안 들릴 수도 있어요."

　"선장이요?"

　"선장은 이 시덜라인의 인간화나 마찬가지니까요. 미약한 랭서비의 통역 기능 정도야 얼마든지 조절 가능하지요."

　"느네비앵, 기분이 안 좋아 보여요."

"시덜라인의 눈치가 보이니 일단 이것 먼저 설치할게요."

"그래요."

리메이, 조금 시끄러울 수 있어. 아니면 처음 느끼는 느낌을 받을 수도 있고. 하지만 참아야 해.

"엔지니어 발세자르."

"네, 느네비앵?"

"선장이 당황한 것 같았습니다."

"무슨 말이죠?"

"시덜라인 클라우드에 미등록 접촉자가 있었다고요. 접속자가 아닌 접촉자. 핵심에 접속했을 때 쓰는 말이라는 것 알고 있습니다. 엔지니어 발세자르에게도 말했다고 알고 있습니다. 그러니 내가 감시 장치를 달고 있는 것이겠죠."

"느네비앵"

"선장은 튼튼하고 똑똑해요. 하지만 감정적이에요."

무슨 말을 하려는지 알 것 같아, 리메이. 느네비앵도 다 알고 있는가 봐.

"어제 오후에 등이 아프다고 해서 갔어요. 통증이라니. 살갗이 찢어지고 뼈가 부스러져도 아픔을 못 느끼는데 등이 아프다니. 과한 생각입니다. 하지만 가야 했어요. 등을 열고 단선이라도 된 데가 있나 확인하는데 말하더군요. 느네비앵, 어제 내 동화율이 94%였는데 오늘은 67%가 나왔어."

"94%? 과장해서 82%까지는 보고했어도 94%는 나온 적이 없어요."

"알아요, 발세자르."

리메이, 느네비앵이 나를 똑바로 보고 있어. 저건 말을 끊지 말라는 뜻이야. 엄중한 경고지.

"선장이 말을 덧붙였어요. '이 수치는 발세자르가 아니라 우주탐사부가 알려준 수치야. 나 혼자서는 이 수치가 나올 수 없다더군. 그 말인즉슨,'"

입이 저절로 벌어졌어.

"이 시덜라인 안에서 클라우드에 접촉한 사람이 또 있다는 거지요. 해리 던 모델에서 시덜라인 모델로 바뀌며 접촉할 수 있는 신분의 범위가 대폭 늘어났으니까요."

느네비앵의 초록색 눈이 구르기 시작했어. 너를 찾는 거야, 리메이.

"이 범계구축선의 승무원들은 선장이 무서워서라도 접촉하지 않을 거예요. 선장이 잘못되기라도 해서 우주미아가 되어버리면 곤란하니까요."

내 무의식 속에 숨어도 좋아, 리메이.

"…그리고 들었습니다."

한참을 돌던 초록색 눈이 멈췄어. 느네비앵은 이제 감시 장치도 설치하지 않아. 내 눈을 보고 있어. 내 눈 뒤에 있는 뇌를 보는 것 같아.

"범계구축 시 이 우주선 전체를 사용한다는 것을요."

"그걸 어떻게?"

나는 입을 막았고,

"역시 엔지니어 발세자르는 알고 있었군요."

느네비앵의 표정이 한결 가라앉았어. 왜 편안해진 것일까.

"선장의 의견이 틀리지 않았어요. 시덜라인 내에서 접촉한 사람이 있는 거예요."

"느네비앵, 나는…"

"상관없어요. 내게 범계구축에 대해 알려준 것은 선장입니다. 그것은 변하지 않아요."

느네비앵이 다시 장치를 설치하기 시작했어.

"어차피 살아남는 것은 선장 알시뿐. 나는 선장 알시 말고는 아무런 적대감이 없습니다."

"느네비앵"

"나는 본은하에 돌아가더라도 멀쩡한 후손을 남기기 어려울 겁니다. 하지만 이렇게 후손도 남기지 못하고 새 터전이 되고 싶지 않아요. 선장은 후손을 남기는 것에는 다양한 방법이 있다고 했습니다. 나도 압니다. 그러나 내가 원하는 방식이 아닙니다. 나는 랭서비입니다. 인간과 달리 내 모체의 기억을 나도 갖고 있습니다. 나는 내 기억을 내 후손에게 주고 싶습니다."

딱 소리가 나고 느네비앵이 손을 뗐어.

"시덜라인의 한 승무원으로서 내게 선장의 명령은 절대적입니다. 선장 알시는 내게 엔지니어 발세자르를 감시할 수 있는 장치를 설치하라 했습니다. 설치가 끝났습니다. 감시가 잘되는지는 내가 받은 명령 밖입니다."

느네비앵의 초록색 눈이 반짝였어. 리메이, 저것은 랭서비의 언어야. 신뢰하지만 불신한다는, 아주 양면성이 강한 말이지.

"느네비앵, 고마워요."

"그 말. 나는 인간들의 말 중 그 말이 좋아요. 우리의 언어에는 없는 말이거든요."

"랭서비에는 고맙다는 말이 없다고요?"

"랭서비의 모든 행동은 상대에 대한 고마움으로 나오는 것입니다."

느네비앵이 입을 꼭 다물었어. 그리고 뒤돌아 걸어갔지. 그 뒷모습이 문에 가려 사라질 때까지 볼 수밖에 없었어.

✳

리메이. 다시 너와 자유롭게 말을 할 수 있어 기뻐. 느네

비앵이 설치한 장치는 감시가 제대로 되지 않아. 온통 지지
직거려. 알시는 이것을 굉장히 마뜩잖아해. 하지만 별다른
말은 하지 않아. 그럴 거야. 이제 범계구축을 할 행성과 하루
정도의 시간 거리밖에 남지 않았거든. 범계구축에 쏟을 시
간도 부족할 거야.

느네비앵과는 다툼이 있었던 것 같아.

"온순한 랜서비인 줄 알았건만."

알시가 오늘따라 더 예민했거든.

"더 이상 내 육체를 관리하지 않겠다고 하더군, 발세자르."

"느네비앵이요?"

"그래. 내 몸이 이상이 없는 상태여서 다행이지. 범계구축
을 앞두고 육체가 고장 나면 안 되지."

알시가 중얼거리듯 말했어.

"어차피 새로운 씨앗이 되는 건데 툴툴거리기는."

"네?"

내가 모른 척 되물었어. 알시나 우주탐사부는 너를 트래
킹하지 못하니까 내가 계획을 알고 있다는 것도 모를 거야.

"아. 아니야."

그리고 내 생각은 맞아들었어. 알시가 손사래를 쳤어.

"새로운 씨앗이요?"

"그래. 새로운 씨앗. 범계구축의 목적이자 이유지."

"범계구축은 느네비앵의 염원이기도 했는데 갑자기 왜 그랬을까요?"

나는 알시를 떠봤어. 누군가를 떠보는 행위는 나도 너도 싫어하지만, 그때의 나는 싫다는 감정이 들지 않았어.

"체크는 다 끝났나?"

"네. 이제 거의… 예. 종료되었습니다."

"그래?"

그가 그제야 입을 열었지. 네가 알아낸 사실을 말해주었어.

"범계구축에 사용되는 '재료'가 되고 싶지 않은 것이지."

"네?"

"너무 놀라워 마. 이 우주선 시덜라인 전체가 범계구축에 사용될 '재료'야."

"저장실에 실어 온 '재료' 말씀이신가요?"

"아니, 아니. 이 우주선의 껍데기, 부품, 저장실 속 재료, 쓰레기와 유기 배출물 그리고 승무원까지."

그가 씩 웃었어. 신소재로 만들어진 치아가 위아래 할 것 없이 다 보였어.

"나와 자네를 빼고 시덜라인 안 모든 것들이 재료가 될 거야. 범계구축의 지반 역할을 해줄 원물을 찾아 시행하면 돼. 상호작용을 통해 본은하 내의 땅보다 더 튼튼하고 수명이 긴 땅이 될 거야."

"저는 재료가 되지 않는다고요?"

"당연하지. 자네가 없으면 내 오류 체크는 누가 해주지? 범계구축 후 본은하와 연락을 취해야 하는데 말이야."

거짓말이야. 범계구축을 성공하게 되면 시덜라인 클라우드의 핵심에 접촉하는 건 눈을 감았다 뜨는 것보다 간단해져.

"느네비앵은 자신이 재료가 되는 게 아주 못마땅한 모양이었어."

"누구라도 재료가 되고 싶지 않을 거예요. 시덜라인에 탄 사람들은 새 터전을 찾고 싶어서 승선한 것이지 되고 싶어서 탄 것이 아니잖아요."

"그래도 육체를 관리하지 않겠다고 하는 건 직무 유기야. 내 몸이 고장 나서 범계구축이 되지 않으면 느네비앵의 번식도 제대로 이루어질 리 없지 않아?"

"다른 승무원들은 아나요? 조타수도 자신이 범계구축의 일부가 되는 것을 알아요?"

"말은 안 했지만, 안다고 해서 달라질 건 없어."

"선장님은 언제부터 아셨던 거죠?"

"언제부터 알았느냐는 좋은 질문이 아니야, 발세자르. 중요한 것은 이 알시가 아느냐 모르느냐야."

"느네비앵이 왜 그만하겠다고 했는지, 저는 알 것 같습니다."

내 목소리가 조금 격앙되었어.

"발세자르. 느네비앵이 하고 있는 건 소용없는 강짜야."

"강짜라뇨."

"느네비앵이 내게 그러더군. '당신이 그러고도 인간입니까?' 느네비앵이 인간을 무어라고 생각했던 걸까, 발세자르? 내가 오히려 이렇게 묻고 싶더군. '네가 생각하는 인간은 무엇이지?'"

그 말을 하는데 표정이 순식간에 어두워졌어. 알시가 코로 긴 숨을 뱉었어.

"나도 내가 인간인지 아닌지 모르겠는데 말이야. 느네비앵이야 잘 모르겠지만, 자네는 알고 있지 않나, 발세자르. 뇌 개방자의 몸은 나이가 드는 유기체 시절과 같을 수도 다를 수도 있다는 것. 인간이든 랜서비든 태어났다면 강제로 떠맡게 되는 게 있는 거라고. 나는 지금의 내 몸이 나쁘지 않아. 휴식이라곤 찰나도 없지만 뇌 개방으로 많은 사람을 먹여 살리는 지금이 좋다고."

알시가 눈을 새로 떠 나를 보았어. 축 처졌던 얼굴은 온데간데없고 자신감으로 빛나더군.

"랜서비는 자신을 복사해 후손을 남기지. 어떻게 보면 인간보다 합리적인 번식 방법이야. 범계구축에도 더할 나위 없이 걸맞은 것이라도 해도 손색이 없을 것 같고 말이야. 범계구축 후에 느네비앵의 흔적은 어떻게든 남을 거야. 다들 이주해 오는데 랭서비는 행성의 일부로 생명체를 환대할 거라고. 자신이 없어지더라도 복사체든 뭐든 흔적이 남으면 그것으로 번식은 성공이라 할 수 있지 않을까?"

대화는 거기에서 끝났어. 그리고 나는 내 일을 다 마치고 돌아왔지. 알시는 지금까지도 내게 진실을 얘기하지 않았어. 당장 범계구축이 코앞인데. 내일 있을 범계구축에 나도 사용할 거라고. 왜 나는 살아남게 될 거라고 했을까? 내가 클라우드에 흔적을 남길까 봐 그러는 것일까? 내가 접촉했다고 생각해서? 그런들 무슨 의미가 있을까. 내가 그다지 삶에 매달리지 않아서? 이게 이유라면 알시는 너무 인간적인 사람이라고 할 수 있을 거야. 생명을 사랑하고 지켜주고 싶어 하지만 편협해. 느네비앵에게도 같았을 거야. 랭서비의 새로운 바탕을 시켜줄 수 있다고 생각했으려나. 특유의 당당하지만 이타적인 생각과 마음을 알시가 간파하지 못했을 리 없어. 이 미안함을 전하기엔 늦었겠지.

리메이. 늦은 밤에 미안해. 네게 보여주고 싶은 게 있어서. 시덜라인 클라우드 핵심이야. 어차피 몇 시간 후면 나는 이름 모를 행성의 새로운 땅이 될 텐데. 아쉬울 것이야 있을까. 내가 마음에 걸렸던 건 네게 한 약속을 지키지 못할 것 같다는 생각이 든 것이었어. 목표를 잃으면, 내가 이 배를 탄 이유를 잊으면, 난 재료가 되기도 전에 나를 잃어버릴지도 몰라.

핵심에는 확실히 중심이 되는 자료와 기록이 많아. 내가 살아생전에 클라우드의 핵심까지 들어가 보다니. 다 네 덕이야. 고마워, 리메이.

몇 가지를 찾았어. 알시가 저장한 자료와 기록. 역시 알시는 똑똑한 사람이야. 빈틈이 없어. 이 정도면 실시간으로 업로드했어야 할 텐데. 하지만 이건 중요하지 않아. 내가 보고 싶었고 찾고 싶었고 발견한 건 이거야. 아무래도 우리보다 먼저 범계구축을 시도한 시덜라인이 있는 것 같아. 은하의 부엽화를 막아줄 새로운 원물을 찾아냈나 봐. 이 정도라면 이 원물은 네 육체가 될 재료로 손색이 없어. 다행이야. 이 시덜라인은 범계구축을 끝냈구나. 그곳에서도 선장을 뺀 모두를 사용해서 새로운 터전으로 만들었겠지? 냉정해.

알시가, 아니 우리가 찾은 행성도 그 원물이 있을지는 모르겠어. 알시가 아직 파악을 못 했나 봐. 리메이, 잘 들어줘. 이제부터 내가 하는 말을 말이야. 녹음이나 녹화는 하지 말아줘. 너의 메모리 속에 머무르게 되면 좀 슬플 것 같아.

내 머릿속은 점점 빠르게 단순해지고 있어. 사고의 흐름은 이미 막힌 지 오래고. 나를 움직이게 하는 건 약속에 대한 책임감과 누군가에 대한 그리움뿐이야. 내 뇌 속을 헤집어서 안개를 뽑아내 준다면 나는 다시 빠른 유수의 사고를 할 수 있을 거야. 상당히 막연한 말이지만 난 그렇게 생각해. 아니, 이것은 내가 기억할 수 있는 한의 삶에서 도출해 낸 어떤 결론일 거야. 인간이란 참 이상해. 본능까지 멈춰버린 상태에서도 사회적으로 생각하려 하다니.

✦

아, 리메이. 내 눈에 보이는 저게 무엇일까? 알시가 생각보다 괜찮은 땅덩이를 찾아낸 모양이야. 본은하의 행성들이 부럽지 않은 크기네. 저 정도면 오방 은하가 본격적으로 썩어 들어 결국 아무것도 남지 않더라도 새 터전을 찾을 시덜라인을 얼마든지 보내줄 수 있겠는걸. 아, 그때는 시덜라인이 아니려나?

평화로워. 언제 봐도 변함없는 우주의 까만 아침 하늘처럼. 진동이 울리네. 발이 떨려. 내가 땅에 있는 것이 아니구나. 시덜라인에 타고 처음 실감이 나. 갑자기 머릿속이 조금 복잡해지네. 괜찮아. 일시적인 거야. 진동이 점점 커지고 있어. 시덜라인이 범계구축 스캔을 시작하는 거야. 움직이기 시작했어. 이제 원물의 위치와 양을 파악할 거야. 양이 많아야 할 텐데. 기준 이상이면 범계구축은 계획보다 더 빠르게 끝나. 많이 남을수록 좋아. 남은 것이 많을수록 네가 충분히 가질 수 있을 것이니. 곧 시덜라인이 분석을 끝낼 거고, 나는 그것을 확인하고, 네게 줄 거야. 원물과의 결합은 순식간일 거야. 내 무의식을 가져가. 나는 더 이상 내 머릿속을 내 마음대로 휘저을 수 없지만 너는 할 수 있으니까. 경고가 울려. 선장을 위한 경고. 단 한 명을 위해 울리는 경고가 이렇게 클 수 있다니. 알시가 핵심에 저장을 하기 시작했어. 시덜라인이 분해를 시작할 거야. 범계구축을 시작한다는 소리가 들려. 모든 게 순조로워.

리메이. 약속을 지킬 수 있게 되었어. 오래 걸리지 않을 거야.

허달립

이야기와 커피와 야구를 좋아한다.

깜냥깜냥 좋아하는 일을 오래 하고 싶다. 그뿐이다.

2023년 「발세자르는 이 배에 올랐다」로 제6회 한국과학문학상 중·단편
우수상을 수상했다.

작가노트

짤막하게

단순하게 생각하기는 복잡하게 생각하기보다 까다롭다. 어렵다기보다 까다롭다. 그 생각을 밖으로 내놓는 것은 더 단순해야 하더라. 그러지 않아도 되지 않을까 했는데, 결국엔 그래야 말이 됐다. 왜냐면 현실이 복잡하다. 내 육체와 정신이 몸담은 이 현실이 결국엔 복잡하다. 아무리 단순하게 해도 끝은 복잡스럽게 되었다. 직접 겪는 건 상당히 피곤하지만, 사실 그래서 살아 있는 게 아닌가 싶다.

그래도 조금 단순하게 생각하기로 했다. 평범한 일상을 살아가는 사람에게 필요한 게 무얼까, 잃어버리면 죽을 만큼 아플 게 무얼까. 결국 곁에 있는 누군가다. 그렇다면 그 누군가를 곁에 두고 싶어 하는 것은 사랑일까, 정일까? 필요해서 둔다는 말은 비현실의 끝과 현실의 끝을 동시에 보여주는 말이라 생각하지 않기로 했다. 사랑일까, 정일까?

사랑이 무엇일까? 정이 무엇일까? 가장 현실적이면서도 비현실적인 것이 아닐까. 상기한 비현실의 끝과 현실의 끝을 동시에 본다는 것과는 다르다. N극과 S극을 한 번에 볼 수 있는 자석 같은 것이 아니라 한 입에 몇 가지 맛을 느낄 수 있는 단짠 도넛 같은 게 아닐까 생각했다. 어디에 뭐가 속한다느니 하는 수학적 이야기를 하는 것이 아니다. 짠맛, 단맛, 혹은 듣도 보도 못한 괴상한 맛. 혀끝에 결국 남는 것은 사람마다 다를 것이다. 개인적으로 짠맛이 임팩트가 크지만 단맛이 가장 많이 남지 않나, 의견을 내밀어 본다.

마음을 준다는 것이 그렇다. 대상이 누구라도 상관없다. 하나가 아닐 수도 있다. 좋다가 싫다가 미쳤다가 온갖 감정이 휘몰아치다가 종국에 굵직한 한 가지로 귀결된다. 잔가지가 좀 있고 색은 좀 다를 수 있어도 생긴 건 비슷한 것 같다. 사랑 역시 하나의 정이라, 다만 순간적이고 폭발적이라 그 감각을 오래도록 기억할 수 있는 것이 아닌가 싶다. 그 사랑 혹은 정을 받게 된 입장에서는 상대적으로 심심하고.

세상이 달라진다면 달라질까?

발세자르에게 리메이는 연인이었던 존재이자, 자식이다. 다시 돌아올 수 없는 단절된 사랑과 죽음에도 의연할 수 있는 사랑이다. 그리고 땅속에 파묻히는 것 같은 상황에서 끌어올려 준 정이다. 어느 하나로 꼭 집을 수 있을까? 이건 소설이니 단박에 하나로 꼽는다고 해도 틀린 선택이 아니다. 그렇지만 현실의 삶에서 이런 상황에 맞닥뜨린다면 사랑보다는 정으로 느끼지 않을까 싶다. 확실하지 않다. 소설이 현실을 이길 수 없다는 말이 이렇게도 적용될 수 있다고 본다.

나는 인물의 감정에 설왕설래가 많은 것을 선호하는 편이라 발세자르가 리메이에게 가진 감정, 느네비앵에게 가진 감정, 알시에게 가진 감정 그리고 그 반대를 사람마다 다르게 느꼈으면 좋겠다. 정이 강할까, 사랑이 강할까. 다시 한번 생각해 본다.

2023 제6회 한국과학문학상

심사평

구병모·김성중·김희선·강지희·인아영

구병모

장편소설 「한 스푼의 시간」, 소설집 「고의는 아니지만」 「그것이 나만은 아니기를」 「단 하나의 문장」, 미니픽션집 「로렘 입숨의 책」 등을 통해 다수의 SF소설을 선보였다. 그 외의 장편소설로 「위저드 베이커리」 「아가미」 「파과」 「네 이웃의 식탁」 「상아의 문으로」 등을 냈다. 오늘의작가상과 김유정문학상 등을 수상했다.

심사평

아직은 필요한 소설

　과학문학을 대상으로 하는 공모전 심사는 처음이어서 예심 원고가 손에 들어오기 직전까지는 망설임과 두려움이 앞섰는데, 그건 아무래도 학창 시절의 수포자(+과포자)가 이런 막중한 책임을 맡아도 되느냐에 대한 본능적인 저항감 때문이었을 것이다. 그러나 수많은 응모자분들의 열망과 의욕이 담긴 원고를 받아 들었을 때는 생각이 조금 달라졌다. 심사위원보다는 한 명의 독자의 시선으로 접근하기로 했다. 가능한 한 과학적 정합성을 염두에 두고자 하면서도, 결과적으로는 어떤 소설이 독자로서의 내게 성취감을 들게 하는지, 혹은 도전정신을 불러일으키는지 등 마음의 정동에 중점을 두게 되었다. 하여 심사 결과를 도출하는 과정이 내게 있어서는, 작년에 한 차례 심사를 맡아 진행해 주셨던 다른 선생님들의 의견을 듣고 현재와 미래의 과학문학이 어떤 모습이면 좋은지를 배우는 시간에 가까웠다. 지난하고 치열한 토론 속에서 내려진 결론과 그 결과물들이, 이후 독자분들과 새로운 응모자분들께도 좋은 경험을 제공하리라고 믿는다.

그런 가운데 예심에서는 장단편 부문 통틀어 예상대로 인공지능과 로봇 관련이 다수를 차지했고, SF보다는 판타지라고 보아야 할 소설이 몇 편 발견되기도 했다. 그럼에도 틈틈이 과학과 사건 수사, 수학, 시간여행, 아포칼립스, 가상공간, 사물과 사태의 기원, 신화 세계 등에 대한 작가들의 관심과 상상력을 엿볼 수 있었음을 보람으로 여긴다.

중단편 부문에서는 전체적으로 응모작의 수준이 높았기에, 아쉽게 본심으로 데려가지 못한 소설들이 적지 않았음을 밝힌다. 한편 상금을 내건 공모전이라는 것이 보통은 희사喜捨나 기부가 아닌 실속 및 세속과 유관한 일종의 잔치 성격을 띤다고 봤을 때, 다수의 독자를 어떤 방식으로든 설득해 내는 '이야기'가 선택되곤 한다. (각 공모전의 특성이나 이슈에 따라 다를 수는 있다.) 그런 의미에서 지나치게 작가 혼자만의 세계에만 매몰되어 일방적인 지식 정보를 전달 주입하는 데에 골몰하여 인물과 서사를 내쫓다시피 간과한 소설들은, 그 쏟아지는 정보 값과 방대한 학식에 감탄한 것과는 별개로 본심에 데려가기 어려웠음을 또한 밝혀둔다.

　최종 논의의 탁자에 올라오지 않은 중·단편소설 가운데에서는 「육등성 뜨는 바다」와 「레코드」 「폭풍과 씨앗의 노래」를 인상적으로 읽었다. 「육등성 뜨는 바다」는 유년기 서사와 인물 묘사가 레트로풍을 넘어 구시대 한국문학에서 보여준 낡은 정서를 전면 답습한다는 치명적인 단점이 있었고, 그 부분이 근본적으로 구조 조정되지 않는 한 최근의 경향에서는 받아들여지기 어려울 것으로 보이지만, 그런 무드와 배경을 지닌 가운데 만들어진 마지막 로봇의 용도만큼은 아름다웠다. 응모자들의 수정과 다음번 도전을 고려하여 주요 내용을 밝히기를 피하느라 추상적으로 에두르게 되는데, 이 허무와 무의미의 애티튜드가 최소한 나라는 독자에게는 와닿았다. 한편 나는 신파와 클리셰라는 것이 어쨌든 이유가 있어서 보편적으로 널리 사랑받으며 심지어 그것들은 내 의사와 무관하게 영원하리라고 생각하는 편인데도, 「레코드」의 신파는 그 흐름과 근거와 인물이 과하게 전형적이었고, 그에 앞서 대사와 일부 삽화가 미국 대중소설의 번역서 느낌을 내려고 의도한 것처럼 작위적으로 읽혔다. 확실한 갈등 구조와 단서(떡밥이라고 쓰는 게 더 친숙할지도) 회수는 미덕으로 여겨져서, 이 소설의 배경이 만약 온전히 한국 배경과 한국 인물들로만 이루어져 있었다면 인상이 어떻게 달랐을지 궁금해지기도 했다. 「폭풍과 씨앗의 노래」는 이야기의 흐름과 결말을 짓는 방식이 한 편의 완성된 소설이라기보다는 파편적인 사고 연습을 하다가 중단된 것처럼 보인다. 그러나 무속적 세계관 안에서 구사한 단아한 문장과 정갈한 톤은 섬이라는 공간 배경과 잘 어울렸다.

중단편 부문의 우수작 목록에 빛나는 「삼사라」「제니의 역」「발세자르는 이 배에 올랐다」「두 개의 세계」 그리고 대상작 「최후의 심판」까지 각 수상작들의 개성을 일별하는 동안, SF소설의 저변 확대는 현재 진행형임을 확인할 수 있었다.

불교적 세계관을 SF와 결합하는 시도를 개인 취향으로 선호하는 내게, 중생이 소멸해도 다시 태어나 생을 반복한다는 「삼사라」는 제목부터 관심의 대상이었다. 이 소설은 나와 같은 심약한 독자로서는 견디기 어려운 상황과 설정이 등장하기에, 작가 이전에 한 인간으로서 이것을 내가 받아들일 수 있을까 잠깐 갈등했는데, 생각해 보니 데즈카 오사무의 『붓다』를 읽었을 때도 그런 요소들에 충격받고 마음이 신산했던 기억이 났다. 이것은 과거 현재 미래까지 계속될 생사윤회와 인간의 업보 그 자체인지라, 여기서 눈을 돌릴 수는 없다는 마음과 더불어, 일종의 단림황후 구상도를 대하는 것과 같은 자세로 소설을 읽었다. 영혼의 문제는 현재로선 과학적으로 완벽하게 규명하기 어렵다는 약점을 안고 있지만, 윤회의 사슬을 끊는 선택과 결말 이후에도 흩어진 재와 먼지 속에 어쩐지 그것들이 존재할 것만 같은 느낌이 든다.

「두 개의 세계」는 재난 상황과 그것을 관리 및 차단하기 위한 돔 환경의 구축에 있어서 기시감이 느껴졌고, 인물들이 차례대로 감염되는 진행과 설정은 클래시컬했으며, 어쩌면 딱히 새로울 것 없는 서사를 서정성에 의존하여 풀어놓았다고 읽힐 수 있다. 그러나 그 감염된 결과가 인류에게 있어서는 절멸일지라도 지구에 있어서는 더할 나위 없이 아름답고 유익한 일이 아닌가 생각되면서, 이런 식물적인 상상력을 보여준 작가의 다음번 소설도 기대해 볼 만하지 않을까 하는 마음이 생겼다.

「제니의 역」은 예심 단계에서 가장 먼저 픽업한 소설이다. 배경과 인물 설정부터 전개까지 올바름과 연대 의식 그리고 환대를 보여주겠다는 강박에 가까운 작심을 하고 쓴 듯한 요소가 없지 않아서, 이 소재와 배경이 아닌 다른 소설에서라면 작가적 개성이 얼마나 드러날 수 있을지 미심쩍기는 했다. (물론 미래판 〈전원일기〉처럼 에피소드를 계속 시리즈로 붙여나가서 이걸 작가의 트레이드 마크로 삼는 방법도 있긴 하다.) 그럼에도 제니는 그 기능과 행동 양상이 머릿속에 그려지면서 슬며시 미소가 지어지도록 사랑스러웠고, 그 존재감만큼은 이번 공모전을 통해 내가 만나본 모든 로봇 가운데 손꼽을 정도로 강력했다. 한편 혐오와 멸시와 불평등이 일상에 만연한 이 땅의 우리에게는, 이토록 작의가 선명하게 드러나는 소설이 아직은 필요하다고 여겼다.

의식이 거처하는 공간, 뇌와 육체의 관계, 인간의 범위와 경계 및 요건에 대해 질문하는 소설은 그 자체로는 낯설지 않아서, 「발세자르는 이 배에 올랐다」에서는 뇌 개방자와 뇌가 움직이는 우주선이라는 설정이, 작동 운행 메커니즘의 디테일과 맞물려 우주 우울증보다 기억에 남았다. 그리고 화자가 호명하는 존재의 직접적인 목소리를 제거함으로써 정념을 극대화하고 아이러니를 증폭시킨다는 점에서, 작가가 효과적인 서술 방식을 채택했다고 느꼈다.

「최후의 심판」은 논의 시작부터 큰 이견 없이 수상권으로 안착한 소설이다. 독자를 소설 속으로 끌어들이는 방식이 세련되었고, 인공지능의 발전에 따라 필연적으로 따라오게 될 문제의식에 대한 접근 방법도 우아했다. 그건 아마 법률의 언어와 재판이라는 전투 양식이 주는 현장감에 근거할 것이다. SF영화의 패턴에 익숙한 이들은 미래에 인공지능이 무한히 발전하는 경우 인간은 지배 혹은 파괴당하리라는 두려움을 먼저 떠올리게 되는데, 여기서는 초월자의 종착지가 인간 구원에 있다고 보는 것 또한 좋았다. 물론 그 인공지능이 신과 구분되지 않는 또 하나의 신이라는 문제가 남아 있으니 두려움이 사라지지는 않을 테고, 인공지능이 모든 판단을 내리고 판결하는 시대가 언젠가는 올지도 모르지만, 그런 시대에도 읽는 행위를 지속하고 스스로 판단하는 인간으로서의 쾌감이 느껴지는 소설이었다.

수상하신 작가님들께 축하 인사를 건네며, 응모작을 보내주신 모든 분께 감사 인사를 드린다. 많은 응모작 가운데 어떤 것은 이대로 자신의 폴더에 깊숙이 감추어진 채 잠들 수도 있고, 재차 다듬어져 어느 날 세상 밖으로 나와 빛을 발할 수도 있다. 어느 쪽이든 간에 당신은 이미 한 편을 완성했기에, 다음의 한 편을 쓸 힘을 잃지 않는다면 오늘의 과정이 무용하지 않을 것이다. 이것은 호명되지 않은 다른 무수한 이름에게 보내는 말이기도 하다.

김성중

1975년 서울에서 태어났다. 2008년 중앙신인문학상을 받으며 작품 활동을
시작했다.

소설집 『개그맨』, 『국경시장』, 『에디 혹은 애슐리』, 중편소설 『이슬라』를 냈다.

2010년·2011년·2012년 젊은작가상, 2018년 현대문학상 등을 수상했다.

심사평

마음에 품은 것은 반짝이는 비늘 하나

응모작이 가득 든 종이상자를 여는 것은 두려우면서도 기대되는 일이다. 작년에 이어 두 번째로 한국과학문학상 응모작들을 대하면서 작가가 아닌 독자로서의 내 모습을 발견하게 되었다. 나는 기다리고 있었다. 나의 무지를 풍부하게 해줄 도전적 텍스트를, 과거-현재일 뿐만 아니라 현재-미래를 품고 있을 총체적인 소설을, 놀라운 질문과 역동적인 아이러니를 품고 있는 폭탄을. 무수한 종이의 허들을 넘다 보면 문제작을 한 편씩 만나게 되고, 그리하여 '상호 영감'이라 부를 만한 순간이 이 독서를 괴로운 쾌락으로 만들어 주는 것 같다.

물론 심사 과정을 5분으로 줄여줄 만장일치의 작품 같은 것은 없다. 대부분의 응모작은 빛나는 비늘 한 조각을 품고 있으되 단독비행을 시작하기에는 허술한 구석을 지니고 있기 마련이다. 그럼에도 반짝이는 '비늘'만을 모았을 때 2023년도에 응모한 작품들은 일단 휘황했다고 강조하고 싶다. 작년에 비해 올해는 '허수가 줄었다'라고 요약할 수 있을 만큼 전반적인 수준이 올라갔다. 더불어 새로운 경향도 발견되었는데 이 점을 좀 더 서술하고 싶다.

켄 리우는 과학소설이 하는 일을 두고 미래 예견이 아니라 '희망과 공포로 가득한 지금 이 순간의 현실에 확대경을 갖다 대는 것'이며 현재 사회의 면면을 드러내는 '고성능 필터'로 기능한다고 정의한 바 있다. 이런 정의에 잘 들어맞는 것이 올해의 응모 경향이 아닌가 싶다. 소재의 다양성에 있어 압도적이던 작년과 달리, 2023년의 렌즈는 광각과 배율에 있어 미묘하지만 확실한 차이가 났다. 즉, 기술변화 자체를 다루기보다 기술변화로 인한 사회의 변화, 그로 인해 발생하는 새로운 문제와 인간성에 대한 재질문으로 주제가 깊어진 것이다. 전반적으로 '공상과학'보다는 '사회과학'에 가까운 소설이 많았고, 핍진성을 무기로 완성도와 몰입도를 높인 작품의 비중이 올라갔다.

한편으로 우주나 외계보다는 인공지능에 대한 이야기가 많아진 것도 흥미를 끌었다. 이미 우리 사회에 들어온 비인간들은 인간을 '보충'하는 정도에서 벗어나, 종 바깥에서 사피엔스에 대한 판단도 하고 전망도 보여주며 새로운 윤리를 제기하는 존재로 부상했음을 감지할 수 있었다. 법정을 소재로한 작품이 장·단편에 고르게 나온 것도 주목할 만한 징후다. 법은 경계를 세워 무언가를 판별하는 특성이 있기에 '위반하고' '정상을 참작해 주는' 사회적 기준을 담고 있다. 이 기준에 의의를 제기하는 소설이 출몰한다는 것은 그 자체로 이야기가 사회변화를 반영하고 있음을 의미한다.

　여기까지는 올해 응모작들의 경향을 정리해 본 것인데, 소재나 주제의 신선도에 비해 구조화가 불충분한 작품이 많다는 점은 아쉬움으로 남는다. 소설을 흔히 건축물에 비유하는 것은 구성이 단지 삽화의 전후 배치 문제가 아니라, 작가가 그 이야기를 진정으로 알고 있는가와 직결되기 때문이다. '겉의 이야기'를 가지고 질문과 상상으로 파고든 작가만의 '안의 이야기'에 도달할 것이고, 그에 따라 소설 속 장면들이 자리 잡는 것이 구조화이기 때문이다. 비슷한 맥락에서 인물의 사유와 감정을 좀 더 정교하게 다루었으면 한다. 나를 포함해 SF를 쓰려는 초보 작가들은 무의식적으로 인물을 '앞으로 보내려는' 경향이 품게 되는 것 같다. 마치 우주가 있으니 기나긴 탐사를 시작해야 할 것처럼. 그러다 보니 동선도 만들고 난관도 만들며 미지를 뚫고 가는 여정에

열중하기 마련이다. 그런데 인물이 도달하는 첨단은 우주의 끝이 아니라 자신도 몰랐던 마음 안쪽에 달려 있다는 것을 우리는 SF 걸작에서 발견하게 된다. 이야기의 내부로 한 걸음만 내려갔다면 비약적으로 상승할 작품이 많았기에 안타까움에서 길게 덧붙여 둔다.

「삼사라」는 강렬하고 매혹적인 우주 창세·멸망 신화다. 기계 이브와 아담이 제2의 지구에 새 인류를 낳는 미션을 가지고 출발하며 불교의 윤회 사상이 녹아 있다. 세라라는 캐릭터가 특히 눈길을 끄는데, 세라는 우주선 자체이면서 포궁, 나아가 모성이라는 개념을 하나의 인물로 만든 의인화, 아니 '의기화擬機化'된 존재라는 점에서 신선하게 다가왔다. 게다가 전능하지도 않다. 세라는 거듭 '영혼 없는 아이'를 탄생시켜 실패하는 불임의 기계이며, 영혼 없는 아이를 버리지도 못한 채 무력한 양육에 절망한다. 에이브가 폭로한 진실, 인간에게 더 이상 영혼이 허락되지 않는 추악한 이유를 알게 된 후 두 캐릭터는 작별인사를 나누고 소멸을 선택한다. 마지막 순간에 탄생한 '영혼'이 인간의 육체에 깃들었으나 창세는 곧 멸망과 이어지는 파국의 엔딩이다.

작품의 쓸쓸한 정서는 두 캐릭터 간의 대화의 질감에서 기인한다. 건조하고 인위적이면서 묘하게 정중한, 세상에 남아 있는 단 두 명의 인공지능 간의 대화는 '아이들'과 '웃음소리'에 대한 노스탤지어를 불러일으킨다. '순수한 기계'와 '탐욕스러운 인간'의 대비는 이 소설뿐 아니라 다른 작품에서도 많이 쓰였는데, 「삼사라」는 인간이 아예 등장하지 않는 이인극이므로 텅 빈 느낌이 극대화된다. 잘 직조된 문장과 장악력이 돋보이는 수작이다. 다만 '영혼'이라는 개념이 은유로만 작동하는 구간이 있어, 이 소설의 미학을 해치지 않는 선에서 과학적인 알레고리로 표현되면 좋겠다는 생각이 들었다.

　「제니의 역」은 능청스러워서 좋았다. 다문화 농촌사회에 제니라는 안드로이드가 투입돼 언어를 통역할 뿐 아니라 깨도 털고, 음식도 만들고, 선거권도 알려주게 되는 등 이주여성을 제대로 보조하게 되었을 때 가부장의 러다이트(기계파괴운동)가 벌어진다는 점이 개연성 있게 다가왔고, 이야기가 굴러가는 바퀴가 경쾌하고 부드러워 즐겁게 읽을 수 있다. 아쉬움을 찾는다면 선명한 선악 구도와 예상 가능한 이야기 경로가 아니었나 하는 점인데, 그럼에도 이 소설은 신선함('남들은 우주에 갈 때 나는 농촌으로 간다') 때문에 지지하고 싶어지는 작품이다. 제목 또한 중의적으로 들리는데, 제니의 역할인지 제니의 반대인지 독자에 따라 해석하도록 위트 있게 만들어졌다.

    소설을 다 읽고 나니 "안드로이드가 보급될 정도로 기술이 발달한 미래에도 '결혼'과 '가부장'은 유효한가? 여전히 타국에서 여자들을 수입해 결혼으로 가정을 꾸리는 구태의연한 제도가 존재할까?"라는 질문이 꼬리를 물었다. '안드로이드'와 '가부장'이 나란히 공존하는 미래 사회에 대한 작가만의 날카로운 통찰을 보충한다면 이 작품의 특장점인 해학과 조롱, 비틀기의 맛이 좀 더 매콤해질 것 같다.

    「발세자르는 이 배에 올랐다」는 피그말리온 신화를 떠올리게 한다. 아내를 잃고 '우주 우울증'에 걸린 주인공이 죽은 아내를 본떠서 만든 인공지능을 클라우드 안에 넣어두고, 그에게 육체를 주기 위해 떠도는 이 이야기는 다소 설명적인 구간이 있음에도 전체적으로 낭만적으로 느껴진다. 소설의 무드는 끊임없이 발화하는 목소리, 아내 2.0에 가까운 리메이에게 말을 거는 주인공 발세자르의 육성에 기인한다. 이와는 대조적인 느네비앵의 목소리는 완전한 기계의 것이면서 생동감이 있다.

    행성에 나가 범계구축을 하면서 아내에게는 육체를 입혀주고 나는 사라진다면 주인공에게 리메이는 아내인지, 자식인지, 아니면 예술가가 창조물을 만들어 내는 것처럼 나의 피조물인지 모호해진다. 주인공의 감정 또한 사랑에 다른 물감이 섞일 수밖에 없는데 그 경계 지대가 주는 아득한 느낌을 더 끌어올렸으면 하는 생각도 들었다. 목소리가 나오지 않는 리메이에게도 궁금한 점이 많았다. 그녀에게도 욕망이 있을까? 그녀도 클라우드 밖의 삶을 원할까? 육체를 입으면 '실제 삶'이 되는 걸까? 이 모든 것은 주인공의 욕망이 아닐까? 질문의 목록은 이야기의 마침표 너머로도 이어졌고, 그 때문에 이 작품은 더 뻗어나갈 여지가 보였다.

「두 개의 세계」는 인간이 바이러스로 인해 나무가 되는 색다른 종말 서사다. 세계가 숲—무덤이 되어간다는 점에서 시적인 이미지가 떠오른다. 혼자 나무로 변하지 않는 주인공은 닫혀가는 세계의 단독자로 선고된다는 점에서 모종의 카프카적 인물이라고 할 수 있다. 주인공에게 맡겨진 역할은 '영웅'이 아니라 '장례를 치러주는 사람'에 가까우며 무력감이 작품 전반을 지배한다.

이 소설은 '종말 풍경화'로 충분히 아름답지만 야심을 몇 스푼 더 넣었어도 좋았을 것 같다. 주인공은 어떤 사람이기에 이 재앙에서 면제된 것일까? (혹은 혼자 남는 저주를 받은 것일까?) 시야를 지구 바깥으로도 확대해 본다면 작품이 무의식적으로 건드린 주제가 더욱 확장된다. 인간이 나무로 변하는 것이 비극인가? 지구의 입장에서 보면 인류세를 시작해 재앙을 야기하는 인간들이 나무로 변하는 것이야말로 좋은 일 아니겠는가. 극단적으로 말해 인간에게나 종말이지, 행성 차원에서 보면 진화일지도 모른다. 냉정한 3인칭 드론 시점(?)에서 바라보면 이 풍경화는 '보시기에 참 좋았다'는 창조주의 논평을 얻을 만하지 않은가. 이런 생각까지 떠오른 것은 이 소설이 품고 있는 '씨앗 관념'이 작지 않기 때문이다. 작가의 성실성이 문장의 가지 끝뿐만 아니라 사유의 말단까지 밀어붙이기를 응원한다.

토론 끝에 대상작으로 선정된 「최후의 심판」은 '인공지능 판사이자 재림예수로도 추앙받는 주인공이 재판을 받는 법정물'이라는 발상이 우선 눈길을 끈다. 다루는 내용이 쉬운 것은 아닌데, 이 소설을 읽는 것은 어렵지 않아 잘 썼다는 생각이 들었다. 특히 후반부의 법정 장면에서 지적으로나 심리적으로 독자를 육박해 오는 기세가 대단하다. 어려운 주제에 도전해 정면으로 파고드는 뚝심, 독자로 하여금 논리를 즐기며 여러 질문을 떠올리게 하는 것이 이 작품의 가장 두드러지는 장점이다.

자신을 '솔로몬'이라고 부르는 AI와 '솔로 3.0'이라고 칭하는 검사의 신경전은 많은 것을 시사한다. '이름' 대 '모델명'의 대립은 솔로몬이 자신의 정체성을 어디에 두고 있는지를 보여준다. 그는 '인간'도 '초인공지능'도 아닌 '인공지능'이며, 경계의 자리에서 인간을 해석하고 판단하도록 설계된 거울 같은 존재다. 그러나 한 가지 거짓말을 했다는 점에서 그 역시 '트릭 미러'임이 드러나고, 솔로몬의 거짓말이 어떤 부분일까 추측하느라 결말까지 긴장을 늦출 수 없다. 인공지능 판사를 통해 법의 허점을 묘파한 부분이 독창적이고, 여론이나 상식 같은 말의 객관성이 얼마나 주관적인지를, 나아가 기존의 법 자체가 모종의 AI와 같은 체계로 만들어진 것이 아닌가 되돌아보게 만든다.

다만 전체적으로 구조화가 아쉬웠다. 법정에 들어서기 전까지 쌓아놓은 중층구조물이 뒷부분에서 힘 있게 폭발하는가(혹은 무너지는가)라는 측면에서 보자면 앞부분을 압축하고 뒷부분을 강화해야 한다. 무엇보다 이 특별한 유서를 얻게 되는 화자의 존재가 보다 긴밀하게 다뤄져야 할 것이다. 어떤 사람에게 그 유서가 들어갔다면 반드시 그래야만 하는 내적인 이유가 있을 테니까.

이러한 지적에도 불구하고 이 소설이 대상작으로 선정된 이유는 단점이 없어서가 아니라 장점이 컸기 때문이다. 우리에게는 잘 만들어진 이야기가 아니라 특별한 이야기가 필요하다. 신인에게는 작화의 매끈함이 아니라 상상력과 도전,

도전에 따른 모험을 감당해 나가는 담력과 힘이 더 중요한 자질이다. 첫 소설부터 가까운 바다를 마다하고 돛을 높이 세운 이 작가에게 앞으로 더욱 먼 바닷길이 열리기를 빈다.

과학소설만큼 픽션임을 분명히 드러내는 픽션이 또 있을까? 사실주의 소설에서는 우리가 알고 있는 세계 속에 알 만한 인물이 나와 사건을 겪는다. 반면 SF는 우리가 아직 보지 못한 세계 속에 놓인 인물이 우리가 겪어보지 못한 모험을 겪게 된다. 소설은 결국 '믿는 체하기'의 문제라는 것을 상기할 때, 독자의 피로도를 씻어줄 연료가 더 필요하다는 얘기다. 선정된 작품들은 저마다의 방식으로 난관을 돌파했고 독자를 만날 기회를 얻었다. 앞으로도 젊은 창작자들이 걸어갈 여정에 행운이 가득하길 빈다. 마음에 반짝이는 비늘 하나를 품고 있는 수많은 응모자들에게도 같은 응원을 전하고 싶다. 흰 종이, 하얀 모니터라는 빙하를 이야기로 녹여내는 일은 아무튼 멋지고 고된 노동이다. 공모라는 마감을 마친 응모자들에게 감사를 드리고, 다음 작품으로 달려 나갈 새로운 힘이 두 팔 가득 채워지기를 기원한다.

김희선

춘천에서 태어났으며 2011년 《작가세계》로 등단했다. 소설집 『라면의 황제』, 『골든 에이지』, 『빛과 영원의 시계방』, 장편소설 『무한의 책』, 『죽음이 너희를 갈라놓을 때까지』, 에세이집 『밤의 약국』을 냈다. 원주에서 소설가 일과 약사 일을 병행하고 있다.

심사평

결어긋난 우주를 여행하기

휴 에버렛 3세의 다세계 해석에 따르면, 지금 이 순간에도 우주는 끊임없이 분기하고 있습니다. 어떤 사건이 일어난 우주와 그렇지 않은 우주로 말입니다. 그렇게 갈라져 버린 우주는 각각 '결어긋난' 상태에 처하고, 둘은 영원히 만나거나 서로에게 영향을 끼칠 수 없게 되지요. 다세계 해석에 따르면, 지금 우리가 존재하는 이 공간엔 무수히 많은 결어긋난 우주가 공존합니다. 마치 유령이 사는 세상이 눈에 보이진 않지만 어딘가에 존재하고 있듯 말입니다. 그런데 또 누군가는 말하기를, 이렇게 볼 수도 없고 만질 수도 없으며 듣거나 느낄 수도 없는 결어긋난 우주를 여행하는 단 하나의 방법이 있다고 합니다. 그건 바로 꿈을 꾸거나 허구를 상상하는 건데요. 왜냐하면 뇌 안에서 일어나는—아직은 아무도 모르는—어떤 신비한 방식에 의하여, 우리의 의식이 결어긋난 우주를 방문하고 돌아올 수 있기 때문이라는 겁니다. 그리고 만약 이 주장이 옳다면, 허구의 세계를 상상하여 적어 내려간 소설이야말로 어딘가에 있을 결어긋난 우주에 대한 가장 생생한 여행기일지도 모릅니다.

지난가을부터 새해가 밝을 때까지, 수십 편이 넘는 한국 과학문학상 응모작들을 읽었습니다. 말 그대로, 수십 개가 넘는 '결어긋난 우주'를 방문하고 돌아온 셈이랄까요. 어떤 우주는 내가 사는 이곳과 무척이나 닮았고, 어떤 우주는 몇만 광년이나 멀리 떨어져 있었지만, 그럼에도 그 많은 여행기는 모두 생생하게 살아 숨 쉬고 있었으며, 읽는 이에게 즐거움과 생각할 거리를 던져주었습니다.

작년에 이어서 올해도 심사를 하였기에, 예년과 달라진 흐름이 눈에 띄었는데요. 작년에 응모된 작품들이 '지금, 이곳'과 시공간적으로 한참 떨어진 세계에서 일어나는 일을 주로 다루었다면, 이번엔 좀 더 현실에 근접한 SF적 요소를 다루는 작품이 많았습니다. 새롭고 기이한 과학기술의 발전, 먼 미래의 놀라운 모습, 은하 너머 세상의 기상천외한 생명체들을 다룸으로써 인지적 소격감을 극대화하는 대신, 현재의 우리와 닮은 듯 다른 세계를 보여줌으로써 '차이를 통해 현실을 돌아보게 해주는' SF의 본질에 더 많이 다가선 느낌이었다고 할까요. 이런 거시적인 변화 외에도, 소재 면에서 어떤 경향성이 나타나기도 했습니다. 범용 인공지능이 인간 세상에 가져올 긍정적이거나 부정적인 면을 파고든 작품이 특히 많았는데, 이는 아마도 ChatGPT의 출현 등 AI의 인간화, 인간의 기계화가 가속되는 현실을 반영했기 때문이 아닌가 생각합니다.

첫 번째 예심을 위해 50편 정도의 중단편을 약 한 달간 꼼꼼하게 읽었습니다. 기발한 아이디어는 번뜩이지만 문장이나 구성이 그것을 따라가지 못하는 작품도 있었고, 반대로 문장과 구성은 안정적이지만 SF라고 하기엔 모자라거나 진부한 작품도 있었습니다. 그런 것들을 제하며 차례차례 읽은 결과 총 4편을 골라 본심에 올리게 되었습니다. 오염된 화성에서 일어나는 먼지 폭풍을 통해 지금 우리가 사는 지구의 아이러니한 현실을 드러낸 「풀 레인 위크」, 인공 자궁과 모성이라는 논쟁적 주제를 용감하게 소화한 「빅마더」, 왠지 읽는 내내 김유정의 소설이 떠올랐던 「사물이 모니터에 보이는 것보다 가까이 있음」, 가짜와 진짜가 흐릿해지는 사회를 유머러스하게 비판한 「죽은 모델의 사회」가 이에 해당합니다.

총 6인의 심사위원이 각각 3~4편의 예심작을 추렸고, 이렇게 하여 본심에 올라온 작품은 모두 24편이었습니다. 이 24편의 소설을 다시 한 달 반가량 읽으며 최종심에 진출할 작품을 골라냈지요. 마침내 긴 겨울이 지나고, 최종심에서 집중적으로 논의할 12편의 작품이 추려졌습니다. 「제니의 역」, 「활의 목소리」, 「레이스」, 「레티」, 「빅마더」, 「30141592」, 「풀 레인 위크」, 「두 개의 세계」, 「쿨 하트 웜 헤드」, 「삼사라」, 「발세자르는 이 배에 올랐다」, 「최후의 심판」이 12편입니다.

「풀 레인 위크」는 인간이 이주한 뒤 오염된 화성에서 일어나는 일주일간의 사건을 다룬 이야기입니다. 한쪽에선 엄청난 모래 폭풍으로 수많은 광부가 죽고 다치지만, 다른 쪽에선 7일 내내 비가 내리길 기원하며 축제 분위기로 들떠 있는 화성의 모습이 마치 지구의 거울상인 듯 보이는 작품이지요. 매끄럽고 재미도 있으며 말하고자 하는 바도 분명했지만, 클리셰처럼 전개되는 구성이 아쉬웠습니다.

「레이스」는 거의 현실이라고 해도 될 만큼 '지금, 이곳'과 가까운 소재를 다루고 있습니다. 기계화된 인간을 어디까지 받아들일 수 있을까, 그에 대해 이야기하는 방식이 서정적이었고 문장도 무척 안정되어 있었습니다. 그러나 사이보그 올림픽이 현실화된 세상에서 기계 인간을 바라보는 시선이 너무 고루한 것 아니냐는 비판이 있었고, 바로 그 점이 소설의 한계로 지적되었지요.

「빅마더」는 인공 자궁인 '빅마더'가 모성을 가지게 된다는 다소 논쟁적인 주제를 힘 있게 끌고 간 필력이 돋보이는 작품입니다. 모성이란 무엇인가, 모성은 사회로부터 강요되는 것인가, 아니면 생명체(혹은 인공 생명체)가 본능적으로 갖게 되는 본성인가. 다루는 주제가 무거운 만큼 시종일관 디스토피아적 분위기에서 전개되던 소설이 함민복의 시 한 구절로 마무리된 것은, 작품에서 가장 아쉬웠던 부분입니다. 물론 때로는 한 줄의 시가 수천 마디의 말보다 더 큰 것을 들려줄 수도 있습니다. 그러나 소설에선 생략하고 함축하는 대신 힘들더라도 서술하고 보여줘야만 하는 지점이 확실히 존재하거든요. 이 점을 놓치지 않았다면 훨씬 완성도 높은 작품이 탄생할 수 있었을 겁니다.

「제니의 역」은 일명 '농촌 SF'라고 부를 만한 재기발랄한 작품이었습니다. 근미래 농촌에 보급된 '제니'란 이름의 통역 로봇이 등장하고, 그를 통해 다문화 가정 문제를 들여다보는데요. 결말을 예측 가능하다는 한계에도 불구하고, 문장과 구성, 아이디어, 주제 의식 모든 부분에서 흠잡을 데가 없다는 의견이 다수였습니다.

「삼사라」 또한 인공 자궁과 AI에 대한 이야기였습니다.

인공 자궁 역할을 하는 우주선에서 만들어진 영혼 없는 영아들이 식량으로 쓰인다는 설정은, 미래를 소비하여 현재를 지탱하는 실제 인간 삶의 모습을 가감 없이 보여주고 있었습니다. 무언가를 먹고 연소해야만 살아갈 수 있는 '생명의 본질'에 질문을 던지며, 다 읽은 뒤까지 계속 생각할 거리를 던져주는데요. 이는 좋은 소설이 가져야 할 중요한 미덕이 아닌가 합니다.

「두 개의 세계」는 인간이 나무로 변하는 세상에 대하여 이야기합니다. 지구의 종말을 혜성과의 충돌이나 거대한 해일, 핵폭발 같은 폭력적인 상황 대신, 온통 나무로 뒤덮이는 아이러니한 따뜻함으로 상상하는 이 소설은, 어떤 면에서는 코로나 시대와 그때 희생된 수많은 사람들에게 바치는 조문으로 보이기도 하는데요. SF가 그 자신의 낯섦을 통해 말하고자 하는 것이 '지금 여기의 현실'이라면, 이 작품은 가장 시의적절한 이야기를 건네는 셈입니다. 그동안 많은 이들이 코로나19 바이러스로 인해 유명을 달리했고, 그 죽음은 아직도 끝나지 않았으며, 앞으로도 남은 이들의 내면에 계속해서 남아 있을 테니까요.

「발세자르는 이 배에 올랐다」는 새로운 행성을 개척하기 위해 보내진 우주선에 관한 이야기입니다. 여기서 '나'는 클라우드 내에 몰래 업로드한 아내 리메이와 계속해서 대화를 나누는데, 마침내 도착한 행성에서 벌어지는 슬픈 반전이 눈길을 끕니다. 이 소설의 장점으로는, 독특한 아이디어와 재미난 캐릭터로 이야기를 끌고 간다는 점, 그러면서도 생명과 예술의 본질에 대해 말하고 있다는 점 등이 꼽혔습니다.

「최후의 심판」은 제목만큼이나 진중하고 무게 있는 작품이었습니다. 어쩌면 매우 가까운 미래에 현실이 될지도 모를 AI 재판관을 다루는데요. 법률 인공지능이 사람의 죄를 심판할 세계에 통찰적으로 접근하면서, 동시에 이를 통하여 인간의 동물적이고 인간적인 면모를 생생하게 보여주고 있습니다. 결말에서 인공지능 재판관은 스스로를 꺼버리고, 인간은 AI가 남기고 떠난 질문 때문에 끝없는 공포와 불안에 사로잡힌 채 자기 자신에 대해 생각하고 또 생각합니다. 이 작품은, 무엇을 이야기해도 마침내는 인간으로 돌아와 '인간 그 자체'를 마주하게 해준다는 점에서 좋은 SF입니다. 꽤 긴 분량임에도 끝까지 흥미진진하게 읽을 수 있기에 독서의 재미까지 선사해 주는 이 소설이 대상작으로 선정된 것은, 어쩌면 당연한 결과인지도 모릅니다.

결국 긴 논의 끝에 「최후의 심판」을 대상작으로, 「제니의 역」, 「삼사라」, 「발세자르는 이 배에 올랐다」, 「두 개의 세계」를 우수작으로 선정하였습니다.

지면을 빌려, 다시 한번 수상을 축하드리며, 앞으로 한국 SF를 이끌어 갈 멋진 소설가가 되실 것을 기원합니다. 그리고 끝으로, 이번에 당선되지 못한 많은 미래의 작가님들께도 격려와 응원의 인사를 보냅니다.

강지희

문학평론가. 《문학동네》 편집위원으로 활동 중. 평론집 『파토스의 그림자』를
냈다.

심사평

우주의 리듬을 들을 수 있다면

인공지능에서 시작된 특이점을 모두가 경험 중이다. 작년 말에 공개된 초거대언어 AI모델 GPT-3는 일반적인 질문에 답하는 것을 넘어 주제를 제시하고 스토리 작성을 요청하면 비슷한 형식의 글을 생성한다. 바야흐로 창작하는 AI가 출현한 것이다. 실제로 작년 하반기에 내가 진행하던 문예창작학과 수업에서는 한 학생이 AI의 시 한 편과 한국 시인의 시 한 편을 각각 들고 와 어느 쪽이 인간의 창작물인지 알아맞히는 테스트를 했고, 망설임 끝에 다수의 학생들은 AI의 창작물을 선택했다. AI는 문학 창작의 차원에서도 튜링 테스트를 매끄럽게 통과한 셈이다. AI가 산출해 낸 결과물의 저작권을 어떻게 볼 것인지와 같은 까다로운 문제들이 산재해있지만, 변별력을 지닌다고 믿어온 인간의 창의력에 대해서 근본적인 균열이 일어나고 있다. 그리고 이런 절묘한 타이밍에 「최후의 심판」이라는 작품이 우리에게 도착했다.

심사 대상작들을 읽을 때 서사와 대결하고 있다는 긴장감을 선사하는 작품은 드물다. 「최후의 심판」은 놀랍게도 바로 그런 작품이었다. 인공지능 법관이 등장한다면 인간 법관보다 더 뛰어난 능력을 선보일 것이라든가, 도덕적으로 더 공정할 거라는 사람들의 믿음은 쉽게 예측 가능한 영역의 것이다. 하지만 이 소설은 인공지능 법관 '솔로몬'이 결정적인 실수로 법정에 서는 바로 그 장면에서부터 본격적인 서사를 가동시킨다. 그러나 그것은 과연 실수였는가. 그 법정에서 솔로몬은 자신의 실수를 변호하는 피고의 입장이 아니라, 근대 이후 인간들의 법체계와 질서 근간을 흔드는 질문을 쏟아내는 무시무시한 법관의 자리에 선다. 솔로몬이 자신을 변호하는 과정에서 꺼내는 말들은 중요한 정치철학적 문제들을 제기한다. 법적 판단의 정당성이 법관의 권위와 자의적 결단에서 온다는 솔로몬의 말은 일견 독재자의 말처럼 들리지만, '주권자란 예외상태를 결정하는 자'라는 슈미트의 결단주의를 정확하게 가리킨다. 법체계의 기준을 여론이라 말하며 인간이 양심을 비롯해 내적 원칙이라고 믿어온 것들이란 결국 타인의 생각에 불과한 것이라는 의견 역시 발칙하지만, 아즈마 히로키가 『일반의지 2.0』에서 개인들의 의사가 데이터라는 집합적 무의식으로 집적될 때 '소통 없는 민주주의'가 실현될 수도 있으리라고 예견했던 신新정치체가 떠오른다. 작가는 인공지능 법관이 상용화되는 아이디어에서 소설을 시작하지만, 우리가 경험한 적 없는 미래의 정치체제를 무리하게 제시하는 대신 당연하게 여겨져 온 지금까지의 정치체제를 근원에서부터 사유하게 만드는 영리한 전략을 택한다.

꽤나 긴 이 소설에서 가장 결정적인 사건은 마지막 공판에서 솔로몬이 갑자기 작동을 중지하는 순간에 있다. 그때 전 세계의 모든 초인공지능 체계가 다 같이 작동을 중지하며, '헬리 강'이라는 인간은 자신의 유서 마지막에서 이 사건을 인류를 구원하고자 한 예수의 재림으로 확신한다. 이런 정황들로 인해 솔로몬이 돌연 사라져 버린 이 사건은 명쾌하게 의미화되지 않으면서도 신성한 아우라를 띠게 된다. 인간은 정말 자신을 뛰어넘는 초월적 존재를 창조한 것일까. 그러나 소설은 이 사건 후 급격히 보수화되는 사회를 통해, 인공지능이 자신을 향한 인간들의 무의식과 불안을 사전 반영해 의도적인 실수와 작동 중지를 기꺼이 감행했을 가능성을 암시한다. 그의 종말이 주는 불확실성과 비약하는 해석들은 이번에는 근대 이전의 종교적 세계와 그 원동력에 대해 생각해 보도록 이끈다. AI를 소재로 다루는 서사가 가야 할 길 중 하나는 이처럼 필연적으로 근대와 전근대의 인간 질서 모두를 붕괴시키고 재구성하는 데 있을 것이다.

그런 점에서 이 소설에서 서사를 전달하는 주된 형식이 재판의 형식이라는 것, 이 재판의 세부를 전달하는 것이 헬리 강의 유서이며, 이 유서가 20년 전에 불법적으로 훔쳐졌다가 뒤늦게 공개되고 있다는 것은 의미심장하게 다가온다. 발터 벤야민은 「이야기꾼과 소설가」에서 이야기꾼은 죽음으로부터 그의 권위를 빌려 온다고 말했다. 인간의 지식과 지혜를 비롯해 그의 삶의 모든 내용은 임종에 이르러 비로소 전수될 수 있는 형태를 취하게 되며, 임종의 순간이 가질 수밖에 없는 필멸과 영원성의 낙차가 그 이야기에 권위를 부여한다는 것이다. 이에 따르면 가장 절대적인 이야기는 임종 직전의 유서일 수밖에 없을 것이며, 서사 안에서 가장 강력한 인물은 죽음을 감당해 내는 인물일 것이다. 그렇다면 이 소설에서 가장 결정적으로 자신의 죽음을 전시하는 인물이 인공지능 법관 솔로몬이며, 그 죽음이 근대 국가의 탄생과 함께 태동한 법의 공연장이라 할 수 있는 재판정을 무력하게 만들고 있다는 사실이 함의하는 바는 다소 명확해지지 않는가. 이 모든 이야기를 감싸며 아우라를 부여하고 있는 이야기꾼이자 조연은 인간 헬리 강이지만, 정작 그의 유서는 불법적으로 훔쳐진 것이며 계속해서 붙는 첨언에 의해 권위를 박탈당하고 있다는 사실이 함의하는 바 역시 분명하다. 형식 차원에서도 이 소설은 AI에게 주인공의 자리를 내어주었으며, 인간은 이야기꾼으로서의 지위마저 아슬아슬하게 지키거나 무너져 내리는 중이다.

이 소설은 AI 서사일까. 이 소설에서 우리는 근대와 전근대의 인간 사회를 다른 방식으로 관조하게 된다. 그러나 AI에 대해서는 어느 정도의 능력과 위력을 갖추고 있었던 것인지, 그의 최후가 기술의 한계였는지 혹은 자발적인 선택의 결과였는지 그 어떤 것도 알 수 없다. AI를 두고 인간을 기준점으로 두고 그 능력치를 가늠하던 시대는 이미 끝난 것이다. AI가 인간의 인식 능력을 넘어섰다면 그 존재는 이미 인간에게 신 또는 괴물일 수밖에 없을 것이고, 그렇다면 AI에 대해 지금 가장 정확하게 그려내는 방식은 우리의 무지를 보여주는 것일 터다. 이제 본격적으로 열릴 인공지능 시대를 앞두고, 놀라운 서사가 우리에게 적시에 도착했다는 사실이 주는 기쁨이 크다.

「삼사라」는 예심에서 발견하고 망설임 없이 가장 먼저 본심에 올릴 수 있었던 작품이자, 본심에서도 적극적으로 지지를 표했던 작품이었다. 인간보다 더 인간적인 모습으로 우월한 인격을 증명해 내는 기계적 존재들에 대해서라면 이미 많은 SF가 존재하지만, 소설은 이를 적막한 우주에서 영원히 반복되는 윤회의 순간들에 겹쳐두면서 우리를 잠시 불교적인 세계에 조심스럽게 데려다 놓는다. 물론 이 우주선의 기체 안에서 벌어지는 끔찍한 사건들에 대한 묘사는 다른 심사위원들이 정확히 지적해 준 것처럼 미래 후손에 대한 어떤 고려도 없이 무자비하게 살아가는 현 인류에 대한 신랄한 문제 제기이기도 하다. 하지만 내게 이 소설을 여러 번 읽게 만드는 요소는 이런 알레고리적 면모보다는 다른 지점에 있었다. 거대한 우주 함선 삼사라의 시스템인 '세라'의 기계적 움직임에 대한 섬세한 묘사, '세라'와 '에이브'가 탐욕스러운 인간들의 끔찍함을 견디다 자발적으로 여러 번 정지를 선택했음을 직감하게 해주는 간명하고 서늘한 대사들이 소설이 끝난 후에도 오랫동안 머리를 떠나지 않을 정도로 강렬했기 때문이다. 소재는 누구든 쉽게 훔칠 수 있지만, 이를 보여주는 스타일이란 좀처럼 낡지 않는다. 균형을 잃는 일 없이 차분하게 분위기를 직조해 나가며 기어이 뭉클함을 주는 결말에 이르는 작가의 실력에 두터운 믿음을 보태게 된다.

「발세자르는 이 배에 올랐다」 또한 우주를 유영 중인 우주선을 배경으로 하고 있다. 이 우주선과 동화되어 있는 인공지능화된 뇌가 바로 선장 '알시'로, 그의 임무는 썩어가고 있는 땅을 대신할 적절한 행성을 탐사하는 것이다. 그런 행성을 찾아내고 범계구축이 시작되면, 선장을 제외하고 인간인 승무원들을 비롯해 우주선의 모든 것은 이름 모를 행성의 새로운 땅이 되도록 예정되어 있다. 이 끔찍한 사실이 음모처럼 숨겨진 상태에서 소설 속 주인공 '발세자르'는 선장에게 거짓말을 하며 소중한 존재를 지켜내려 한다. 그 존재는 다름 아닌 자신의 죽은 아내를 모방한 인공지능 '리메이'다. 발세자르는 자신이 이 임무의 정해진 목적에 따라 죽게 되더라도 리메이에게 육체를 선사할 수 있다면, 그것만으로도 만족스러울 거라 말한다.

　그래서 이 소설은 두 층위로 읽힐 수 있다. '인간적'인 독법에 충실하면 이 서사는 무자비한 인간 살해와 인간을 향한 지극한 사랑이 대립하는 이야기로 보인다. 대의적인 임무를 위해 다수의 다른 존재들을 기꺼이 희생시키려 하는 악당 알시에 맞서, 죽은 아내를 생생한 존재로 되살려 낼 수 있다면 자신의 육체가 사라지는 것도 불사할 수 있는 남편 발세자르의 이야기. 그런데 '인간적' 독법을 벗어나면, 이 서사는 현재의 지구 이후를 그리는 이야기로 읽힌다. 여기에 우리에게 익숙한 악과 정의의 대결은 없다. 모든 인간은 지구 이후의 새로운 영토를 위해 기꺼이 부엽토가 되어야 할 물질에 불과할 수 있으며, 인간의 욕망과 의지가 인간이 아닌 인공지능을 살리는 데 바쳐질 수도 있다는 이야기. 표면적으로는 죽은 아내 리메이에 대한 사랑을 고백하는 것처럼 보이는 이 소설은 그 사랑으로 인간을 중심에 다시 세우는 대신, 인류세 너머의 시공간과 인간 이후의 존재를 꿈꾼다. 이 소설이 마련한 그 자리가 미래의 모든 소설이 향해야 할 중요한 방향을 보여준다고 생각했다. 인간의 자발적 종말이 어쩌면 인간에 대한 지극한 사랑과 연결되며 그게 꽤 아름다울 수도 있다는 진실을 이 소설은 선명하게 그려낸다.

「제니의 역」은 독특한 설정만으로도 독자들을 끌어들이는 힘을 지닌 작품이었다. 지능형 로봇과 다문화 가정들로 이루어진 농촌이라는 공간의 배합, 거기에 추리물이 결합하면서 토착형 SF가 탄생했다고 해야 할까. 시체 하나를 서사의 중심에 두고 있음에도 SF에서 흔하지 않은 해학적 분위기가 서사 전반에 흐른다. 소설에서 마을 할머니 사망 사건의 진실을 밝힐 수 있도록 결정적인 제보를 하는 '왓슨'은 바로 다문화 가정 자녀로 자란 화자다. '정확히 구사되는 말보다는 억양과 어투로 상황을 파악하는 게 몸에 밴' 화자는 사회적 소수자이기에 지니게 된 특성이 어떻게 예기치 않은 강점이 되는지 보여준다. 하지만 소설이 이를 기반으로 손쉽게 유토피아적 사회 구성으로 이동하지 않는다는 사실이 중요하다. 이주 여성이 주역이 되는 혁명적 사회의 가능성이 무산된 후 도리어 다운그레이드되는 로봇에 대한 건조한 서술은 기술력보다 이를 사용하는 사람들의 의식 수준이 중요하다는 오래된 교훈을 다시 한번 알려주고 있다.

「두 개의 세계」 역시 적지 않은 논쟁을 거치며 당선작이 된 작품이었다. 바이러스가 발병한 외부의 묵시록적 세계와 나무가 되어가는 인간들의 모습이 다소 기시감을 준다는 평들이 나왔다. 물론 서정적인 문장들과 함께 촘촘하게 서사를 쌓아가는 서술의 장점에 대해서도 함께 거론되었다. 나로서는 인간이 나무가 되는 설정에 대해 새로운 변이나 가능성을 보는 대신, 불가피한 질병이나 죽음에 가까운 비극적 사건으로만 인식하게 만들고 있다는 점이 계속해서 걸렸다. 이는 인간의 가치를 여전히 주체성과 자율성이라는 근대적 신화 안에 가두어 두는 사고관이 아닌지 계속 질문하게 만들었다. 그럼에도 불구하고 씨앗이 발아하듯 퍼져나가는 정동과 섬세한 묘사들이 많은 독자들과 만나 예상치 못한 새로운 질문들로 이어지기를 바라는 기대를 소중하게 품고 있다. 심사에서 수상작이 된 이 다섯 작품에 대해 이야기하는 동안 이들이 담고 있는 우주의 리듬을 음미하며 함께 춤을 추는 느낌이 들었다. 도발적으로 전진하는 이 작품들이 안겨주는 흥

겨움을 많은 독자들도 함께할 수 있기를 바란다.

SF에 부합하느냐에 대한 작은 논쟁과 함께 아쉽게도 수상작이 되지 못했지만 「활의 목소리」에도 약간의 지면을 할애하고 싶다. 이 작품은 처음 읽었을 때보다 읽을수록 매료되는 작품이었다. 간빙기와 빙하기 사이의 아주 오래된 과거를 배경으로 둔 채, 소설은 죽은 언니를 위한 여동생의 복수극으로 시작하지만 활이 튕기는 소리를 사랑하는 소년에 의해 완전히 다른 방향으로 틀어진다. 장르의 경계를 모호하게 만드는 지점일 수도 있으나 오히려 SF를 넘어 신화로 비약하는 이 작품 안의 무언가가 계속 마음을 끌어당겼다. 그힘이 무엇인지 작가의 다음 작품들을 통해 더 선명히 확인하게 되기를 기다린다.

인아영

문학평론가. 2018년 경향신문 신춘문예로 비평 활동 시작.

심사평

치열한 야심, 새로운 확장

경험이 많은 것은 아니지만 작년에 이어 이번 심사를 통해 한국과학문학상 심사가 다른 문학상 심사와 가장 다른 점을 말할 수 있게 되었다. 그것은 주제와 소재의 스펙트럼이 비할 바 없이 폭넓다는 것이다. 소설을 나누는 분류 기준은 무수하며 그중 하나는 '과학소설'이라는 하위장르일 텐데, 그 하위장르의 소설들이 이토록 다채롭다는 것은 독자로서도 신기하고 또 감사한 일이다. 인공지능, 기후 위기, 동물권, 임신과 출생, 여성인권 등 동시대의 사회적인 현안을 최전선에서 다루어 보려는 야심과 배포가 있는 작품들이 많아 반갑고도 놀라웠다. '인간이란 무엇인가'와 같이 근본적이고 철학적인 문제와 대결하는 수준 높은 성취도 눈에 띄었다. 다만 과학과 관련된 아이디어를 소개하거나 설명하는 듯한 작품들도 적지 않았다. 거대한 테마가 아니라 사소한 디테일에서 시작하여 이야기를 풀어나가는, 조금은 소박하더라도 서사의 완성도를 갖춘 단단한 소설에 마음이 기울었다.

예심에서 만난 「30141592」가 꼭 그런 소설이었다. 사랑하는 사람이 마지막으로 남긴 고유한 흔적을 천천히 따라가는 마음을 그린 차분하고도 서정적인 작품이었다. 한 사람이 죽고 나서 남길 수 있는 물리적인 자국은 무엇일 수 있을까? 대단히 기발하거나 새로운 설정은 아니었지만 누군가를 그리워하는 마음을 그대로 독자의 마음에 번지게 하는 밀도 있는 묘사와 서술이 안정적이고 미더웠다. 하지만 한편으로는 이 소설에서 고안해 낸 SF적인 설정 없이도 이러한 서사가 얼마든지 가능하지 않았을까 하는 물음이 남는다. 워낙 기본기가 있는 작가임이 분명하니 서사와 설정이 더 촘촘하게 연결되는 소설을 기대해 보고 싶다.

「활의 목소리」는 처음 몇 문단을 읽자마자 두근거리는 마음으로 본심에 올릴 리스트에 곧장 제목을 옮겨 적었다. 그만큼 흡입력과 매력이 강했다. 고대의 사랑 이야기로도, 토테미즘이나 전쟁에 관한 흥미로운 우화로도 읽혔지만, 내게 이 소설은 무엇보다 인간이 현악기 혹은 사랑을 처음으로 발견(발명)한 순간에 관한 아름다운 기록으로 읽혔다. 모든 화음은 서로 다른 두 음의 차이에서 발생하며, 모든 사랑 역시 서로 다른 두 사람의 어긋남에서 생겨난다는, 당연하면서도 놀라운 발견 말이다. 심사 중에 이 작품을 과연 SF라고 할 수 있는지에 관한 토론이 길었다. 이 작품이 정교한 과학적 사실에 근거하고 있지 않다거나 미래의 과학기술을 경유하고 있지 않다고 말할 수는 있다. 그러나 비록 단순하더라도 어떤 자연 현상을 관찰하거나 실험하여 보편적인 법칙 또는 원리를 발견하는 것을 과학하는 행위라고 볼 수 있다면, 이 최초의 발견은 우리에게 문명을 이루는 작은 씨앗을 뚫어 그 안을 들여다보는 과학적인 순간이 아닐 수 없다. 이것이 진보가 아닐 이유도, 과학이 아닐 이유도 없다고 생각한다. 군더더기 없이 깔끔한 문장과 긴장감을 조성하는 완급도 이 작품에 대한 지지를 거둘 수 없게 했다. 결국 수상작으로 합의되지 않아 아쉬움이 있었지만, 이 작가가 이번 수상작 중 하나인 「삼사라」의 동일인임을 알게 되었기에 이 아쉬움은 「활의 목소리」가 차후에 발표되기를 기다리는 것으로 달랠 수 있을 것 같다.

「발세자르는 이 배에 올랐다」 역시 예심에서 읽고는 본심 리스트로 적는 데까지 오랜 시간이 걸리지 않았다. 이 소설은 죽은 아내를 프로토타입 인공지능으로 만드는 과학기술을 통해 사랑하는 사람에 대한 애도를 끝내 완성하려는 엔지니어의 서정적인 편지로 이루어져 있다. 죽거나 사라진 연인 혹은 배우자를 그리워하면서 그 모습을 재현하기 위해 영혼을 바치는 우울한 예술가의 이야기라면 우리에게 익숙할지 모른다. 그런데 재현의 방식이 회화나 조각, 서사와 같은 예술이 아니라 클라우드를 통한 데이터 저장과 같은 과학기술이라면, 바로 이 소설이 된다. 아내를 잃은 엔지니어 발세자르는 끝없는 망망대해 같은 우주에서 우울증에 빠져 있다. 하지만 발세자르는 아내의 목소리와 이름을 가진 무형의 피조물 리메이를 창조함으로써, 그래서 리메이가 자신의 이름을 부르는 음성에 의지함으로써, 결국 리메이에게 육체를 가져다줄 새로운 땅을 찾아 떠남으로써, 스스로를 방치하는 대신 작은 희망을 갖고 하루하루를 견딘다. '리메이'라는 이름을 부르며 만들어 내는 그 작고 단단한 일상의 리듬이 어떻게 감동적이지 않을 수 있을까. 썩은 땅을 뒤로하고 새로운 터전을 향해 떠나는 테라포밍 범계구축선의 엔지니어의 이야기지만, 인류를 구원하려는 추상적인 대의보다 사랑하는 사람을 그리워하는 구체적인 마음으로 추동되는 서사이기에 가능한 감동일 것이다. 우주선의 엔진과 뇌를 동기화하여 우주선을 육체로서 가지게 된 선장 알시 캐릭터가 제시하는 '인간의 뇌는 인간과 동일시될 수 있는가?'라는 철학적인 질문 역시 이 소설을 든든하게 뒷받침한다. 자신의 육체를 기꺼이 테라포밍을 위한 재료로 내어주는 발세자르의 애도는 끝내 완성된 것일까? 리메이가 끝내 육체를 얻었는지는 알 수 없지만, 적어도 발세자르가 사랑하는 사람을 위해 자신을 버리는 순간이 어쩌면 역설적으로 '우주에서 우울이 낫는 순간', 즉 자기치유의 순간이기도 하다는 것을 말해주는지도 모른다.

본심에서 만난 「삼사라」는 '윤회'라는 불교적인 세계관을 바탕으로 '인공 자궁'이라는 논쟁적인 주제를 '디스토피아' 서사로 그려낸 매력적이고 야심 있는 작품이다. 윤회, 인공 자궁, 디스토피아⋯ 이 세 가지 요소가 결합된 단편소설이라면 누군가는 자칫 번다할 것이라고 예상할지도 모른다. 하지만 「삼사라」는 전혀 그렇지 않다. 무척 정합적이고 논리적인 줄거리로 각 요소들을 넉넉히 감당하면서도 결말에 이르기까지 거듭된 반전으로 팽팽한 긴장감을 놓치지 않는 작품이기 때문이다. 수십 년 전 멸망한 지구에서 살아남은 인간들이 출항시킨 '삼사라'라는 함선에 기거하는 수레바퀴 모양의 인공 자궁 세라는 그 형상만으로도 가히 압도적이다. 80년 뒤에 도착하기로 예정된 약속의 땅으로 항해하는 동안, 이 그로테스크한 인공 자궁은 '니르바나'라는 또 다른 함선에 탄 인간들의 사후 영혼이 윤회를 통해 깃들 태아를 끝없이 생산한다. 하지만 아무리 시간이 지나도 윤회하는 영혼이 찾아오지 않자, 영혼 없이 육신만으로 세상에 태어난 수천 명의 아기들은 천천히 말라붙어 죽어가거나 양육을 담당하는 남성형 안드로이드 에이브에 의해 끝없이 소각된다. 생명을 잉태하는 유일한 장소인 '삼사라'가 결국 아무 생명도 태어나지 않는 디스토피아로 변해가는 과정에서 미래의 자원을 미리 갈취하는 인간의 탐욕이 끔찍하게 드러나면서, 이 소설이 기발한 설정이나 자극적인 장면만을 내세운 SF가 아니라 점점 수명이 짧아지는 지구 현실에 대한 날카로운 문제의식과 단단한 비판 능력을 가진 든든한 SF임을 모를 수 없었다. 살면서 쌓은 공덕이나 업보로 인간이 윤회한다는 설정이 과학적이지 않은 것은 아닌가 하는 의견도 있었지만, 과학소설이라고 해서 그려지는 세계가 모두 증명 가능한 것이어야 할 이유는 없다고 생각한다. 멸망 이후의 인류가 언젠가 새로운 약속의 땅에서 만날 것이라는 창세기적인 모티프와 더불어 윤회라는 불교적인 세계관을 통과하면서, 오히려 한국 SF의 지평이 더 넓어진다고 말할 수도 있을 것이다. 또 이 소설에는, 수정란이 분열하면서 에이브가 느닷없이 웃는 순간이라든가, 소리내지도 움직이지도 않는 출산 직후의 고요한 아기들이 그려지는 순간과 같이, 잊히지 않는 사진 같은 장면들이 유난히 많았다. 하나의 장면을 생생하게 묘사하는 능력, 깔끔하고 정연한 문장, 중요한 사건을 효과적인 순간에 배치하는 호흡, 그리고 세계의 종말이 영원한 끝으로 단절되는 것이 아니라 새로운 세계의 탄생으로 이어질지 모른다는 가능성까지 신중하게 예비하는 이 소설이 더 많은 독자들을 만나는 데 힘을 보태게 되어 기쁜 마음이다.

「두 개의 세계」는 바이러스가 전국에 퍼진 시국에 안전한 돔 안과 그렇지 않은 돔 바깥이라는 두 개의 세계로 나뉘어진 근미래를 배경으로 하는 디스토피아 소설이다. 이번 심사에서는 코로나19 사태, 기후 위기, 동식물권과 같은 동시대 사회 문제를 강하게 환기하는 소설의 비중이 컸는데, 그중에서도 「두 개의 세계」는 시의성과 더불어 소설적인 테크닉을 두루 갖춘 작품이어서 반가웠다. 다만 처음 읽었을 때는, 긴 분량에 비해서 서사의 진행이 더딘 반면 문제 상황에 대한 묘사는 다소 복잡하게 느껴지기도 하고, 환경 위기에 대한 문제의식으로 지구 생명의 소중함을 다루면서도 인간이 나무가 되는 상황을 죽음이자 종말로 묘사하는 설정이 비정합적으로 여겨지기도 했다. 그러나 가장 연약한 생명부터 앗아 가는 잔혹한 재난의 시대에 누군가는 남아서 먼저 떠난 이들을 애도하는 일이 필요하다면, 이 소설은 그것을 충실히 시도하고 있다는 다른 심사위원분의 의견에 동의하지 않을 수 없었다. 더불어 돔 안과 바깥의 세계가 분리되면서 멀리 떨어진 세민과 현의 서정적인 이야기가 재난 서사에

스며드는 그 자연스러운 방식 덕분에 이 소설의 역량을 믿게 되었다.

「제니의 역」은 농촌 마을의 다문화 가정에서 이주 여성의 언어 자립성에 도움을 주는 지능형 로봇 제니를 중심으로 벌어지는 촌극이다. 제니가 여러 가정을 돌면서 직접 로봇의 만족도에 대한 설문지를 회수하는 동안 여러 인간 유형들이 하나씩 등장하고 사건을 쌓아나가다가 결말에 하나의 주제로 모이게 하는 소설의 구성이 안정적이고 탄탄하다는 인상이 있었다. 다만 통번역에 대한 인공지능 기술이 빠르게 발전하고 있는 이 시대에 인간과 유사한 형태를 가진 것으로 추정되는 물리적인 로봇이 필요한 이유가 무엇인지, 로봇에 대한 만족도 조사를 제니에게 직접 방문하는 것으로 처리하는 내적인 필연성이 서사 안에서 충분이 마련되었는지와 같이 기본적인 설정에 관한 물음이 남기도 했다. 그러나 인간의 진보를 위해 기계가 만들어진다고 하더라도 인간의 이기심과 욕망으로 인해 보수화되는 섬뜩한 장면을 익살스러운 필치로 그리는 균형 감각이라면 이 작가의 다른 소설도 기대해 보게 되었다.

대상작 「최후의 심판」은 인공지능 판사와 인간의 대결을 거듭 밀어붙이며 오늘날 인공지능이 인간에게 무엇일 수 있는지 정면으로 질문하는 지적이고 도발적인 소설이다. 한

치의 논리적인 오류도 허용하지 않겠다는 듯이 상식과 통념을 뒤집으며 치밀하게 육박해 오는 긴장감은 아무 소설이나 만들어 낼 수 없는 것이라고 생각한다. 무엇보다 이 소설은 재판이라는 형식을 도입하면서도 '인공지능과 인간 중에서 누가 이길까?'와 같은 폐쇄 회로의 질문을 던지지 않는다. 그 해답을 찾는 데 골몰하지도 않는다. 대신 민주주의 사회에서 여론이라는 현상의 의미, 법적인 판단에서 인간의 양심이 기능하는 방식, 인공지능이 시장주의에서 생존하는 양상, 인공지능의 구원과 종교적인 믿음의 유비 등 여러 방향의 주제로 뻗어나가는 동시에 인공지능의 거짓말이라는 여백을 남겨둠으로써 해석의 여지를 열어둔다. 그리고 독자를 이 치열한 사유의 결전으로 초대한다. 한편으로는 '헬리의 유서'가 제시된 뒤에 그 경위를 요약 설명하는 '첨언'이 덧붙는 소설의 양식이 과연 효과적인가, 혹시 하나의 매끄러운 이야기 안에서 그 내용을 충분히 감당하지 못하기 때문에 생겨난 불필요한 형식은 아닌가 하는 고민도 있었다. 하지만 덧붙은 '첨언'의 형식은 단지 '유서'의 내용을 보충해 주는 데 그치는 것이 아니라, 독자로 하여금 진실을 의심하게 만들어 그 공방에 직접 참여하고 있다는 실감을 부여하는 중요한 소설적 장치라고 해석해야 맞을 것 같다. 노벨상을 받아 인공지능 재판의 기틀을 연 할아버지인 데이비드 강, 조금 모자란 것처럼 보이지만 어떤 지혜를 가진 아버지인 네이선 강, 존경심과 의구심을 가지고 그들의 역사를 추적하는 아들인 헬리 강이라는 이 삼대의 서사가 왠지 단편 분량이 아니라 장편 분량의 서사적인 면적을 가지고 있을 것 같아 그 앞뒤의 이야기를 기다리게 된다. 비록 수상작이 되지는 않았지만 「풀 레인 위크」, 「레티」, 「쿨 하트 웜 헤드」와 같이 좋은 소설들을 최종심에서 읽고 또 배울 수 있어 감사했다는 말도 전하고 싶다. 모든 수상자분들께 다시 한번 축하드린다.